浙江『千万工程』纪实

美丽中国
这样走来

张国云 孙 侃 ◎ 著

浙江人民出版社

图书在版编目（CIP）数据

美丽中国这样走来 ：浙江"千万工程"纪实 / 张
国云，孙侃著． — 杭州 ：浙江人民出版社，2020.11
（2023.6重印）

ISBN 978-7-213-09851-2

Ⅰ．①美… Ⅱ．①张… ②孙… Ⅲ．①报告文学–中
国–当代 Ⅳ．①I25

中国版本图书馆CIP数据核字（2020）第168518号

美丽中国这样走来：浙江"千万工程"纪实

张国云 孙 侃 著

出版发行	浙江人民出版社（杭州市体育场路347号 邮编 310006）	
	市场部电话:(0571)85061682 85176516	
责任编辑	卓挺亚	
责任校对	杨 帆	
责任印务	程 琳	
封面设计	张合涛	
电脑制版	杭州天一图文制作有限公司	
印 刷	杭州钱江彩色印务有限公司	
开 本	710毫米×1000毫米 1/16	
印 张	19	
字 数	233千字	
插 页	2	
版 次	2020年11月第1版	
印 次	2023年6月第2次印刷	
书 号	ISBN 978-7-213-09851-2	
定 价	68.00元	

如发现印装质量问题,影响阅读,请与市场部联系调换。

谨以此书

献给中国全面建成小康社会、脱贫攻坚收官之年

目　录

引　子

　　浙江"千村示范、万村整治"工程这一极度成功的生态恢复项目表明，让环境保护与经济发展同行，将产生变革性力量。

　　——联合国环境规划署给"千万工程"颁发"地球卫士奖"的颁奖词

对于浙江省湖州市安吉县递铺镇鲁家村村民裴丽琴来说，这是一件破天荒的大事：这一天，作为普通村民的她，竟然代表5700多万浙江百姓，站到了联合国的授奖台上。

北京时间2018年9月27日，美国纽约曼哈顿。联合国总部大厅灯火通明，气氛热烈。联合国环境规划署将年度"地球卫士奖"中的"激励与行动奖"，颁给了中国浙江"千村示范、万村整治"工程（以下简称"千万工程"），而这个奖的受奖代表，就是裴丽琴。

站在授奖台上，在众人注目下，裴丽琴刚开始发言时难免有些紧张，声音略显颤抖，但当她说起浙江的乡村变迁，说起"千万工程"给她和同村乡亲带来的巨大变化，她的声音渐渐变得昂扬、响亮：

"我是一名家庭主妇，过去每天要提着重重的污水桶，走到很远的地方倒掉。现在管网接到了家里，我再也不用提着桶走路去倒污水，村子也变得更美了。感谢'千万工程'让我的生活更幸福！"

全场顿时响起长时间的掌声。

这一发自内心的拳拳盛意、肺腑之言，再一次证实了，通过努力，浙江从过去的"垃圾靠风刮，污水靠蒸发，家里现代化，屋外脏乱差"，变成了如今"污水有了'家'，垃圾有人拉""雅居美庐，满目叠翠"。

或许大家会好奇，此刻站上颁奖台的为什么是鲁家村？

在浙江北部，有一个县叫安吉，是习近平总书记"绿水青山就是金山银山"这一理念的诞生地，也被称为"中国美丽乡村发源地"。

裴丽琴就来自这个山区小县。她是一名已有20多年工龄的村干部，也是一位"千万工程"的参与者和见证者。与笔者谈起鲁家村这些年发生的变化，她特别强调："用年轻人的话来说，我们村成功实现了'逆袭'。"

什么叫"逆袭"？说得明了一点，"逆袭"就是原本身份、地位、资源、能力等均处于绝对下风的人，不安于现状，凭借自己顽强的意志和战斗力，最终战胜比自己强很多的对手，或完成了几乎不可能完成的任务，为自己打造出另一片天空。

而"逆袭"用在村庄变化上，就是实现了华丽转身。如果不是与她面对面，笔者真的不敢相信从一个中国村民嘴里，会迸出"逆袭"这么一个词。

这故事还得从10多年前说起。

那时的鲁家村是一个典型的贫困村，村民中流传着一首顺口溜，把村里糟糕的状况说得很形象："垃圾堆成山，污水遍地流，蚊蝇满天飞，臭气四季吹。"裘丽琴记得很清楚，那一届村委会新班子上任的第一天，就收到了一份特殊的礼物——在全县187个村的卫生考核中倒数第一，这犹如"当头一棒"。

从青年时嫁入鲁家村，到中年时成为村干部，裘丽琴面对的都是一个环境脏乱、没有产业、少有年轻人的落后村。尤其在工业化、市场化浪潮中，不少村民纷纷走出乡村、走向城市，鲁家村的村容村貌更加不堪。很长一段时间，让裘丽琴羡慕的是相距不远的高家堂村，因为那里宜居宜业。为统筹城乡发展、优化农村生态环境，2003年6月，浙江启动"千万工程"，高家堂村率先将环境整治与乡村旅游产业发展相结合，成了绿色生态富民家园，为其他村提供了样本。

裘丽琴与村支书朱仁斌上任后的第一个目标，就是尽快恢复乡村发展的底色——绿色。但千头万绪，从何入手？两人在村里转了无数圈，方案拟了一份又一份，最后盯上了房前屋后的垃圾。"偌大的村子连个垃圾桶都没有，环境怎么会好？"裘丽琴觉得，垃圾入桶，看似小事，指向的却是生活方式变革和可持续发展的大事。

兴冲冲地准备买垃圾桶、开展入户宣传时，一翻账本，村干部们傻眼了：村集体可用现金6000元，负债150万元。找县里、街道垫付？没有先例，不现实。让村民出钱？村庄发展缓慢，大家本就有怨言，不靠谱。最后，朱仁斌等村干部自己筹资8.5万元，给村里每25户分发了一个垃圾桶，为每个村民小组聘请了一位保洁员。

然而，改变农民千百年来的生活习惯，谈何容易？筹钱买来的垃圾桶，放在路边成了摆设，村民依旧把垃圾往路上扔、向河里倒，还有人抱怨："赚不到钱你们不管，扔个垃圾却要来管，吃饱了撑的！"

裘丽琴难免有些委屈，却也不恼："只有干部做出表率，才能让村民从实实在在的变化中看到乡村的未来。"那些年里，与别的村干部一样，她下河捞过垃圾，在烈日下扫过村道，吃过村民的闭门羹，也收获无数点赞。党员干部们把整座村庄当成了自己的家，像一个个勤劳的母亲操持着"洒扫庭除、内外整洁"的事务。渐渐地，鲁家村没了五颜六色的垃圾，垃圾分类成为大家新的生活方式。

从被村民亲切地称为"裘妈"起，裘丽琴知道：村庄的第一步跨越，成功了！

但另一个问题接踵而至，让裘丽琴揪心：村庄环境变好了，但经济发展没有起色，约2/3的村民依旧外出，村庄空心化严重。"种一年田，赚两三万元，不如在城里打工。"裘丽琴说。这也是很多乡村当时遇到的难题。绿水青山向金山银山转化的通道难以打通，城乡差距难以缩小，农民无法安居乐业，"农民没有活力，村庄就没有希望"。

关键时刻，村党支部召集全体党员、村民代表开会，大家坐下来专门商讨出路。会上声音很多，有人想发展种养业，有人希望引进工业企业，也有人觉得乡村旅游才有前景。"最后大家决定，先做规划，找准方向。"裘丽琴动情地说。

随后，朱仁斌等村干部动员乡贤众筹300万元，请来上海、广州的专业设计团队，量身定制发展蓝图。3个月后拿到新规划，裘丽琴惊讶不已："山还是那座山，但换种思路，就完全不一样了。"如村里低丘缓坡较多，以往种养业规模效益低下，但在新蓝图中，18个家庭农场布局错落、各具风格，非常符合2013年中央一号文件提出的发展家庭农场的要求。

裘丽琴记得，那一年，这份规划被做成PPT后，在县里招商引资。一家蔬菜企业看到后动了心，成为最早入驻鲁家村的投资者。很快，更多的投资纷至沓来。可大家又很快发现，随着工商资本大量涌入，如何保障村民利益成为新问题。"只有你中有我、我中有你，才能抱团共赢。"裘丽琴说，当时村里的想法，就是要把投资者的利益和村集体的利益融为一体。

2015年1月，鲁家村引入专业旅游公司，权益分配上，旅游公司占股51%，村集体占股49%，采用"公司＋村＋农场"模式，每年给全村村民分红600万元以上。将股权量化，村民不出一分钱就当了股东，既拿租金，又挣薪金，还分股金。不久，村民年人均纯收入近4万元，股权增值60多倍，一本股权证大幅提高了村民的幸福指数。

这年底，为把散落的18个农场串联起来，长达9华里的铁道环线建成了。小火车正式通车，整个鲁家村沸腾了！多年来，小火车载过数以万计的游客，为村里带来10多亿元工商资本，也吸引了大批外出务工的年轻人回乡开启新生活，鲁家村成了名副其实的"网红"打卡地，还被誉为"诗和远方的田野"。

裘丽琴与我们分享鲁家村成功"逆袭"的故事和心得，希望越来越多的村庄变得美丽整洁，越来越多的绿色环境变成生态资源，越来越多的村民过上美好生活。

美丽的鲁家村像一个窗口，见证着浙江农村生态环境的变迁。鲁家村这种创新的乡村产业发展模式，也为其他乡村发展提供了新的思路。众多的浙江乡村，探索出各具特色的美丽经济发展之路，成为一座座宜居宜业的美丽村庄。

…………

联合国环境规划署在颁奖词中，对浙江"千万工程"给予高度评价——

"这一极度成功的生态恢复项目表明，让环境保护与经济发展同行，将产生变革性力量。"

浙江在生态环境领域，以一个省的一项工程，获得联合国"地球卫士奖"，这在全球是史无前例的。

放眼如今的浙江，高质量提升乡村生态美、风貌美、环境美、风尚美、生活美，已成为各个乡村的一致行动。农民也从"卖山林"到"卖生态"，变"种种砍砍"为"走走看看"，乡村旅游、养生养老、运动健康、电子商务、文化创意等美丽产业不断涌现，绿水青山向金山银山转化的通道不断拓宽。农民们提升了文明素养，找回了乡愁，有了更加丰富的精神生活。"千万工程"以最基础、最基层、最广泛的乡村为支点，撬动人与自然关系的变革，推动人与自然和谐相处，实现了人口稠密地区环境治理与生态保护的奇迹，实现了乡村美丽度、农民幸福感的双提升。

"古来青史谁不见，今见功名胜古人。"也许任何一场伟大的社会变革，都伴随着一次伟大的历史觉醒。浙江省在全面实施"千万工程"过程中所展示出来的勇气和智慧，所获得的经验和成就，都值得赞许和弘扬、推广与展示。

1 "千万工程" 石破天惊

从 2003 年起，浙江省全面实施"千万工程"，时任省委书记习近平同志亲自调研、亲自部署、亲自推动这项行动。2013 年 5 月 13 日，习近平总书记作出重要批示，要求认真总结浙江省开展"千万工程"的经验并加以推广。2018 年，中央农办和农业农村部印发《关于学习推广浙江"千村示范、万村整治"经验 深入推进农村人居环境整治工作的通知》，"千万工程"实施进入一个新阶段。

浙江"千万工程"是实施乡村振兴战略的第一场硬仗，主要经历了 4 个阶段。2003—2007 年，选择 1 万多个建制村，全面推进村内道路硬化、垃圾收集、卫生改厕、河沟清淤、村庄绿化，此为示范引领阶段；2008—2010 年，重点开展生活污水、畜禽粪便、化肥农药等面源污染整治和农房改造建设，形成了农村人居条件和生态环境同步建设的格局，此为整体推进阶段；2011—2015 年，把生态文明建设贯穿新农村建设各个方面，启动实施美丽乡村建设，此为深化提升阶段；2016年之后，物的新农村和人的新农村齐头并进，全力打造美丽乡村升级版，此为转型升级阶段。如今，浙江的美丽乡村建设已从一处美向一片美、一时美向持久美、外在美向内在美、环境美向发展美、形态美向制度美转型。

冲破人居环境之困

脏、乱、散、差的人居环境，滞后的公共服务事业，与广大农民群众对美好生活的需求形成了强烈反差。一场以农村生产、生活、生态环境改善为重点的整治行动呼之欲出。

时光进入21世纪，与全国大部分地区一样，东海之滨的浙江，也遇到了城乡经济发展的一系列问题，主要表现在农民群众日渐富足的物质生活与人居环境需求之间的突出矛盾，农村滞后的经济发展与全面建设小康社会之间的差距，脏、乱、散、差的农村面貌与日新月异的城市面貌之间的反差。城乡统筹发展似乎遭遇了瓶颈。

在21世纪初的浙江农村，乡村经济发展迅猛，有目共睹，但农村面貌不尽如人意，不少地方的景象触目惊心。"室内现代化，室外脏、乱、差""有新房无新村"等现象十分突出。有的村庄不少农居年久失修，墙面斑驳；有的村庄投了巨资为农民兴建了新居，却因规划落后，连公厕、垃圾回收、污水处理池等配套设施都没解决好；有的村庄农居集中点与工业园区混杂在一起，村庄里经常废气弥漫、废水横流……浙江省农业和农村工作办公室曾经摸排，当时全省仅有4000个村庄环境较好，但3万多个村庄环境较差，如此失衡的两个数字，足以说明其时浙江农村环境的整体现状。

坐落在钱江源头的开化龙门村，在21世纪初仍是垃圾满地，随处可见露天厕所和简易猪栏，"吃粮靠救济，穿衣靠养猪，用钱靠砍树"；同样，在浙南群山里，走进本该山清水秀的龙泉溪头村，却见房屋破败、河道污染，阔叶林一度被破坏严重；而在昔日的桐庐环溪村，生活污水竟然堵塞了千年溪道，历史悠久的古莲池在夏天时竟成了臭水塘；浦江县的各个村庄，因在20世纪末期起盲目发展"水晶经济"，导致全县九成河流被污染，酷似牛奶的污水还顺着浦阳江流入浙江的母亲河钱塘江……

众所周知，自改革开放至21世纪初，浙江的经济经历了20多年的高速发展，创下了世所公认的经济发展奇迹，浙江这个陆域资源并不充裕的省份，已经成为东南沿海地区一个经济大省。从全面建设小康社会、提前基本实现现代化的要求来看，全省人民生活水平总体上已达到小康，但依然存在的脏、乱、散、差的人居环境，较为落后的道路、水电等基础设施，发展滞后的教育、医疗、卫生、文化等公共事业，表明已经达到的小康仍然是低水平的、不全面的、发展很不平衡的，这一状况与广大人民对美好生活的需求形成了强烈的反差。

改善农村人居环境，繁重任务不能再等！

除了人居环境的不尽如人意，其时浙江城乡统筹发展格局也有待完善。至2004年，浙江人均国民生产总值接近3000美元，城乡居民年人均收入和农村全面小康实现度均位居全国省区首位，全省城镇化水平已达54%，可以说已经具备以工促农、以城带乡和工业反哺农业、城市带动农村的经济社会条件。然而，在统筹城乡产业发展、社会事业发展、基础设施建设、劳动就业和社会保障、生态环境建设和统筹区域经济社会发展等六大统筹领域还存在诸多短板。数字表明，2005

年浙江省统筹城乡发展水平评价指标得分61.87分（100分为满分），仅达"基本统筹"（60—75分）这一统筹城乡发展的第二阶段，存在区域发展不均衡、民生指标"短板"现象和统筹方式不合理等三大问题。

在基层农村，医生数量缺、医生留不下，是不少浙江乡村医院共同的"烦恼"，而更大的"烦恼"，则是哪怕留在了基层，乡村医生的技能素质，也无法满足农民群众日益增长的医疗需求。由于在农村"看病难、看病贵"，很多农民群众不得不乘火车、坐大巴赶往城市，不仅浪费大量财力物力，也使得城里的医疗资源更为紧缺。

与城里教师相比，农村教师的待遇一向偏低，当然，优质师资也始终偏向城市。为什么很多原本居住在农村的年轻父母，想尽办法要把家迁往县城、市里、大城市里？多半就是为了让孩子接受更好的教育。有人曾经感叹："如果乡下的学校教育质量与城里差不多，哪怕稍差一点，我也不会砸锅卖铁地在城里买房，可我无可选择。"

在经济较为发达的东部市县，尽管已经建起了不少村级养老机构，其中还配备了医疗室、图书室、棋牌室和放映室等，院子里还有健身器材，但这样的"星级托老所"数量上远远不够。在一些条件稍好的养老机构，老人入住费用偏高，机构日常运行费用却还入不敷出；可支配收入并不太高的老人，还希望入住物美价廉的养老机构，以度晚年。可想而知，经济相对落后的浙江偏远地区，农村老人散居、公共服务缺失，农村的老龄化问题更加凸显。

浙江省社科院公共政策研究所曾对全省的公共服务供给与需求做过多次调查，发现在农村，尤其是60岁以上的老人，最迫切需要的，依次排列为生活照料服务、医疗保健服务、家政维修服务、紧急救助服务、康复健身服务和精神慰藉服务，然而在21世纪初，公共服务的供给率与需求率之间出现了严重的倒挂，有的不到10%，甚至更低。面对这一现状，浙江省政府咨询委员会委员、浙江省社科院公共政策研究所所长杨建华曾不无尖锐地指出，政府和社区提供的公共服务，与老人群体的需求之间有着很大的空间，居家养老一定要加大力度推进，尤其在农村地区。

文化娱乐方面的短板，在浙江农村曾表现特别明显。即便是很多经济发达的乡镇、村社，在文化礼堂尚未铺开建设的21世纪初年，农民群体中仍有较大部分长年得不到基本的文化服务。有的规模较大的乡镇没有一处像样的电影院、文化站，青年农民的业余时间很多是在打台球、玩电子游戏中消度的，很多中老年农民则很多年没有看上一场电影。尽管有关部门不断加大投入，创建了基层文化娱乐示范点，但因农村乡镇、村社较为分散，群体数量较大，覆盖面不够、显失平衡的现象依然存在。

商贸等方面的公共服务相对落后，向来是城乡"剪刀差"的一大现象，农民群众必须跑到城里才能购到心仪的物品，这在很长岁月中，似乎成为"理所当然"的事。进入21世纪后，浙江数字经济逐步领先全国，农村电商物流配送系统有很大进步，这有效缓解了农村商贸难问题，但因没能完全解决"最后一公里"的瓶颈，"电商进农村"的难题还有待进一步解决。浙江省政协委员、菜鸟网络CEO童文红早已指出，要充分运用云计算、大数据等创新技术和手段，着力补上农村公共服务短板。

缺乏配套和公共服务的美丽乡村，无异于空中楼阁，难以根本改变农村的面貌。时任浙江省委副秘书长、省农办主任章文彪曾经指出，农村社会经济要谋求高质量发展，开展一系列旨在改善环境、提升农村品质的工程是必要的，但这些工程不光要整治村庄环境，提升广大农民对人居环境的需求，更要推动资源要素向农村倾斜，让基本公共服务实现城乡均等。

天工画宏图，鸿蒙开初篇。

2002年，习近平同志来到浙江工作。刚到任的118天里，他跑了11个市、25个县深入调研。时任浙江省农办副主任顾益康曾经随同调研。他回忆，深入调研后，大家发现，示范村县县有，垃圾村到处有。不仅农村环境脏、乱、差，城乡差距也越来越大：乡村基础设施落后，雨天一踩一脚泥，违章搭建乱纷纷；公共服务缺失，看病配药必须进城；没有文化设施，村民一到农闲就打牌；青壮年纷纷出走，乡村实在留不住人。

面对脏、乱、散、差的农村面貌与全面小康社会之间的差距、与日新月异的城市面貌之间的反差，面对农民群众不断富足的物质生活与人居环境需求之间的突出矛盾，习近平同志一针见血地指出：浙江农民富，创业的人多，房子造得好，但浙江农村的污水、蝇虫、垃圾也多。浙江农村经济社会发展不协调的问题依然存在。2003年1月，习近平同志在全省农村工作会议上明确指出：要全面建设小康社会，提前基本实现现代化，增加农民收入的任务最迫切，发展现代农业的任务最艰巨，改变农村面貌的任务最繁重。无疑，这已经抓住了这一矛盾的症结。

2003年6月，在习近平同志亲自调研、亲自部署、亲自推动下，浙江省全面启动"千万工程"。6月5日，在"世界环境日"这一天，"千万工程"动员大会召开，习近平同志发表重要讲话，对"千万工程"做出全面部署。全面整治农村环境、提升农村人居环境的恢宏大幕由此拉开。

这次全省"千万工程"动员大会明确提出，要以农村生产、生活、生态"三生"环境改善为重点，提升农民生活质量。首先花5年时间，从全省4万个村庄中选择1万个左右的行政村进行全面整治，把其中1000个左右的中心村建成全面小康示范村。

此后，"千万工程"推进工作现场会每年都召开，"千万工程"始终被作为一把手工程来抓。同时，浙江围绕提升农民生活质量，着力引导城市基础设施和公共服务向农村延伸覆盖，努力缩小城乡差距，为浙江在全国率先开展统筹城乡发展、推动城乡一体化建设、破除城乡二元结构赢得了先机。

从2003年6月以来，以垃圾处理、污水治理两大前置性工程为"先手棋"，浙江"千万工程"不断推进、不断深化：

2003年至2007年示范引领，至2007年，全省10303个建制村开展了道路硬化、卫生改厕、河沟清淤等，其中1181个村建成"全面小康建设示范村"。

2008年至2012年整体推进，以畜禽粪便、化肥农药等面源污染整治和农房改造为重点，全面推进人居环境改善，并制订实施"千万工程"的升级版即"美丽乡村"建设行动计划，还将"美丽乡村"建设与农民增收互联互动，推动环境优势向经济优势转化。

2013年之后，进一步深化提升"千万工程"，攻坚生活污水治理、垃圾分类、历史文化村落保护利用，打造"美丽乡村"升级版。

2017年6月，浙江省第十四次党代会提出，要在提升生态环境质量上更进一步、更快一步，努力建设美丽浙江，并首次提出谋划实施"大花园"建设行动纲要。

锲而不舍，持之以恒。遵循总书记亲自擘画的这张路线图，历届浙江省委、省政府坚持一张蓝图绘到底、一任接着一任干，在美丽中国、绿色发展的浩瀚长卷上写下先行先试的美丽答卷。

"生态的优势不能丢"

> 浙江生态的优势不能丢，始终把农村生态环境优化作为绿色发展的重要突破口，建设人与自然和谐相处的环境友好型社会，这些论述已经显现了嗣后"千万工程"最初的思路轮廓。

一个周末的午后，笔者叩开省农办原副主任顾益康的家门。这位顾老，是浙江"千万工程"主要谋划参与者之一。

已过古稀之年的顾益康，是我国农业经济理论界和"三农"工作战线上的知名专家，曾参与20世纪80年代以来浙江省大量"三农"相关的重大政策制定和推进，浙江乃至全国一些重大"三农"政策中也有他智慧的光芒。

顾老长期在省农办工作，全省各地尤其是农村基层，熟悉他的人不在少数，很多人对他的印象是三句话不离"三农"。

顾老经历过10年上山下乡知青生涯，后考入中国人民大学农经系，毕业后一直在省级农口部门工作，直至退休。他最突出的特点是潜心调研，每年都有大量时间在农村基层，并写出了上百篇调研报告或论文，在《求是》《经济研究》《中国农村经济》《农业经济问题》等报纸杂志上发表。他的调研总是围绕农民群众最盼、最急、最忧、最怨的问题，为农民讲实话、争实利、办实事。其中，不少观点还影响了中国改革方向，乃至成为历史的选择。

在顾益康的诸多建议中，有一个建议曾引起全国轰动，即废止农业税赋的问题。

2000年，中央已经高度关注减轻农民税费负担问题，开展清理整顿"三乱"和推进"正税清费"的农村税费改革。顾益康带着问题深入浙江欠发达地区开展大量调研，在农村地头、菜园里、井沿边，他会随意地坐下来，与农民们攀谈。

蹲点农村调研，让顾益康对农业税费制度改革的思考更加深入。"如果我们把取消农业税作为普惠的扶贫举措，不仅可以普遍减轻欠发达地区农民负担，而且能大大改善乡镇干群关系，岂不一举多得？"顾益康认为，农业税本来就应该取之于农、用之于农，但政府把税收上来后再转为扶农资金这一过程中又要经过多道环节，层层审批，七扣八扣，"好似收了一瓶矿泉水，再倒入农民口中只有几滴水了。这是典型的耗散结构，如果直接把农业税停征了，那真会成为我们共产党对农民的一项德政工程、民心工程。"

在省扶贫领导小组会议上，顾益康就把在欠发达地区停征免征农业税的建议提出来了，得到了省领导的首肯。之后，省委、省政府及有关部门研究确定，把停征免征农业税作为扶贫新政策举措。2001年，浙江首先在欠发达地区免征了农业税赋中的农业特产税和屠宰税；2002年，浙江又对全省361个经济欠发达乡镇的低收入农户免征了农业税。2003年底，顾益康参加中央一号文件起草讨论时，把有条件的地方可以免征农业税的建议提了出来，中央采纳了这一建议，成为2004年初中央一号文件的政策内容。当年，浙江就对全省种粮农户全部停征农业税，之后又全面废止农业税，成为全国率先终结"皇粮国税"的省份。

免征农业税这事，是顾老与笔者交谈的开头。当然，我们交流最主要、最深入的，还是"千万工程"的事，关于它的缘起，关于这项工程推出的经过，关于浙江在这方面先行一步的价值和意义。

一与顾老说到"三农"问题，尤其说到2019年1月3日中共中央、国务院下发《关于农业农村优先发展，做好"三农"工作的若干意见》，是21世纪以来第16个聚焦"三农"主题的中央一号文件时，顾老掐指一算，马上喊道："啊呀，想不到'三农'主题的中央一号文件与浙江'千万工程'建设，现在都已是16个年头了！"

顾老显然已对2019年的中央一号文件知之甚详，他对文件中对浙江"千万工程"的权威评价"深入学习浙江'千村示范、万村整治'工程经验，全面推开以农村垃圾污水治理、厕所革命和村容村貌提升为重点的农村人居环境整治，确保到2020年实现农村人居环境阶段性明显改善，村庄环境基本干净整洁有序，村民环境与健康意识普遍增强"，颇为自豪。作为参与谋划和实施"千万工程"的主要人员之一，回忆昔时该项工程的决策、出台和部署经过，顾老无疑有很多话要说。

2003年，民营经济发达的浙江已是中国经济最活跃的省份之一，在农村，活跃的乡镇企业成了推动浙江经济发展的有力主体。然而，"村村点火、户户冒烟"式的经济发展模式，使绿水青山付出了巨大的代价。

"改革开放后的浙江人，急于想要甩掉'穷帽子'，大家都把目光转向了第一、第二产业，工业化、市场化、城镇化速度很快，全省经济发展水平跃居全国前茅。不少重污染高耗能的产业项目也在浙江大地兴办，电镀、造纸、印染、制革、化工、铅蓄电池……竟还成了那时浙江乡镇的龙头产业。事实上，当环境遭到破坏，经济发展也必定会受到掣肘。"顾老回忆，当时，在浙江这个地少人多的资源小省，一旦生态环境出了问题，于内，环境容量无法承受，全省水污染、大气污染、海洋污染和农业面源污染问题接踵而至；于外，由于经贸摩擦不断加剧，全省出口贸易越来越多地面临发达国家"绿色壁垒"的挑战。

"成长的烦恼""制约的疼痛"日积月累，浙江最先感受到了生存危机与挑战——乡镇经济快速上去了，村庄面貌快速降至冰点。有人一声叹息："走过一村又一村，村村都是垃圾村。"村庄里的垃圾已然成堆，田野上的水遭受严重污染，肥沃的土地竟然开始毒化，百姓的健康遭遇威胁。

当时，刚到浙江工作的习近平同志在密集的调研过程中，始终强调经济建设要与生态环境建设相协调，提出生态的优势不能丢，并反复提醒农村环境整治非抓不可，要走出一条浙江自己的路子。他多次强调，建设生态省，打造"绿色浙江"，农村是重点，是难点，也是主战场。

究竟怎样整治呢？有人提出，既然是整治，肯定要有样板，可以以县级为平台、乡镇为主战场、村一级为主阵地，每个县搞10个示范村，100个县不就是"千村示范"？这些提议最终被采纳，浙江决定以农村生产、生活、生态三大环境改善为重点，选择1万个左右的建制村进行全面整治，把其中1000个左右的中心村建成全面小康示范村。有关部门具体研究起草了一套方案，并交由各相关方面讨论。

"千万工程"就此渐渐成形。

事实上，2003年7月，当习近平同志提出"八八战略"时，就把"进一步发挥浙江的城乡协调发展优势，加快推进城乡一体化""进一步发挥浙江的生态优势，创建生态省，打造'绿色浙江'"作为重要战略进行布局和实施。这两条都与全面实施"千万工程"直接相关。2004年，习近平同志主持制定《浙江省统筹城乡发展推进城乡一体化纲要》，统筹城乡产业发展、社会事业发展、基础设施建设、劳动就业和社会保障、生态环境建设和统筹区域经济社会发展等六大统筹工作全面展开，浙江又成为全国最早发布和实施城乡一体化纲要的省份。

"让人欣喜的是，'千万工程'在全省大规模实施后，效果很快体现出来。"顾老回忆，一年多后的2004年7月26日，在全省"千万工程"工作现场会上，大家已经欣喜地看到，不少地方把环境整治、村庄建设与创建生态品牌、挖掘人文景观有机结合，不仅建成了一批环境优美、具有文化内涵和区域特点的山乡村寨、海岛渔村、水乡新村，而且促进了地方特色产业的发展和农民就业增收。习近平同志在现场会上强调，实施这项工程推动了环境整治，推进了生态建设，发展了特色经济，在促进人与自然的和谐中发挥了"生态工程"的作用。

2006年8月，在又一次全省"千万工程"工作现场会上，习近平同志再次肯定了开展"千万工程"的成果，认为这是推进新农村建设的龙头工程、统筹城乡兴"三农"的有效抓手、造福千万农民的民心工程，要让更多的村庄成为充满生机活力和特色魅力的富丽乡村。"统筹城乡，拥抱乡村美好生活，这是'千万工程'的主旨。'千万工程'符合人民群众根本利益，非但得到各级党委政府的积极支持和努力推进，更得到了广大百姓的热烈响应和全力配合，其成效当然喜人。"顾老兴奋地回忆。

最宝贵的经验，就是七个"始终坚持"

浙江"千万工程"经验最核心的一点，就是通过实施这一民心工程，"绿水青山就是金山银山"的理念在浙江广大农村得以实践和深化。

"千万工程"是以改善农村生态环境、提高农民生活质量为核心的村庄整治建设大行动。2003年6月"千万工程"刚开始实施时的工作目标是：花5年时间，从全省4万个村庄中选择1万个左右的行政村进行全面整治，把其中1000个左右的中心村建成全面小康示范村。

而在完成上述目标任务之后，浙江省久久为功，仍然在全省持续开展这项建设全域美丽的大行动，美丽乡村建设、小城镇环境综合整治、"五水共治""三改一拆""四化三边"等行动不断开展，"千万工程"朝纵深处继续拓展、持续推进，成果不断扩大。可以说，这16年来，扎实推进"千万工程"，造就了万千美丽乡村，带动了浙江乡村整体人居环境领先于全国。

2019年3月，中共中央办公厅、国务院办公厅转发了《中央农办、农业农村部、国家发展改革委关于深入学习浙江"千村示范、万村整治"工程经验　扎实推进农村人居环境整治工作的报告》，并发出通知，要求各地区各部门结合实际认真贯彻落实。这表明，从这一天起，浙江的这一经验开始在全国推广。

那么，取得巨大成果并仍在持续推进的"千万工程"，其主要做法或曰经验，究竟有哪些？

始终坚持以绿色发展理念引领农村人居环境综合治理，这是实施"千万工程"最基本的做法和经验。这项工程是习近平同志在浙江工作期间亲自倡导、亲自部署的，它是"绿水青山就是金山银山"理念在基层农村的成功实践。浙江是习近平新时代中国特色社会主义思想的重要萌发地，作为这一思想的重要组成部分，"绿水青山就是金山银山"理念即在浙江省安吉县农村第一次被提出，又通过实施"千万工程"等途径，在浙江广大农村得以实践和深化。

"在实施'千万工程'的过程中，我们要深入践行'绿水青山就是金山银山'理念，始终把全面推进农村人居环境整治放在实施乡村振兴战略、建设美丽浙江的突出位置，让广大农民有更多获得感、幸福感。"浙江省农办主任、省农业农村厅厅长林健东说通过实施"千万工程"，浙江正在实现从美丽乡村到美丽乡村升级版、再到大花园建设的飞跃。2019年起，浙江全面启动新时代美丽乡村达标创建行动，积极推进美丽城镇建设，到2022年将实现全省建成新时代美丽乡村，全域打造现代版"富春山居图"目标，努力把"千万工程"这张"金名片"擦得更亮。

的确，这10多年来，浙江省通过深入学习和广泛宣传教育，让"绿水青山就是金山银山"理念深入人心，并使推进"千万工程"成为一种自觉行动。扎实、持续地改善农村人居环境，发展绿色产业，不仅有效地改善了农村生态，还为增加农民收入、提升农民群众生活品质奠定了基础，为农民建设幸福家园和美丽乡村注入动力。

始终坚持高位推动，党政"一把手"亲自抓，这是实施"千万工程"的另一重要做法和经验。习近平同志在浙江工作期间，每年都出席全省"千万工程"工作现场会，明确要求凡是"千万工程"中的重大问题，地方党政"一把手"都要亲自过问。浙江省委坚持发扬习近平同志在浙江工作时的好传统好作风，坚持把"千万工程"列为"书记工程"，落实"一把手"责任制，建立各级党政主要领导联系一个村制度，抓点做样、示范带动，形成"五级书记"共抓共管的推进机制。

浙江省历届党委和政府始终坚持农村人居环境整治"一把手"责任制，成立由各级主要负责同志挂帅的领导小组，每年召开一次全省高规格现场推进会，都由省委、省政府主要领导同志到会部署。全省各级均成立"千万工程"领导小组，建立党委领导、政府负责、职能部门实施、多方共同参与的工作推进机制。省委、省政府把农村人居环境整治纳入为群众办实事内容，纳入党政干部绩效考核和末位约谈制度，强化监督考核和奖惩激励。注重发挥各级农办统筹协调作用，发展改革、财政、国土、环保、住建等部门配合，明确责任分工，集中力量办大事。

"'一级抓一级、层层抓落实',这在我们省,其中体现出来的一条,是坚持'各方协同抓'和'分级联动抓',这一点我深有体会。"全国人大代表、绍兴市柯桥区漓渚镇棠棣村党总支书记、村委会主任刘建明回忆,当年他所在的村里,竟有1000多个柴堆草堆、800余个露天蹲坑,人居环境极不理想,美丽乡村无从谈起。多年来村里也想改变这一局面,无奈此事牵涉各方,村里力量毕竟有限,所以环境整治的推进一直很慢。全面实施"千万工程"之后,不仅发动广大群众投身其中成为建设主体,而且坚持分级联动、各方协同。

"'千万工程'纳入党政领导绩效考核内容后,在具体职责分工上,明确省里主抓顶层设计、指导服务、督促落实;市和县主抓统筹协调、整合资源、组织实施;镇和村主抓落实政策、具体实施、建设管护。这样一来,我们村的环境整治工作获得了多方资源,很多难题也迎刃而解。"刘建明说,正是有了党政重视、各方协同、分级落实的良好机制,棠棣村的各项整治提升工作得以顺利实施,村庄面貌可谓焕然一新。如今的棠棣村,已经拥有了"浙江最美村庄""全国乡村振兴示范村"和国家级"美丽宜居示范村"等一张张"金名片",因环境极佳、风情独特,还被人们称作"小欧洲"。

始终坚持因地制宜、分类指导,同样是实施"千万工程"的好做法、好经验。没错,要把这一场环境整治大仗打好,事先必须规划好、设计好、部署好。浙江省农办原副主任顾益康多次强调,要把"千万工程"打成一场有把握之仗,就需要有一张细致完善、能派用场的作战图,不能只是墙上挂挂的工作目标。"'千万工程'一开始,按照省委'规划引领'的要求,我们就编制了城乡一体化村庄布局规划,制订了《浙江省市域总体规划编制导则》,构建起以'中心城市—县域—中心镇—中心村'为骨架的城乡空间布局体系。同时分级部署,由县及镇、村负责制订《村庄规划编制导则》《村庄设计导则》等，以构建起'村庄布点规划—村庄规划—村庄设计—农房设计'的层级体系。"顾老指出，浙江省注重规划先行，从实际出发，实用性与艺术性相统一，历史性与前瞻性相协调，一次性规划与量力而行建设相统筹，专业人员参与和充分听取农民意见相一致，这就避免了走弯路、重复整治和千村一面等弊病。

分类指导这一招是极为有效的。全省各地各级相关部门坚持问题导向、目标导向和效果导向，针对不同发展阶段的主要矛盾，制订针对性解决方案和阶段性工作任务。"不照搬城市建设模式，区分不同经济社会发展水平，分区域、分类型、分重点推进，实现改善农村人居环境与地方经济发展水平相适应、协调发展，体现实事求是、务实高效的工作原则。"顾老介绍，城乡一体编制村庄布局规划，因村制宜编制村庄建设规划，始终注意把握好整治力度、建设程度、推进速度与财力承受度、农民接受度的关系，不吊高群众胃口，不提超越发展阶段的目标，强化针对性和实效性，这一切便是因地制宜、分类指导的具体体现。

始终坚持有序改善民生福祉，先易后难，既是实施"千万工程"的好做法、好经验，也是目的宗旨之所在。自"千万工程"开始实施以来，浙江坚持把良好的生态环境作为最公平的公共产品、最普惠的民生福祉，从解决群众反映最强烈的环境问题做起，到改水改厕、村道硬化、污水治理等提升农村生产生活的便利性，到实施绿化亮化、村庄综合治理提升，到实施产业培育、完善公共服务设施、美丽乡村创建，先易后难，逐步延伸。在创建示范村、建设整治村后，再以点串线，连线成片，以星火燎原之势全域推进农村人居环境改善，实现了从"千万工程"到美丽乡村再到美丽乡村升级版的跃迁。

数字表明，仅从人居环境这一块来看，截至2017年底，全省累计有 2.7 万个建制村完成了村庄整治建设，占全省建制村总数的 97%；74% 的农户厕所污水、厨房污水、洗涤污水得到有效治理；全部建制村实现了生活垃圾集中收集、有效处理，41% 的建制村实施生活垃圾分类处理，而这些治理成果，无一不与普通群众的切身利益相关。

始终坚持系统治理，久久为功，这又是浙江实施"千万工程"的好做法、好经验，是"千万工程"成就越来越大的关键所在。浙江从不把"坚持一张蓝图绘到底，一件事情接着一件事情办，一年接着一年干"停在口头上，而是实实在在地做到这一步。

16 年来，"千万工程"持续发力，层层递进：2003—2007 年，示范引领，经过 5 年努力，全省累计投入建设资金 600 多亿元，建成 1181 个全面小康示范村和 10303 个环境整治村；2008—2010 年，整体推进，3 年对 1.7 万个村实施了环境综合整治，基本完成第一轮村庄整治；2011—2015 年，深化提升，把生态文明建设贯穿新农村建设各个方面，创建了 58 个美丽乡村先进县；2016 年以来，转型升级，全力打造美丽乡村升级版；到 2017 年创建了 12 个美丽乡村示范县……一个阶段性目标实现了，又奔向新的目标；具体任务变了，狠抓落实的劲头没有减，尊重群众意愿、因地制宜施策的工作作风没有变，与时俱进的创新开放思维没有变，这便是浙江人在实施"千万工程"过程中，切实做到系统治理、久久为功、层层递进的决心、恒心和智慧。

在浙江工作期间，习近平同志一直在抓"千万工程"，后来历届省里的一把手也均主抓此项工作，这成为雷打不动的惯例。如今，新一届浙江省委和省政府继续发力。2018 年 11 月 9 日，时任省委书记车俊在深化"千万工程"建设美丽浙江推进大会上表示，全省上下将自觉践行习近平总书记赋予的新期望，打造"千万工程"升级版，加快建设美丽浙江，把全省建成大花园。浙江"千万工程"将充满强劲动力，保持旺盛生命力，闪耀持久光芒。

始终坚持真金白银投入，强化要素保障，也是浙江在实施"千万工程"过程中形成的好做法、好经验，它使得全省在全面打好这一仗时没有后顾之忧。浙江建立了政府投入引导、农村集体和农民投入相结合、社会力量积极支持的多元化投入机制，省级财政设立专项资金、市级财政配套补助、县级财政纳入年度预算。据统计，至2018年底，浙江各级财政累计投入村庄整治和美丽乡村建设的资金超过1800亿元。同时，浙江积极整合农村水利、农村危房改造、农村环境综合整治等各类资金，下放项目审批、立项权，调动基层政府积极性、主动性。

始终强化政府引导作用，调动农民主体和市场主体力量，是浙江实施"千万工程"诸多做法和经验中关键性的一条。16年来，浙江坚持调动政府、农民和市场三方面积极性，建立"政府主导、农民主体、部门配合、社会资助、企业参与、市场运作"的建设机制。政府发挥引导作用，做好规划编制、政策支持、试点示范等，解决单靠一家一户、一村一镇难以解决的问题。与此同时，浙江十分注重发动群众、依靠群众，从"清洁庭院"鼓励农户开展房前屋后庭院卫生清理、整洁堆放杂物，到"美丽庭院"因地制宜鼓励农户种植花草果木、提升庭院景观，都充分发挥了群众主体作用。完善农民参与引导机制，通过"门前三包"、垃圾分类积分制等，也激发了农民群众的积极性、主动性和创造性。基层党组织、工青妇等群团组织也发挥了贴近农村、贴近农民的优势。通过政府购买服务等方式，吸引市场主体参与，丰富多彩的宣传、表彰，也有效地调动和引导了社会各界包括农村先富起来的群体关心支持农村人居环境。总之，"千万工程"建设中广泛动员了社会各界力量，形成全社会共同参与推动的大格局。

上述七个"始终坚持"，都是值得借鉴的好做法，都是行之有效的好经验。16年来，浙江全省上下接力传承，按照习总书记指引的路子，不忘初心，持续深化"千万工程"，高水平建设美丽乡村。全省上下用生态为乡村打底，逐村开展环境综合整治，农村垃圾、污水、厕所"三大革命"基本完成，生产生活条件全面改善，农民收入不断增加，真正全面建成了高水平小康社会。

这是以人民为中心的思想放射的光芒，这是"绿水青山就是金山银山"理念孕育的希望，这是亿万农民群众首创精神结出的硕果。如今，在"千万工程"经验引领下的中国乡村，正以自己各具特色的行进轨迹，装点伟大而全新的时代！

2 走出垃圾的悬崖

2003年，浙江揭开了农村垃圾治理工作的序幕。之后，在通过试点的基础上，浙江重点推进农村生活垃圾减量化和资源化分类处理，努力走出"垃圾围村"的困境。通过多年农村垃圾分类实践，浙江形成了多元化的垃圾处理模式，其中，使用机械化设备和特定菌种实现快速成肥是主推的模式之一；一些偏远山村，人口规模较小的农村，则更多选用太阳能沤肥模式。以往被随意丢弃的垃圾，如今已变成利用价值较高的农家肥，至2018年11月，全省农村生活垃圾分类和处理，覆盖了40%以上的建制村。

"千万工程"实施至今，浙江对原先初步的、低水平的农村生活垃圾收集处理进行扩面提升，建立起覆盖城乡、运作规范、利用高效、处理彻底、保障有力的农村生活垃圾集中收集有效处理体系；完善村庄常态化保洁制度，在全省配备了6万多名农村保洁员，配置了6万多辆清运车。仅2017年，各级投入农村垃圾治理的资金就达25亿元。如此大的力度，在全国各省区是少有的。其间，省委、省政府还在全国率先颁布了《农村生活垃圾分类管理规范》，全面推行农村生活垃圾"四分四定"，即分类投放、分类收集、分类运输、分类处理和定时上门、定人收集、定车清运、定位处置，让农村垃圾治理工作走上制度化、法治化的道路。

努力创造符合浙江实际的模式，依托浙江数字经济和信息技术先发优势，让分类处理、资源利用、废物处置无缝衔接，加快形成上、中、下游一起抓，前、中、末端同推进的垃圾治理格局，加快补齐这块影响群众生活品质的短板，将是下一步"垃圾革命"的重要任务。而积极营造"垃圾分类就是新时尚"的浓厚氛围，教育引导广大农民从自身做起、从点滴做起，积极参与垃圾分类和处理，是实现上述任务的关键所在。打响一场人人参与垃圾分类、人人共享生态红利的"人民战争"，愿浙江天更蓝、水更清、地更净、空气更清新、城乡更美丽……

每日人均垃圾38克的故事

以前平均3天运一次垃圾，通过垃圾分类、分拣，垃圾量大幅下降。现在平均24天运一次，每人日均产生垃圾量减到了最低，真正实现了垃圾减量化。端头村的秘诀在哪里？

"这是省长的批示。"一见到永康市端头村党支部书记俞海，笔者就拿着村里给时任省长袁家军的信的批示件，立马告诉了他："省长称赞，'永康市舟山镇端头村垃圾分类的做法好！"俞海听说省长有批示，高兴得像小孩子似的跳起来："省长又给我们村点赞啦？"接着又跟上一句："没想到省长这么快就回应了！"

我们的交流自然而然从端头村为什么给省长写信，信里写了哪些内容，背后又有哪些鲜为人知的故事开始。当然，先得从端头村开展的垃圾分类工作说起。

一提起垃圾分类，村支书俞海就格外激动，他兴奋地说："我们村每人日均产生垃圾仅38克。"这话让笔者心里"咯噔"了一下，你信吗？

这事，开始笔者也不相信，如果不是跟着俞海实地考察眼见为实，说心里话，鬼才相信呢！

"继农业革命、工业革命、计算机革命之后，影响人类生存发展的又一次浪潮，将是世纪之交时要出现的垃圾革命。"这是未来学家阿尔文·托夫勒在《第三次浪潮》中所言。随着工业化和城镇化的大力推进，在中国广大农村，人们的生活方式急剧变化，与之相应的是农村生态环境的破坏和污染问题日趋严重，许多污染由城市向农村转移，土壤、水、空气和农作物都不同程度受到污染，而且污染物呈现出多种类、难降解、高危害等特性。

数据显示，我国每年产生的农村垃圾近3亿吨，很多还处于自然堆放状态。这使得农村聚居点周围的环境日益恶化，不少村庄处于垃圾的重重包围之中。不仅如此，城乡垃圾还以每年8%～10%的速度增长。

日夜增长的垃圾山，已经把我们逼向了垃圾的悬崖，如果我们拿不出有效对策，这些垃圾不仅严重破坏我们的生存环境，甚至还有可能将人类清除出地球，这绝不是杞人忧天。

端头村很小，整个村子走一圈只需半个小时。端头村老百姓的房子也很一般，估计集体经济不算很好。放在村堆里，端头村真的毫不起眼。"穷则变，变则通。"当"千万工程"的声音传来，这个地处永康水源保护地的小村子，看到了绿色发展的新希望。

俞海认为，凡成就大业者，一定是先把小事情做细做透的。"千万工程"从"垃圾革命"着手，聚焦最现实、最急需解决的村庄环境难题，才是最切合实际的。很快，通过村"两委"讨论后，端头村确定将生活垃圾集中收集处理，作为"垃圾革命"的首要任务来抓。

按照省里提出的覆盖城乡、运作规范、利用高效、处理彻底、保障有力的要求，端头村形成了"户集、村收、镇运、县处理"的运行体系，做到了保洁队伍、环卫设施、经费保障、工作制度"四到位"，生活垃圾集中收集有效处理覆盖率100%，成绩似乎不小。说到这里，俞海却嘀咕了一句："不过，这么跟着人家后面干，端头村觉得糖少不甜心。"

于是，端头村率先提出把农村生活垃圾减量化、资源化、无害化分类处理作为"垃圾革命"的主攻方向。通过垃圾分类，这个146户、398人的村庄，垃圾量大幅下降，现在平均24天外运一次，日均外运垃圾不超过15千克。也就是说，村里每人每天只产生38克垃圾！

谁能想到，这个小山村能把垃圾分类做得这么好！这时，笔者才细细打量留着中分长发的俞海，发现他颇有几分艺术家的气质。他实话实说，除了是村里的党支部书记，他还有个身份：美容美发行业协会会长。

"美容行业出身，最讲究干净、漂亮，所以我回村的第一件事，就是给村子理理容。"俞海边说边领着笔者在村里慢慢看过去。

一口池塘、一座廊桥、片片枯萎的荷叶，诉说着小山村的宁静。沿着白砖拼接铺就的小路，只见一侧斑驳的石头墙，挂着几顶手工草帽。端头村给人的第一印象，就是干净、别致。"刚回村当支书时，我天天琢磨，平凡的端头村，出路到底在哪？"俞海说，那时他频繁到安吉等地考察学习，发现很多村庄的蜕变，都是从环境整治开始的。他细细思量，发现垃圾处理这件事村里还没做到极致，一是减量还大有空间；二是长效管理机制亟待形成。

"要让垃圾减量并被分类，最难的，是要改变村民延续了成百上千年的生活习惯。起初，大家都不理解的，我听到最多的一句话就是'家里事要你们管这么多干吗'。阻力、压力都很大，怎么办？党员干部带头干。"俞海回忆，当时在端头，一则垃圾分类的逸事广为流传：村民的厨余垃圾分不好，村干部上门手把手教，有村民还不懂，干部就直接把手伸进湿乎乎的垃圾桶，现场分给村民看……这一幕口口相传，震动了小山村。

"每种垃圾都有自己的归宿"，这是端头村垃圾精细化分类的第一步。

村委会主任项建仁，就是那个伸手去掏垃圾桶的人。这个皮肤黝黑的汉子也陪着笔者行走，他介绍说："为让大家明白怎么分，我们摸索出一套方便记忆的方法：把垃圾袋分成3种颜色。蓝色的，装客厅里的可回收垃圾；黑色的，装卫生间里的焚烧垃圾；绿色的，装厨余垃圾。"他介绍，除了颜色分类，他们还在每个垃圾袋上标了号，每家一个标号，哪家分得好不好，一目了然。分不好的，联户党员上门指导；再分不好，这位党员要被扣分，影响年终的星级评定。

早上，村里两位保洁员分头出发了。她俩早起的第一件事，是把村子里外打扫一遍，用洁净村容迎接崭新一天。两位保洁员都是本村人，其中项爱银以前在城里卖水果，2015年回村当的保洁员。"以前，垃圾房两三天就满，垃圾还要溢出来。现在的垃圾房，一点异味都没有。"她的话语中满是自豪。

端头村党群服务中心门前放着一个绿色的"大酒瓶"，其实这是个大收集罐。村妇女主任苏杏芳打开它，里面都是村民喝完酒送来的酒瓶。酒瓶不去小木屋，统一存放在这里，作为低价值玻璃的它们，会被专业回收公司带走。

有害垃圾怎么办？端头村同样有办法。村头有个生活超市，从2018年开始，超市老板娘领到一项特殊任务——回收废弃电池。村民只要将家中用过的电池、灯泡等有害垃圾拿来，就可在此兑换一袋食用盐。到月底，村里会从小超市回购这些有害垃圾，再进行统一处理。

源头分得好，只是第一步。在端头村，除了有毒有害的垃圾，别的垃圾还要通过二次分拣，细到极致，"一个普通香烟壳也要分3道，"项爱银介绍。原来，垃圾减量的秘诀还在于后道分拣。在她俩的带领下，我们来到村头的资源回收点。这里的垃圾刚被清运，里面空荡荡的，十几个塑料大桶一字排开，垃圾如何分类，墙上写得明明白白。

我们看到，光是可回收垃圾，就细分为"纸类""塑料类""玻璃""纺织""金属"等几大类，每一类又分为高价值、低价值两小类。项爱银说，在端头，二次分拣将垃圾细分成了15个小类！

上午9时，垃圾清运员将分布在全村的5座小木屋里的垃圾全部送了过来。项爱银和另一位保洁员俞爱飞蹲在地上，摊开每个塑料袋，飞快地将垃圾进行二次分拣：纸盒，收入高价值纸类的回收桶；塑料杯，放进低价值塑料的回收桶；卫生纸，装入可焚烧垃圾的桶内……约30分钟，分拣就结束了。有个细节深深地打动了笔者：一个普通香烟盒，在俞爱飞手里被分成了3种资源：最外层，低价值塑料；香烟壳，低价值纸类；最里层的锡箔纸，单独存放。整个过程不超过5秒。真没想到，端头人竟把垃圾分类做得如此细致。

俞海介绍，他们做过统计，端头村如今月均回收旧电池48节、灯泡25个，分拣金属15千克、纸类25千克、塑料18千克、布料10千克、玻璃50千克、建筑垃圾等115千克，回收旧衣物20千克、酒瓶50千克；还有300多千克厨余垃圾，被送到镇上的处理中心制肥。最后，每天需外运焚烧或填埋处理的垃圾只剩15千克，分摊到每位村民，就只有38克。

这是一个小山村创造的奇迹。

行走间，我们来到92岁老人俞德生的家。老人家里明亮通透、一尘不染。年过九旬的他，精神很好，正坐在藤椅上做手工。一旁的老伴徐春机听到有人来，擦了擦手，从厨房迎出来。

"您会分垃圾吗？""会啊。塑料纸、包装袋，放进蓝色袋子；切下来的菜根、剥下来的橘子皮，扔到绿色袋子；黑色袋子放卫生间垃圾。垃圾袋满了，就送到小木屋去。"

88岁的徐春机耳聪目明，做起垃圾分类也分毫不差。"分得好，家里干净，苍蝇都没有，小孩也喜欢来玩。我4岁的曾孙女也会分！"她的一席话，让小院子满是欢声笑语。

正可谓人心齐整，振兴有望，当地人还说："我们都愿意给村里做点事。"

那么，端头村的做法能否复制？俞海扳着手指便算起了账：除了前期小木屋、回收站的投入，现在每年支付给保洁员工资5万元，清运、购买垃圾袋、奖励等花去1.5万元，每年总费用仅6.5万元，即可完成全村垃圾分类。

"这笔钱村里能承受！"俞海说。尽管端头村并不富裕，但坚持花小钱办大事，走出了一条垃圾分类减量的好路子。

近年来，端头村还以"党建＋"为引领开展垃圾分类"三化"处理，探索出"收集—分类—评级—处理"的垃圾分类模式，以及一个好班子、一套好机制、一条龙服务的"三个一"工作经验，把垃圾分类减量化处置做到了极致。

一时间，"端头经验"不仅成为永康市垃圾分类工作的样板，还吸引了全国各地慕名前来取经的一批批考察团。"端头模式"也引起了时任省长袁家军的关注。在2017年12月8日召开的全省生活垃圾分类处理工作动员会上，袁省长对"端头模式"给予了高度评价：端头村以前平均3天运一次垃圾，通过垃圾分类、分拣，垃圾量大幅下降，现在平均24天运一次，真正实现了垃圾减量化，为全省今后实施源头减量专项行动提供了示范。

现在的端头村，俨然已经从一个偏僻的小山村一跃成为远近闻名的"网红村"，优美的环境引来了一批又一批的游客。2018年，村里游客接待量突破1万人次，村集体收入6万多元，成功摘掉"经济薄弱村"的"帽子"。

环境变好了，端头村领导班子开始思考如何让村民们的钱袋子鼓起来，享受绿水青山带来的金山银山。

依托相邻的台门村石头文化、杨溪生态湿地、岩宕地质公园等生态文化资源，村里开始打造影视体验、婚纱摄影、蓝莓采摘等特色旅游项目。村里还引导村民发展民宿，新建多功能旅游服务中心大楼，筑巢引凤，吸引了一批专业教育培训机构和影视文化公司到村里组织旅游、文化活动。开设了全市首家土特产电商小铺，注册"端头孝义五兄弟"商标，畅通农产品销售网，带动村民一起致富。如今的端头村，先后被评为省宜居示范村、永康市美丽乡村精品村，村党组织还被评为五星级基层党组织。

2018年12月25日，端头村以村党支部书记和村委会主任的名义，给省长写了一封信，详细介绍了村里开展垃圾分类的经验成效、垃圾分类给村民生活带来的变化、接下来的发展计划等，表明了把绿水青山转化为金山银山的信心和决心，并向省长发出了到村里调研指导的邀请。"真没想到，短短20天，我们的信就得到了省长的回应，真是意外的惊喜。"俞海说，收到省长批示的那一刻，村干部们与全体村民一样兴奋。"在变强变美的道路上，我们一定奋力前进。如今，端头人都怀有一个美好富裕的端头梦，它应该也是广大农民共同的梦想。"

山沟沟里的"贺田模式"

一度后进的贺田村奋起直追，结合生态共建，发动全村村民向垃圾开战。按着城市的标准形成一套科学、完善、系统、有效的生活垃圾处理机制，这座偏僻的小山村赢了。

自龙游县城出发，沿灵山港南行，经溪口镇后东拐，即进入山清水秀的大街乡地界。这里地处仙霞岭余脉，贺田村就位于依村而过的潼溪边。不论是谁，只要走进贺田村，就会被这里超乎异常的整洁、干净所震慑：见不到生活垃圾，哪怕是一张小小的废纸；每条道路都宽敞平整，两旁没有任何堆积物；见不到乱窜的鸡、飞舞的苍蝇……在村里走着，你可能还会产生幻觉，怎会有这么整洁的乡间村落，该不是画作，该不是梦境?!

没错，这的确是如画之梦境，只不过生活在此的村民，把梦境化为了现实。

这一由贺田村倡导和总结的，以"垃圾源头分类可追溯，减量处理再利用"保洁机制为内容的村庄整治模式，被称为"贺田模式"，在"千万工程"中已成为当地及邻近地区的样板。

贺田村党支部书记劳光荣60来岁，外形朴实，却闪烁着一双机敏的眼睛。他语速很快，相关数据随口道来，舌头从不打半点结。对于笔者形形色色的问题，他的回答非常到位。他说自从"贺田模式"出名以来，很多人前来参观学习，让他的不少精力不得不投入于此，但他乐此不疲，因为结合"千万工程"的实施，在经济条件并不太好的农村，大力推广生态共建的新农村建设模式，自己责无旁贷，乐见其成。

自1993年起，劳光荣就担任了贺田村的党支部书记。1997年那年，他的妻子患了重病，求医问药耗尽了家底，还负债40多万元。不得已，他在村"两委"换届前放弃参选，外出赚钱。但村民们要求他重新回来的愿望非常迫切，乃至"惊动"了贺田村所在的大街乡党委。在由乡党委安排的一次"公投"（留在村里的18岁以上村民参加）中，600多张选票里有500多张是投给他的。劳光荣于是又担任起村党支部书记，这副担子至今再也没有放下过。

重新"执掌"村党支部的劳光荣，满心希望彻底改变村里的面貌，提高村民收入。在随后的几年中，他与村"两委"班子一起，不断推出有利于村庄发展，有益于全体村民的"重大举措"，如革除村民盗伐林木的陋习、在村里推广提子种植等，村里还专门组建了农业合作社。近年来，劳光荣等村干部又大力引导村民们种葡萄、毛竹、茶叶、板栗、高山蔬菜等，还联系了山外客户，按照市场价统一进村收购。

发展村级经济，增加村民们的收入，提升共同致富的幸福感，拥有优美的生产生活环境，让村民们生活在宜居的村庄里，这些是乡村振兴的题中之义。可偏居一隅的贺田村毕竟是个典型的小山村，卫生基础设施根本没法与城市相比，村民的环保意识也淡薄，要把这里建设成文明、整洁、环保的美丽山乡，谈何容易！

的确，在劳光荣第一次提出这一建议的2007年底，虽然"千万工程"已实施好几年，别的村已在人居环境整治方面颇有成果，贺田村的村容村貌也有了很大改变，但屋前路旁的环境卫生仍不尽如人意。比如：村内随处可见一坨坨狗屎；每家每户各有一个粪坑，有的粪坑据说还是从爷爷辈手里留下来的，每到夏天，众多粪坑臭气熏天，大头苍蝇乱飞；更糟糕的则是破败的屋舍、脏乱的道路、四处乱扔的垃圾了……有很长一段时间，在整个大街乡各行政村的卫生评比中，贺田村经常被排在末尾，"脏、乱、差"曾是本村及周边村民对贺田村的一致评价。

劳光荣是土生土长的贺田村人，让自己的家乡成为一处美丽之地是他深埋心底的梦想：为什么这片生我养我的土地不能像大城市那样整洁、有序、文明呢？"脏、乱、差"是村庄的沉疴，这些老问题一贯有之，想要一一解决，绝非易事。

2008年3月，已思忖许久的劳光荣把村"两委"班子成员召集在了一起。大家刚坐下，他就迫不及待地道出了自己的想法："贺田村的当务之急，就是立即搞'垃圾革命'！"接着，他说出了"垃圾革命"的大致设想。村干部们被他撺掇得摩拳擦掌，但也有一些顾虑。究竟怎么实施？眼下的村集体经济仍显薄弱，难道伸手向村民们要钱？再说，村"两委"马上就要换届选举了，何不平静安稳地度过这一任期，反而要去自讨苦吃？！

劳光荣看穿了众人的心思，便非常诚恳地说："难道大家能眼睁睁看着我们贺田村的子孙后代就这样穷下去？一个村庄，连垃圾都处理不好，何谈致富？困难再大，只要大家齐心协力，总归有办法。"这段话可能稍微空了点，但接下来的话语很贴心，"换届是一回事，为村民办实事是另一回事。只要真心为群众办好事，即使一时不被理解，也能求得问心无愧。"

的确，生活垃圾这个头疼的大问题不解决，已经取得的整治成果、今后的整治规划都是白搭。村里曾突击搞过一次卫生检查，结果让众人刻骨铭心：村里只有3个垃圾堆放点，由于没有统一管理，每个垃圾堆放点周围至少几十个平方米范围内总是脏乱不堪、臭气熏天；每家门口都有一个垃圾堆，苍蝇蚊子满天飞。没错，每家每户、每时每刻都会产生生活垃圾，这是生活必然，关键在于必须让村民养成文明处理垃圾、科学投放垃圾的观念和习惯。

而劳光荣和村干部们就要在贺田村对生活垃圾发起进攻，开展一场轰轰烈烈、独具个性的"垃圾大革命"！

经过长时间思考和反复商议，劳光荣和村干部们心里有了盘算：他们把全村划为5个责任区，每个责任区都由相应的村民代表和小组长来负责；全村共设24个垃圾投放点，所有生活垃圾都必须投放在这24个点上；鸡、鸭等家禽被统一管理，外村的狗一律不准进村；村民投放垃圾的时间统一为早上8点钟之前和下午5点钟之后，若村民错过投放时间，对不起，你只能等到第二天早上再把生活垃圾投放出去。

这些规定还不是全部。贺田村还规定，投放垃圾之前，村民必须先把垃圾做一个简单的分类，主要分成4类：有机垃圾、建筑垃圾、可回收垃圾、不可回收垃圾。有机垃圾主要是菜叶、残羹剩饭等，这些有机垃圾可还山还田，是一种极好的肥料；建筑垃圾可用于填坑铺路；可回收垃圾指的是纸板箱、易拉罐等，村里集中统一分类，到达一定量时，一并拉到废品回收站去换钱，钱将留在村委会作为公益金；不可回收垃圾则是指有害垃圾，比如电池、农药罐等，通常由垃圾车每天清运走，在乡环卫站统一协调下焚烧填埋。

为了让全体村民都能按以上各项要求操作，每个月10日，村里统一发给村民垃圾袋。垃圾袋分两种，一种黑色、一种黄色。黑色垃圾袋用于投放不可回收垃圾，黄色垃圾袋用于可回收垃圾。每只垃圾袋上还印有与每家农户相对应的固定代码，一级代码表示所在责任区区域，二级代码是每户代码，这像是给每袋垃圾贴上了"身份证"。此法能达到见袋知人的效果，一旦有人家违反规定，很快就能查个水落石出，村民们的自觉性和主动性，想不提高都难。

"'垃圾源头分类可追溯，减量处理再利用'，这是我们这套生活垃圾处理机制的核心，即把垃圾处理工作的重点，从以往的终端处理，转移到垃圾产生源头上去，并要求村民把垃圾细分类别，从而把垃圾量减到最低。我认为，这套机制能够实现'不用花多少钱，举手之劳就能改变村里面貌'的预想。"劳光荣不无自豪地说。

"这场'垃圾革命'打响之后，不少村民也有过抱怨，有人还当面对我说，'有必要这样兴师动众地对付垃圾吗？还要让我们对垃圾进行无聊的分类，完全是没事找事了！'但当全村的环境越来越好，看着舒心，住着也舒心时，大家不仅理解了村干部们的一片苦心，还都很自觉地成为环卫参与者和监督员。现在说贺田是'全县最干净的村庄'，一点也不夸张！"劳光荣说。以前一到夏天，贺田村小店里最好卖的就是粘苍蝇的纸，有些人家不用这种纸，连餐饭都吃不太平。如今，村里苍蝇、蚊子基本绝迹，店老板早已不愿再进苍蝇粘纸这类货品了。

如此科学、完善、系统、有效的生活垃圾处理机制，绝对可以与大城市的那一套媲美。

然而劳光荣还不罢休，他还想做得比大城市更胜一筹。

贺田村竟还推出了一套十分具体、针对全体村民生活习惯的考评机制，每个月都组织专人进行全村性的清洁大检查。大检查的主要内容包括：室内环境、庭院绿化情况、家禽家畜情况、门前屋后道路清洁情况。每家每户的清洁状况都要进行统一的评分，并在村里的黑板上进行公示。得分高的用户非但能获得奖品，还有希望被评为村年度"卫生示范户"。

村庄卫生状况的提升，还增强了村民的荣誉感，大家越来越看重自己在维护环境卫生过程中的作用，每月的卫生考评结果在墙上公示，哪怕只有零点几分的差距、一两位的排名落差，都让村民们很关注，甚至为此争得面红耳赤。据说，有一个农户家里妻子热心投入清洁工程，丈夫稍显懒散，即引起了夫妻纠纷，直到村"两委"出面才重归于好。当92岁高龄的林日如老人得到奖品时，全村人都羡慕不已，为之感叹……

有了这般良好的气氛，还怕村庄卫生整治工作做不好吗？

没错，之后，贺田村又完成了道路硬化、绿化、亮化工程；潼溪标准防洪堤建好了；8000多米的林区道路建成了，毛竹运输成本大大下降；原本居住在破旧泥墙矮房的老人们，都迁入了舒适的集体公寓。村里陆续建起图书室，内有藏书2500余册；建起村民综合楼，里面有超市、老年棋牌室；建起休闲公园、灯光球场，全村的老老少少在这里打太极拳、跳舞、唱戏、下象棋、打篮球、打乒乓；村里还组织了排舞队、腰鼓队、民乐队……

"村里每年还举行村级'春晚'活动，推出诸如'和睦家庭''好婆婆''好媳妇'等评比活动，优胜者还会获得水壶、扫帚之类的奖品。如此丰富多彩的文化活动，把全村村民都吸引了过来，也让邻里关系越来越和谐。"劳光荣把笔者领到村里每年举办"春晚"的灯光球场上，把"春晚"的盛况好生描绘了一通，"'春晚'的表演者除了村民自己，还会有村外的民间艺人。村歌《亲亲家园》必定是要唱的，村"两委"干部也要上台演唱《在希望的田野上》。'春晚'演出那晚，整个贺田村喜气洋洋，连外村的村民都会赶到这里看热闹。"劳光荣说，一场轻松、祥和、快乐的村级"春晚"让全村人更加团结和谐。

看来，全村人已高度认可了"贺田模式"，每位村民都已积极主动地成了"贺田模式"的参与者和创造者。

只有放错地方的宝藏

不仅做到了生活垃圾分类，更把垃圾当成了极富价值的资源加以利用，达到科学合理的减量化资源化。五四村破解垃圾围城的这一新路径，体现了浙江农村"垃圾革命"的高水平。

2004年7月26日，浙江省"千万工程"第一次现场会在湖州市举行。此时，湖州市德清县阜溪街道五四村不是现场会参观点，很多人还根本不知道这个村与正在轰轰烈烈开展的"千万工程"有什么关联。

10年后的2014年11月13日，浙江省"千万工程"第十一次现场会又在湖州市举行，开会地点就在德清县。本次现场会期间，五四村成为与会代表参观点之一。

全省各地的与会者来到五四村，吸引他们的主要是五四村的垃圾分类和再利用工作。

走近五四村，你首先会被远处苍翠欲滴的莫干山山脉所吸引，这里山水环绕，风景旖旎，是个如诗如画的好地方。一条宽阔的柏油路引你进入村里，高大粗壮的水杉掩映的，是一座座新颖别致的农家别墅，全村几乎不带丝毫尘埃。你再仔细观察，就会发现，在村道两侧，每隔一段路就会有一组标注着"厨余垃圾""其他垃圾""可回收垃圾"等字样的不同颜色的垃圾桶，美观又醒目。

"德清县启动农村垃圾减量化资源化处理试点工作，五四村便是试点之一。不到3年的时间里，该村已形成了村民自觉分类，保洁员统一收集，垃圾资源化利用变优质有机肥，再供村民免费使用的绿色循环模式。"德清县综合行政执法局综合管理科科长武少刚介绍道，之所以把试点放在五四村，是因为这个村从"千万工程"铺开以来，通过全体村民的努力，已经开展了以生活、生产、生态"三生"环境改善为重点的环境综合整治，基础扎实。当然，还有一个重要原因是，五四村对这项试点工作热情特别高涨，态度十分坚决。

2003年6月前的五四村，与周边很多村一样，人居环境只能用"脏、乱、差"来形容。与别的村稍有不同的是，这个以农业为主的村，集体经济还十分薄弱，刚当选的村党总支书记孙国文上任时发现，村集体非但没有钱，连公共电费都欠了3万多元。

上任后的孙国文下了决心，先是自掏腰包垫付电费，还在村民大会上公布自家财产，表明自己为全村人"打工"的心迹。随后，他把熟稔的企业管理方式引入班子建设，把村里脱产领"饷"的众多位子裁成4个，以实现减员增效。班子理顺后，孙国文亮出了"三板斧"：关矿山、修路、通自来水。

是的，与安吉县余村一样，以前的五四村村民也是以开山采石为主，尽管赚到了一些现钱，但为此付出的环境代价可想而知，一个如此美丽的地方却因几座石矿而终日灰头土脸。"当时村里大大小小一共有3座石矿。说实话，每次听见炸山声，心上就像被谁打了一拳似的，十分难受。我下决心非要关掉它们不可。"孙国文说。但是关停矿山并不是一件简单的事，孙国文和村"两委"班子前后耗时五六年，矿山才被彻底关掉。

接下来便是修路和通自来水，这两件事同样耗精费神，但孙国文和村"两委"班子齐心协力，做通了村民们的工作，赢得了他们的支持，最后都一一搞成。与此同时，五四村组织全体党员商议并确定了村庄建设规划方案，逐步在村内建起了户外运动基地、文化小公园，实现城乡公交、供水、环卫、信息4个"一体化"。

再接下来，便是孙国文一直想做的村庄环境整治工作了。2014年，在全省范围内实施的"千万工程"已经进入了深化提升、把生态文明建设贯穿新农村建设各个方面的阶段。五四村虽已有成果，但在这方面仍需有一个更大的改变。恰巧德清县将要开展农村垃圾减量化资源化处理试点工作，准备选两个行政村作为试点村。孙国文听说了，马上在五四村"两委"的会议上提出："我们村应该去县里，把这个试点争取过来。"

当时有人觉得全县只有两个试点村，要入选有点儿难；也有人觉得连城里人都搞不好垃圾分类，传统生活习惯十分牢固的村民肯定没法做到，把试点工作揽过来也没用。可孙国文十分执着，他说："正因为试点单位'金贵'，所以要争取；德清要推行城乡一体化，我们五四村也在搞乡村旅游，垃圾分类是必然趋势。我们不仅要做，而且要做得最好。"

正如武少刚科长所说，五四村就是凭着高涨的热情、坚决的态度以及较好的环境整治基础，最后被列为试点村，以垃圾分类为重点的垃圾减量化资源化工作在村里扎扎实实地开展起来。

第一步是对村民进行必要的培训。在县里技术专家的指导下，2014年五四村就办了6期培训班：讲述垃圾分类的好处，指导怎样对垃圾进行分类，分类时还应该注意些什么。"刚开始的一个月，效果不明显，主要是大家的意识和习惯还没有养成。村里发现这一情况后，逐家逐户走访劝导，动之以情，晓之以理，让全部村民逐步树立了垃圾要分类的理念。"五四村村委会主任阮建强说，后来，由于整个大环境在逐步改善，村里又配套了一些制度，加之有不少年轻人带动，绝大部分村民尤其是年龄较长的村民越来越主动地配合，整体状况不断好转。

村里在每家门前都放了一只蓝色垃圾桶，那是专门用于投放厨余垃圾的，还专门配备了厨余垃圾收集员。每天早上，厨余垃圾收集员会上门收这些蓝色垃圾桶里的厨余垃圾，然后运到村垃圾资源化利用站集中进行生物发酵，把垃圾变成肥料再利用。另外，每4～5户农户配一只绿色垃圾桶，专门用于投放不可腐烂垃圾。这类垃圾也专门有人前来收集处理。

除了倡导村民自觉行动，五四村还积极制定和推行垃圾分类等方面的规章制度，迄今已建立起分类投放、分类收集、分类运输、分类处理及定点投放、定时收集、定车运输、定位处理等制度，各项制度都得到不折不扣地执行。

年逾六旬的韩来根是村里的垃圾收集员，他的一项"特权"是把每户家庭的垃圾分类的执行情况上报给村里，并从中选择20户左右的名单，作为提名家庭。村里再从提名家庭中有针对性地调查考核，最终确定10户垃圾分类示范户，进行隆重表彰。尽管奖品并不丰厚，但获奖者特别开心，觉得自己为环境整治做出了贡献，这是一份莫大的荣誉。未获奖者也有了学习的对象，下一年度努力向榜样看齐。

"垃圾分类、提名考核、评选表彰，对五四村来说真不是一件小事。"孙国文不无自信地说，如果有10年的坚持，全村可以积累100户示范户，就能带动全体村民渐渐养成并巩固垃圾分类的良好习惯，保护环境、为环境整治出力，就会成为全村人的自觉追求、自发行为。

不过，在五四村的"垃圾革命"中，更吸引人的是他们的垃圾资源化利用：每一片垃圾都有其归宿，都有它新的用武之地。这项工作可谓体现了当今浙江农村垃圾资源化利用的高水平。

在五四村亿丰花卉公司内，有一处场地宽阔、搭有别致的遮挡大棚、造型精巧的白色小屋，它便是五四村的垃圾资源化利用站。在这里，我们看到村里的垃圾收集员推着蓝色的垃圾桶，通过自动设施，把厨余垃圾迅速倒入一台灰色的机器中。正在运转的机器是最新的有机垃圾分解设备，它能快速地分解这些厨余垃圾，并使得周边环境干净整洁，没有异味。

"生活垃圾资源化利用的主要方法，在特定的水分、温度和氧气条件下，结合使用好氧菌，使易腐的生活垃圾通过发酵不断被分解和稳定，最终形成一种黑色的有机肥料。"武少刚介绍说，得到分解的厨余垃圾是一种营养价值颇高的肥料：一部分会作为奖励发给参与垃圾分类的农户，还有一部分则用到公共绿化带的养护上；倘若"产量"较大，还可以包装出售。

"世界上没有垃圾，只有放错地方的宝藏。"的确，如今即便在发达国家，垃圾资源化利用仍是一种先进的垃圾处理方式。五四村的垃圾资源化处置，遵循了科学、合理的原则。在切实保护生态环境的前提下，在先行分类之后：对厨余垃圾等有机垃圾通过垃圾处理设备一系列程序，使垃圾发酵，再让其中大部分有机物降解为液体，通过脱水浓缩，变为质地均匀的优质有机肥料；对无机垃圾，则先回收可直接利用的垃圾，再把剩余部分送往焚烧站等处予以处理，既节约了资源，也是对环境的保护，同时产生经济效益。

"我们村的村名，来源于新中国第一部宪法的颁布之年。1954年春，毛泽东主席在主持宪法起草期间来到莫干山考察，经过我们村。村民们为纪念这件事，把撤并后的村庄特意命名为'五四村'。这也从另一个角度说明了，我们村有爱国爱党爱集体的传统。事实上，这几年来，我们村出名了。除了2014年的'千万工程'现场会选择了我们村作为参观点之一，还有：中共中央对外联络部2015对话会与会人员在德清实地考察期间，有30多位外国代表组团走进我们村，体验乡村生活，其中有3位外国前元首还开玩笑向我表示，想要移民到我们村；2016年中国美丽休闲乡村发布活动暨全国休闲农业和乡村旅游现场会的参观点也设在我们村，我们村还在这次会议上领回了一个沉甸甸的奖牌——'中国美丽休闲乡村'……村民们越来越明白这项工作的价值了，参与的积极性也越来越高涨。"孙国文自豪地说。

按照德清县的整体部署，五四村已将智慧化监管体系运用到垃圾分类和资源化利用工作上来。通过在每户垃圾桶上设置电子标签、给收集人员配备手持扫码设备、建立厨余垃圾积分管理系统等措施，为垃圾收集人员绩效考评及积分兑换激励机制提供科学依据。

"前山微有雨，永巷净无尘。"在这里，多年不见的画眉、喜鹊和一些不知名的鸟儿，叽叽喳喳地在花丛中鸣唱。走在洁美的村道上，犹如置身于如画山水之中。"五四村的美无与伦比。"这不仅是五四村人自己发出的由衷感叹，也是所有到过这儿的人们的一致评价。

3 还我一泓清澈的水

宋朝诗人陆游曾经赞叹："稽山何巍巍，浙江水汤汤。"浙江因水而名，因水而生，因水而美，因水而兴，有时人们甚至觉得"浙江"这两个字都是水淋淋的。在江南小镇长大的中国当代作家徐迟，对家乡的山山水水，更是情有独钟，曾经一口气用了66个"水晶晶"来形容：水晶晶的水、水晶晶的太空、水晶晶的日月、水晶晶的星辰、水晶晶的朝云、水晶晶的暮雨、水晶晶的田野……可惜，曾经"水晶晶"的浙江大地，随着快速推进的工业化、城市化，一不小心被不同程度地污染了，部分河网湖泊处于亚健康状态。曾有一个段子说，江河里的水，20世纪60年代可淘米洗菜，70年代水质变坏，80年代让鱼虾绝代，90年代洗不净马桶盖。

浦阳江治水，打响了以治水倒逼产业转型升级和浙江"五水共治"的第一枪；长兴，是全国最早试行"河长制"的县，如今"河长制"

已推广至全国；从2013年底起，浙江又全面实施农村生活污水治理3年攻坚行动，2.3万个村完成生活污水治理，510万户农户生活污水实现截污纳管，规划保留村覆盖率、农户受益率分别为100%、74%，农村生活污水基本实现应纳尽纳、应集尽集、应治尽治、达标排放。与此同时，全面推开农村劣V类水剿灭战，梳理劣V类水体清单、主要成因清单、治理项目清单、消耗报结清单和提标深化清单等"五张清单"，实施挂图作战、项目管理、对表销号，全部消除劣V类水质断面，基本消除劣V类小微水体……

"江南水乡美不美，关键还看一捧水。"曾经，因为河水污浊，浙南有市民出巨资悬赏环保局局长下河游泳，如今，这位市民说，如果给浙江生态环境打分，以10分为满分计，他给浙江打9分，9分中，水占了大部分。经过艰苦努力，浙江通过水质提升、水生态修复和景观营造等，真正让水活起来、清起来、净起来，拯救了一条条曾被抛弃的母亲河。是的，水治理是一个复杂而久远的话题，"五水共治"更是一个繁复庞杂的系统工程，但我们在浙江找到了圆满的解决方案。

浦江打响"第一枪"

一场关系浦江未来的生死之战，一项事关千家万户幸福安康的民生实事工程，在浦阳江畔打响。消灭了"牛奶河"、垃圾河，甚至黑河和臭河，方能实现一场脱胎换骨般的生态"逆袭"。

2013年，浙江全省治水行动全面推进。治污水、防洪水、排涝水、保供水、抓节水的"五水共治"，既是一项事关全局的基础性、长远性战略工程，也是事关千家万户幸福安康的民生实事工程。

为了破解"九龙治水、各自为政"的困局，浙江省成立了治水专班，全称是"浙江省'五水共治'工作领导小组办公室"。笔者向施振强副主任了解治水情况。他扑哧一声笑，道："看来，今天你找对人了！"原来他刚从浦江县委书记转岗过来，浦江"铁腕治水"，他是主要组织者之一。

施振强副主任说："你看'浦江'两字，必定是因水得名。"据说，在一万年以前，浦阳江畔的先人择水而居，"上山文化"遗存中的一颗万年稻谷，改写了世界稻作文明的历史。

时光到了20世纪80年代，浙江流传起一句民谣，形容几个具有代表性的地方产业："永康一只炉，义乌一只鼓，东阳一把刀，浦江一串珠。"这里所说的"一串珠"，指的是浦江的水晶。

浦江的水晶产业，其实主要就是灯具饰片、服饰上的水晶贴片以及水晶工艺品等的加工。加工过程，一般是先用硫酸等化学液体去除杂质，再用抛光粉在抛光机上将晶体打磨成多角多棱状。

没有复杂难学的技能，只要有两只手，有一条板凳配上一张木案，有一个电机带动一个转盘，就可以干水晶加工，设备投入只要几百元；只要肯吃苦，就可以开水晶加工厂。因此，在极短时间内，水晶加工点遍布浦江城乡，并在浦江形成一条产业链，从产品加工、原料设备供应到房屋租赁、商贸服务等"三产"格局也很快形成。

据统计，最兴旺之时，全浦江有水晶加工户2.2万余家，85%的行政村都有水晶加工户，水晶产业产量占全国80%以上。水晶加工毫无悬念地成为当地"富民产业"，甚至在广东灯具市场说起浦江水晶，无人不知，且市场里从事水晶灯具销售的大多也是浦江人。其时，全县38万户籍人口中一半以上与水晶产业链利益相关。

"刚开始加工水晶时，磨一颗八角水晶珠能卖3毛钱，利润有1毛多。到后来一颗售价才六七分，利润只有1分多。"一名曾经的水晶加工作坊主介绍，因人工费用不断上涨，激烈的竞争中卖方压价，产品利润下降，单家单户做水晶加工赚钱越来越难。

一边是产业的急剧发展，另一边却是环境付出的沉重代价。由于在整个水晶打磨加工过程中，必须一直用清水冲洗，水晶加工业用水量极大。更严重的是，冲洗后产生的废水中含有玻璃粉末、重金属，是对环境有极大污染的工业废水。这类废水呈奶白色，一旦排入河流中，好端端的溪河就会变成"牛奶河""牛奶溪"。加工水晶贴片时往往还用沥青等物质进行黏合，冲洗过这类产品的废水呈黑褐色，直排后又让原本清亮的河流成了墨河、黑水河。

那时，浦江每天有1.3万吨水晶加工产生的废水、600吨水晶废渣未经有效处理而直排，导致固废遍地、污水横流。数据显示，治水前，浦江共有462条"牛奶河"、577条垃圾河、25条黑臭河，全县85%以上水体受污染，而浦江人的"母亲河"——浦阳江更是成为钱塘江流域污染最严重的支流，出境断面水质连续8年为劣Ⅴ类。

施振强越说越激动："浦江人已经到了无路可退的地步！"牛奶河"、垃圾河，甚至黑河和臭河比比皆是，在这样一种环境中，哪一个浦江人不是苦不堪言！"

"当地有位叫傅美芳的中年人，眼含热泪说，我们住在这里，已经忍受不了这种恶臭了，周围都是得癌症的，我丈夫也得了癌症。"

"还有位上了年纪叫吴杏芳的村民更是悲愤地哭诉：'我们自己已经60来岁了，但我们还有下一代，子子孙孙日子还要过下去，这条西溪请政府部门一定要帮我们治理好。'"

还有人用瓶子灌了东溪或西溪的水，直接找到了政府信访部门。

一边是浦江人的泪和恨，再也不能在垃圾堆上数钱，再也不能在病房里花钱；一边是水晶加工业已经成为整个浦江的支柱产业，当外表闪亮的水晶成为浦江人的金饭碗时，浦江人对水晶已经深度依赖。要革除产业弊病，这个难度可想而知。

施振强回忆，当时让他感到最煎熬的是：治水屡战屡败。2006年开始治水，仅仅是对上万家水晶加工户进行了一些规范管理。到2011年第二波整治时，相关部门要求水晶加工户对污水进行最初步的沉淀处理，结果反而招致激烈反弹，又以失败告终。

"对此，我们也不断地反思，经过反复权衡，这才慢慢清醒过来，浦江治水，涉及浦江几十万人的生活，也涉及几万家水晶加工户的彻底整治，无疑是一场革命。既然是革命，肯定涉及社会的方方面面，关系到既得利益。这就需要打破常规，对违法乱纪的、顶风作案的经营户，甚至一些黑恶势力，必须绳之以法。"施振强说。

2013年4月25日，顺应浦江百姓的强大民意，借着全省"五水共治"和"三改一拆"的有利形势，浦江县委、县政府再次打响了水晶产业整治战。

这是一场关系浦江未来的生死之战，也是一场关系每个浦江人的全民之战。

一场大规模水晶产业污水整治行动，在浦江大地展开。如同一场风暴，迅速席卷无数水晶生产户，席卷每条污水河、每处排污口。

从2013年4月25日零时起，1000多名县、乡干部组成各种类别的工作组、巡查队、突击队，对全县所有无照经营户、违法经营户、污染物偷排经营户发起了一轮又一轮的整治。

河山村是这场水晶产业整治"第一枪"打响的地方。在这个只有348户人家的村庄里，居然聚集着140家水晶加工户。100多名检查整治人员在此集中行动，1个多小时的时间里，就查出30多家偷排漏排污水或无证生产的水晶加工户，其中7人涉嫌违法被警方带走。

检查整治行动共分两大类。一是以工商部门牵头的，名为"金色阳光突击行动"，主要在白天行动，专门查处无证无照的非法企业、作坊、加工点；一是以环保部门牵头的"清水治污零点行动"，多为夜间行动，主要是查处趁着夜幕偷排、漏排的企业或个体加工户。

逢山开路、见水搭桥，势不可挡。检查整治人员和执法人员实施突击检查，关停、取缔偷排污水的水晶加工户，对偷排重金属超标的污水的作坊主予以立案侦查。拔掉一个个钉子户，啃掉一块块硬骨头。这样的突击行动反复进行，有时一天内会有三四次。

浦江县水晶整治办主任傅双庭介绍：从2013年4月25日至12月27日，全县开展"金色阳光突击行动"657次、"清水治污零点行动"485次，检查水晶加工户11200户次；553人被移送相关部门处理，其中治安拘留147人，追究刑事责任25人；依法拆除水晶违法加工场所64.7万平方米，减少水晶加工设备6.58万台。

另一组重要数据是，水晶行业整治攻坚战打响后的8个月中，浦江水晶加工户数就由15837家减至2507家。

这次大规模整治，涉及一二十万人的利益大调整，可并未引发一起出县上访和群体性事件。对于前些年信访量一度高居全省榜首的浦江来说，这绝对是个奇迹。其原委究竟是什么？

"这是因为这回动了真格！起初时大家还是观望的多，后来看到有人还因为违法排污被逮捕法办，就知道这回政府下了天大的决心。"云南籍打工者罗印田说。

那年，水晶磨盘加工户邓善飞因涉嫌严重污染环境罪，被当地检察院批准逮捕，邓善飞也成为浙江首例因污染环境而被追究刑事责任的犯罪嫌疑人。后来，笔者曾调阅过他的案卷，大致如下：

邓善飞：先把磨盘上的油渍清洗干净，然后用电解的方法，放到自己配好的化学药水里面电解除砂。

警察：化学药水里有什么东西？

邓善飞：硫酸镍、氯化钠、高锰酸钾之类，排到外面水沟里。

警察：从水沟流到哪里去了？

邓善飞：水沟是通到外面居民区的。

…………

磨盘生产应用电解原理，在铁质的磨盘坯子表面镀上金刚石粉、硫酸镍、氯化钠、高锰酸钾等物质，最后一道工序是用清水清洗磨盘。整个简陋的生产过程，将产生大量含有重金属镍的废水，若不对废水进行必要的处理，任其排放，对环境的破坏不可想象。但邓善飞为了攫取更大的利润，根本没有配置什么废水处理设施。他在加工点的墙角凿了一个洞，把未经任何处理的重金属严重超标的废水直接排入门口的小水沟，流入附近居民区的溪河中，再由溪河汇入浦阳江。

本以为这样做，只有天知地知，但2013年6月22日，他被浦江县环保执法人员逮了个正着。通过对加工点的排入环境口（地上）、排入沟的废水、废水排放口的分别采样化验，发现这3个点的废水样本，其重金属含量已分别超过国家标准10000多倍、47倍和1000多倍。要知道违法排放的废水中，重金属只要超标3倍以上，即构成严重环境污染罪！

2013年7月17日，浦江县人民检察院以污染环境罪对犯罪嫌疑人邓善飞批准逮捕。11月19日，浦江县人民法院以污染环境罪，依法判处邓善飞有期徒刑一年，并处罚金3000元。

一大批简陋的水晶加工点消失了，企业主转而从事其他行业。一名原先做灯饰水晶球的企业主坦言，尽管以往从事水晶加工业一年能赚400多万元，如今转行做服装生意收益稍少了些，但如果算上环境账，"那就是赚的了"。

在最早开展水晶加工的虞宅乡，曾经的水晶加工户虞丽元正在和乡邻们一起做土面。她认为，自己放弃了水晶加工，仍然可以找到更为适合的致富门路。

据浦江县经济商务局提供的数据，2013年5月至11月，全县用电量同比下降15.6%。"在60年一遇的高温季节，全县没有因限电而拉闸一次，这在往年是不可想象的。"与此同时，2013年上半年全县万元GDP能耗同比下降了11.7%。

如今，浦江的传统产业如绗缝、葡萄种植、麦秆画制作等重现热闹景象，仙华山、郑义门等山水人文景点以及特色民宿吸引着一批批游客到来，乡村游正蓬勃兴起。一江清水还引来产业"俊鸟"，经济新常态下，浦江水晶等各大支柱产业以治水去产能促转型，由此腾出的发展空间和不断改善的生态环境，也给电商、智能锁、生物医药等新兴产业带来发展契机，一批新经济新业态破茧而出。

通过整治，浦江就像被一双"魔术之手"拂去了工业化进程中留下的沉疴腐疾，抚平了落后生产方式造成的满目疮痍，实现了一场脱胎换骨般的蜕变。

这时，施振强亮起嗓子："我要负责地告诉你，到2014年，浦江就消灭了境内全部462条'牛奶河'、577条垃圾河。"

为了扶持浦江水晶产业健康有序发展，在省有关部门支持下，至2015年上半年，浦江加紧建成东、西、南、中4个水晶产业集聚园区，总面积达1000亩。全县所有水晶企业都搬入园区，实行统一治污、统一管理、统一服务，其入园标准有12条，从注册资本、设备水平、环保处理等方面作出严格限定。

笔者在浦江水晶产业园区参观，看到从园内各个企业排出的污水，统一进入巨型污水处理池中，经过几轮过滤，污染物被逐渐去除，直至污水成为清水。据园区负责人介绍，经过这套净化设施处理过的污水，其水质可以达到Ⅰ类，甚至可以直接饮用。

更让人高兴的是，在浦江县工业园区内，一家新型建材企业的两条生产线正在运行，每天可消耗水晶废渣600多吨。从全县各地统一回收的水晶废渣，按比例与页岩、石灰石和其他建筑废料相混合，经融化、碾压就变成了新型建材砖。

"年前小别才三月，归燕悄然已报春。淡淡微风吹弱柳，绵绵小雨润细村。已经治水惊天地，再使转型泣鬼神。大美小康如我待，此生欲作浦江人。"这是省政协原副主席、词人陈加元为浦江之变写下的一首名为"又回浦江"的诗词，治理前后的强烈对比，以及对如今浦江之美的深深爱恋，跃然纸上。

逼出来的"河长制"

借鉴当地"路长保洁道路"经验，长兴成为浙江最早试行"河长制"的县域。浙江在"五水共治"中打出了一套组合拳，率先全面建立五级"河长"体系，形成了全民治水的良好氛围。

为了实现百姓"水更清"的愿景，浙江省在"五水共治"中打出了一套组合拳，并在全国率先推行了"河长制"。2016年12月，中共中央、国务院印发了《关于全面推行河长制的意见》，明确要求地方各级党委和政府把推行"河长制"作为推进生态文明建设的重要举措，2018年底前全面建立"河长制"。如今，"河长制"作为一个极好的治水经验，已被推广到了全国。

那几天，家住杭州浦沿街道的"90后"小伙子傅叶茂，听说街道在招募"民间河长"，立即填好了报名表，匆匆赶去。

"我是岩大房社区的一名社工，在社区已经有8个年头了！以前也曾参与管辖社区内的河道卫生，算是有工作经验了！"

为啥想争当"民间河长"？小傅说自己是有"私心"的："我想重新找回儿时的母亲河！"

小傅是河边长大的孩子。"小时候，我和小伙伴们就在自家门前的许家河里游泳、抓鱼，嬉戏玩耍，这里有我儿时快乐的记忆！"但不知何时起，他与这条母亲河拉开了距离，"河道脏到没法靠近，看到这种情况，真是痛心！"

尽管经过整治，河道周围种满绿植，那条许家河渐渐回到了当年的样子，但曾经的黑、脏、臭，仍在小傅心中留下一道印记。"保护河道不仅要靠一时的集中整治，更需要大家日常的监督和维护，我想加入'民间河长'的队伍，保护好每一条滨江人的母亲河！"

"鱼虾满河，鸟语花香"，不光是老滨江人对过去的追忆，也是新杭州人对未来的期许。

这次向社会公开招募40名"民间河长"，消息一传开，不到10天时间，该区治水办就已收到60多张报名表。认领河道、担任"民间河长"是公益行为，政府希望形成全民治水的良好氛围。

在省治水办，负责人兴奋地告诉笔者，长兴县是浙江最早试行"河长制"的县域。

这天是星期日，笔者见到长兴县委书记周卫兵时，他说，长兴是"吴根越角"，名副其实的江南鱼米之乡。这里紧靠太湖，河网密布、水系发达。水多，河多，水塘水库多……多到什么程度呢？这个县有规模的河流547条，总长1659千米，光是漾、山塘、水库就有2500多个，水域面积近89平方千米。

提起"河长制"的由来，周卫兵脸一沉，长兴人之所以率先搞起"河长制"，这是有"血的教训"的——

早在二十世纪末，长兴人与长三角地区的大部分农村人一样，发现仅靠土里刨食是很难致富奔小康的，"无粮不稳，无工不富"嘛！

于是乡镇企业遍地开花，井喷一样飞速发展。夹浦镇是长兴县现代轻纺业发展最快的地方，全镇曾经拥有喷水织机3万多台，与此相随的是，那时夹浦镇流出来的水可以说是"牛奶水"。

1988年以来，长兴发生多起水污染事件。其中一件最典型：长桥村一户人家的鱼塘，紧靠一家乡镇化工企业的废水池。下大雨时他们家养的鱼游进废水池中，过一会儿鱼就漂上来了。

有一天，主人看着废水池中的水越来越多，毒水将很快漫进自家的鱼塘。于是他就转到了废水池的另一边儿，用铁锹在废水池的土坝上挖了一个缺口，废水就这样流出去了。没有想到的是，废水池中的几百立方米毒水由此流进了当时的长兴港。那里是很多长兴人的自来水取水地。这下可捅了大娄子，长兴县城居民不得不停水一周，很多企业停业，学校停课。水乡没水吃，这是无法面对老祖宗，也无法面对子孙的事情。

蓦然，我们明白了，长兴县推出"河长制"是环境治理逼出来的。

那么，他们到底又是怎么做的呢？

周卫兵办事很认真，拉着我们来到刚建不久的全国首个"河长制"长兴展示馆，说："到这里，你们一看就明白了。"

这里有最早的"河长"任命文件。2003年，长兴借鉴当地"路长保洁道路"经验，对城区脏、乱、差的护城河、坛家桥港实行"河长制"管理并出台了文件。"河长"分别由时任水利局、环卫处负责人担任，负责河道的清淤、保洁等管护工作。

这里诞生了全国第一个镇级"河长"。长兴县最重要的饮用水水源地包漾河，当时由于污染、管护机制不到位等原因，水环境面貌较差，水质波动较大。2005年3月，时任水口乡乡长张玉平担任包漾河上游的水口港河道"河长"，负责协调做好河底清淤、河面保洁和河岸绿化等工作。

这里诞生了全国第一批村级"河长"。为了落实"河长"责任制，2005年7月起，长兴县对包漾河周边渚山港、夹山港、七百亩圩港等支流实行"河长制"管理，由行政村干部担任"河长"，协调开展河道清淤保洁、农业面源污染治理、水土保持治理修复等工作。

这里还诞生了全国第一批县级"河长"。2007年太湖蓝藻暴发，长兴县有4条河道受到污染。2008年8月，长兴县对这4条河道开展"清水入湖"专项行动，由4位副县长分别担任4条河道的"河长"，负责协调开展工业污染治理、农业面源污染治理、河道综合整治等治理工作，全面改善入湖河道水质。

为了抓紧抓实，长兴还先后出台了《基层"河长"巡查工作细则》《关于全面深化落实"河长制"工作的十条实施意见》《长兴县"河长制"工作制度》《全面深化落实"河长制"实施意见》等，"河长制"工作进入制度化、规范化管理。

如今，这里水更秀了。长兴近几年县控及县控以上断面水质达标率保持在100%，功能区达标率100%。

这里景更美了。在深化落实"河长制"的同时，还修复了一批古石桥、古石板路、古码头遗迹，新建了一批亲水平台、游步道、生态河道等水景观，周边百姓和游客休闲游玩有了新的好去处。

这里业更兴了。太湖龙之梦乐园等一批"大好高"项目相继落户长兴，正是得益于近年来这里生态环境的显著改善，而生态旅游、低碳运动、休闲养生等绿色产业，俨然已经成为长兴县的一张新名片。

这里民更富了。近年来，长兴县充分利用治水红利，发掘山、林、茶、田、水、村、药、遗址、"非遗"、特产等资源优势，大力培育和发展新兴产业，城乡居民人均可支配收入逐年迈上新台阶。

长兴县成功摘掉"省级环境保护重点监管区"的"帽子"，摘得了"全国重金属污染防治示范区""经济明星""国际花园城市""全国生态县""全国人居环境奖"等诸多荣誉。

习近平总书记在2017年的新年贺词中说："每条河流要有'河长'了……"这便是对"河长制"的肯定和期望。

我们走进长兴县"五水共治"工作指挥大厅。巨大的高清屏幕上显示出长兴县所有河流的运行情况。想看哪条河、哪个塘，鼠标一点，碧绿的水面就出现在了眼前，每条河道都清晰可见。

点开另一个系统，长兴县的各种排污管线一清二楚呈现出来，可以看到重点监控的污水处理厂每一个出水口的情况。

指挥台上，有一部电话机，旁边是一本记着所有"河长"联系方式的通讯录。正值周日，笔者疑惑这个系统能够与任何一个"河长"实时取得联系吗？周卫兵很从容地回答："那你试试看吧，我们要求24小时都有人值班。"

于是，笔者用指挥台上的电话机，拨通了包漾河"河长"的值班电话，响了3声之后，对方应答。"你现在在什么地方？"对方报告了自己的位置。"请你报告今天巡河情况。"对方详细报告了巡河的情况后，笔者挂断了电话。

我们常说这里是水网地带，现在看来，长兴县除了有水网，还有一张无处不在的"河长网"。

应该说，受长兴县"河长制"的启发，浙江省率先全面建立省、市、县、乡、村五级"河长"体系，省委、省政府主要负责同志担任全省总河长，所有河流水系分级分段设立市、县、乡、村级"河长"，落实"河长"包干责任制。省委、省政府还设置了30个督查组，深入明察暗访，层层传导压力、层层落实责任，真正让"河长"们做到守土有责、守土尽责。省人大、省政协每年围绕"五水共治"开展各类监督，助推工作落地。省级31个部门各司其职，密切协作。

市、县、乡各级也全部建立工作机构，党政一把手靠前指挥，村、街道和企业、群众全方位联动，全省形成了横向到边、纵向到底的工作格局。

浙江省以"重整山河"的雄心壮志，打响了一场铁腕治水攻坚战，也是一场持久战，彻底扭转并改善包括水环境在内的整个生态环境，使得浙江真正回归山清水秀的山水之乡。

周围的爽朗笑声，在南太湖的上空激荡远传。

一条大江的守护神

一支专门在这条大江上打捞垃圾的保洁队，无论风吹雨打、炎日霜雪，始终不放过每一点污染江水的垃圾，因为这是几十万人的饮用水源，还关乎下游几百万人的饮水安全。

这是一个大雨滂沱的日子，笔者想深入了解全省"五水共治"的效果，便悄悄来到浙西山区的衢州市。这次，笔者直接找到了曾经的乌溪江枢纽的负责人。

中午，我们站在衢江区黄坛口大坝码头，等一艘船。两岸青山在氤氲的雾气中时隐时现。站了一会儿，肩上落了几片樟树叶，不远处的水纹向两面分开，一艘机动铁船靠近岸来。

69岁的乌溪江饮用水源保洁队队长老陈站在船头，他是这片水域的"船老大"，在这条江上已经工作生活了几十年。上岸前，他回头看了一眼波涛翻涌的乌溪江，然后大步跨上岸，不好意思地说："这几天雨大，今天的水有些浑，恐怕拍不出好照片喽！"

笔者忙摇头笑道："大爷，我是来看这条江的！"

老陈笑得更开了，说："你们城里人真浪漫，下雨天一江浑水还要看？"

笔者干脆直说："想了解一下乌溪江饮用水水源保洁情况。"

这下他听明白了，一脸惊诧地说："哦！那欢迎，上船吧！"

因外面雨大，他赶紧招呼我们进舱。此刻，江面上另外三艘垃圾打捞船上，站着老陈几位同事，此刻正忙着往黄色救生衣外套上雨衣。

老陈说，作为一个衢州人，对这条江，他太熟悉了。晴天时，它水光潋滟；雨天时，它迷雾朦胧；旱季时，它静默光洁；雨季时，它奔腾磅礴。它承载着供给衢州市60万人口饮用水的重任，作为钱塘江上游的一条支流，也关乎钱塘江流域下游几百万人的饮水安全。

水面上翻滚着成堆的枯枝枯草，老陈用手搭起"凉棚"，朝着江面望了一会儿，拿起手机下了指令："今天偏东风，一会儿雨停了，往偏西的方向去。"

在组建这支饮用水水源保洁队之前，老陈在原衢县水上航运公司工作过，当了几年"土船长"，有着丰富的水上作业经验。从公司离职后，他舍不下这片清秀山水，又回来组建了这支保洁队。

出门打捞水面垃圾的前一晚，夜观天象是老陈必做的事情，风向、水流、水速，都在他的关注范围内。

"别看我们干的是粗活，也不能瞎指挥。"老陈咧开嘴，笑着说，"了解了天气情况才好出门，才能更好地工作。最多的一天，我们打捞过10吨垃圾。"

笔者的心一紧,那是什么概念?

乌溪江在衢江区境内流域面积610平方千米,在华东地区最好的一级地表水面上一天打捞到10吨垃圾,这数据够让人心惊的,笔者握着笔记录的手不由得顿了一下。

老陈大约看出了笔者脸色骤变,连忙解释:"不是你想象的那种垃圾,以前总捞到塑料袋、死猪什么的;'五水共治'之后,我们打捞到最多的就是枯枝败叶了,一般都是自然掉落到江里的,一下雨就特别多,很多都是从山上被水流冲下来的。你看,就像今天这样。"笔者这才对着江面沉沉浮浮的枯枝,长长地呼出一口气。

老陈还耐着心告诉我们,实施"五水共治"有一个清晰的路线图:第一阶段是"清三河",即全力清理垃圾河、黑河、臭河,实现由"脏"到"净"的转变,同时启动"两覆盖""两转型":实现城镇截污纳管基本覆盖,农村污水处理、生活垃圾集中处理基本覆盖;抓工业转型,淘汰落后产能,加快铅蓄电池、电镀、制革、造纸、印染、化工等重污染高耗能行业的整治提升;抓农业转型,坚持生态化、集约化方向,推进种植养殖业的集聚化、规模化经营和污物排放的集中化、无害化处理,控制农业面源污染。

第二阶段是"剿灭劣Ⅴ类水"。在"清三河"成果的基础上,全力打好剿灭劣Ⅴ类水攻坚战,实现由"净"到"清"的转变,着力提升群众的治水成效获得感。明确各级"河长"作为剿劣工作的第一责任人,特别是对存在劣Ⅴ类水质断面的河道,要求所在地的市、县党政主要负责人亲自担任"河长",逐一制定5张清单:劣Ⅴ类水体、主要成因、治理项目、销号报结和提标深化等,并制订"一河一策"工作方案,明确时间表、责任书、项目库,并向社会公示。深化"两覆盖""两转型",实施六大工程:截污纳管、河道清淤、工业整治、农业农村面源治理、排污口整治、生态配水与修复等。

第三阶段是建设"美丽河湖"。在全面剿劣的基础上，立足从"清"到"美"的提升，将其作为今后一个时期治水工作的纲领，以贯彻中央打好污染防治攻坚战以及碧水保卫战的部署，结合聚焦高质量建设美丽浙江、高标准打好污染防治攻坚战的要求，在不折不扣完成中央标志性战役基础上，做好浙江的自选动作，打出浙江的特色，进一步巩固提升治水成果。

实施"两建设"，即"美丽河湖"和"污水零直排区"建设。实现"两提升"，即水环境质量巩固再提升、污水处理标准再提升。坚持"两发力"，一手抓污染减排，就是要把污染物的排放总量减下来；一手抓扩容，就是抓生态系统的保护和修复，增强生态系统自净能力。加快"四整治"，即工业园区、生活污染源、农村面源整治以及水生态系统的保护和修复等。

…………

笔者没有想到老陈对"五水共治"的要求了如指掌，所以他的工作方向十分明确。

说话间，雨已经停了。因为下了大雨，水面上的垃圾明显多了起来，保洁队的4艘船全体出动，每艘船上两个人。保洁队的常驻队员是6名，忙的时候会临时雇用村民帮忙。队员们的平均年龄超过了50岁，都是从小生长在乌溪江畔的村民，对这片水域就像对自己的亲人一样了解。

"别看这是一条平平稳稳的江，也有水流很急的地方，有一些暗流只有我们知道。在江面上打捞垃圾可不是闹着玩的，一定要有经验。我这些队员都是几十年的老船员啦！对啦，你们写文章时一定加一句：别看乌溪江水好就随便下去游泳，真的危险！"

老陈是个热心肠，眼看着天气越来越热，下江游泳的人也越来越多，他见到了总要劝阻。用他的话说，"我知道这条江的脾气啊！"

空气经过雨水的洗礼，格外清新。此刻的乌溪江还翻滚着些许泥沙的厚重，一簇簇的枯枝抱成一团，在水面上翻涌，漂向下游，如果不及时打捞，怕是会堵塞一些下水口。

老陈拿起了长竿打捞网，用力甩向水面，长竿在水面上划出了优美的弧度，"啪"的一声打破水面，稳稳地钩住了远处的一大团枯枝上。他的手臂用力，青筋暴起、肌肉紧缩，将打捞网回拉，动作沉稳、利索。很快，船尾就堆满了散发着霉味的枯树枝和水葫芦。成堆的垃圾里，偶尔夹杂着一些塑料瓶和塑料袋。

"现在真的很少看到这种白色垃圾了。"老陈言语中透着欢喜，"这几年，老百姓对'五水共治'工作真的支持，谁不想有个好环境啊？以前是没办法，看到村里有养殖户往江里排猪尿猪粪也不敢上去说话。现在村村都通上了自来水，乌溪江沿岸几个村庄的保洁工作也做得很好。老百姓的意识提高了，不会再往江里丢垃圾了！哈哈，大家都知道这乌溪江里的水就是我们喝的自来水，谁还敢往自己喝的水里丢垃圾啊！"

是呀，为了保护这一江碧水，乌溪江沿岸的4个乡镇，率先拆除、关停了库区内所有养殖户的猪舍，关停了所有玻璃拉丝企业和几万平方米的灯光诱捕和网箱养殖设施。沿线的违章建筑，该拆的拆，该整改的整改，规范提升了100多家农家乐，完善了沿线村庄的门前"三包"责任制，一点点杜绝了沿线村民生活垃圾入江的恶习。

"这道源头关把住了，江水就像人一样漂亮了！你要是往江里扔一点垃圾，就不配生活在这条江边，更谈不上喝它的水了！"老陈直了直腰板说。

一年365天，这支打捞队不分寒暑在水上作业。据老陈介绍，每天单程的打捞长度有25千米，打捞流域面积有650万平方米。今天的船才走了一半，他显然不愿因为我们的到访而中止工作。

此刻，雨后的夕阳余晖铺陈在如镜的水面上，乌溪江变成了一条绿色的丝缎，兜兜绕绕地裹着山、缠着树，而两岸袅袅升起的炊烟，把寻常日子汇成一缕、两缕的诗，最终浩浩荡荡汇入远去的钱塘江！

老陈最后又提醒了一句："一支竹篙，难渡大河；众人划桨，才能远行。"

哦，懂了，浙江治水，众志成城，没有休止符，永远在路上！

4 旮旯里的美丽味道

颜值气质皆"爆表"的浙江，近几年成了美丽的代名词。但曾几何时，每当人们说起"四边"，却常常唉声叹气，这公路边、铁路边、河边、山边，似乎向来就是一个被人忽略的角落，在不经意间成了脏、乱、差的集中地。2013年，浙江曾组织专项工作组，先后赴省内11个设区市进行调研，排摸出的乱搭乱建、乱采乱挖、废品垃圾、广告牌残留、青山白化、绿化缺失、废弃矿山、赤膊房、"蓝色屋面"等各类问题点位，竟有近9万个。

"四边"区域主要分布在农村地区和城乡的接合部，环境卫生整体水平不高，一度成为浙江生态文明建设的薄弱环节。如今加快改善"四边"区域的环境面貌，开展洁化、绿化、美化行动，是广大人民群众的迫切愿望，也是生态浙江建设的一项基础性工作。

"千万工程"全面实施后，浙江把"四边三化"工作纳入全省环境整治工作格局之中，着眼于农村区域整体面貌的提升，改变单点式的整治方法，持续开展以"四边三化""两路两侧""第五立面""双清"行动为内容的全域性整乡整镇环境整治活动，并在各个县每年启动2～3个连线成片创建区块，全域推进美丽乡村建设。在取得初步成果的基础上，浙江的"四边三化"仍在持续推进中，并从国省道"两路两侧"向纵深推进，逐步延伸到县级道路和省县级河道沿边区域可视范围。

"迟日江山丽，春风花草香。泥融飞燕子，沙暖睡鸳鸯。"如今，行走在浙江，如同在风景带中穿行：公路边，违章建筑、占道经营点消失了，取而代之的是整洁的路面和便捷的通行；河道旁，树木整齐排列，绿地和亲水平台构成了美丽的河滨景观；山边宜草种草，宜林植林；森林城市、美丽县城、最美乡村星罗棋布，处处生机盎然。一条条景、路、水和谐交融的"四边"，一处处洁、绿、美相辅相成的景观节点，在高起点规划、高标准实施、高水平提升中逐渐显现，清新淡雅，尽显江南风貌。

不该遗忘的角落

"四边三化"行动就是让大自然的角角落落都美丽起来。有人说：美是到处都有的，这世界并不是缺少美，而是缺乏发现美的眼睛。"四边三化"让我们寻找到了美的初心。

有人把"四边三化"喻为当年"农村包围城市"的战略，仔细想来，倒觉得更有"星星之火，可以燎原"的意味。所以，每次带队到农村督查"千万工程"，笔者都要呼吁："只要'四边三化'工作能做好，'千万工程'建设就没有过不去的坎。"

浙江在推进"四边三化"行动时，同样强调规划引导，制订切实可行的方案，有人笑哈哈地说："这叫挂图作战吧！"

想想有那么多的"定时炸弹"要排除，还要"农村包围城市"，把"四边三化"规划称为"挂图作战"，倒是蛮贴切的。

既然归入作战方案，就得先掌握情报：浙江的"四边三化"行动，简言之，就是在公路边、铁路边、河边、山边等区域开展洁化、绿化、美化行动，包括全省国道、省道公路边一定区域（边界为高速公路用地外缘起向外200米，普通国、省道公路用地外缘起向外100米），铁路线路安全保护区内，只要是影响环境的"脏乱差"，这次都得一网打尽，全面整治。大家就得像冲锋陷阵的战士，必须确保"四边三化"水平显著提升，打造一批环境优美的景观带和风景线，最后将红旗插在这片高地上。占领了高地，还不能算是最后的胜利，接着还得建立城乡环境卫生长效管理机制，进一步提高城乡居民环境卫生意识和生活品质。

从作战图上的红色箭头指向，我们知道了"四边三化"的"机密"。

这公路与铁路边，是如何洁化、绿化、美化的呢？

在公路边，国、省道公路两侧宜林地段绿化率达到95%以上，平均单侧绿化宽度达到15米以上；在铁路边，铁路两侧宜林地段绿化率达到95%以上，平均单侧绿化宽度达到10米以上。

以绿化和垃圾清理、违法建筑清理、违法广告清理为重点，推进国道、省道、铁路沿线洁化、绿化、美化。加强国道、省道、铁路沿线整体景观设计，推进环境综合整治和联合执法，做好破损山体修复、广告路牌规范、违章建筑清理、村庄立面整治、道路绿化美化等工作，使交通干线沿线成为展示区域形象的景观大道和生态走廊。

这河边，是如何洁化、绿化、美化的呢？

绿化方面，要累计完成河道整治约 2000 千米，完成河道保洁约 3000 千米，主要河道两岸宜林地段绿化率达到 95% 以上，新增河岸绿化 1000 千米。

洁化、美化方面，根据"水清、流畅、岸绿、景美"的总体要求，深入推进"万里清水河道"建设。以国道、省道、铁路沿线等区域城乡河道为重点，采取水系沟通、清淤疏浚、岸坡整治、河道保洁等治理措施，着力提高水体自净能力，恢复河道自然生态功能。加强河道采砂管理，严格河道采砂许可证制度，加大对非法采砂行为的查处力度。进一步加强航道生态工程建设，综合运用工程、生物、园艺、管理等手段，着力打造集行洪、排涝、灌溉、水运、旅游等多种功能于一体的生态化航道。

这山边，是如何洁化、绿化、美化的呢？

以国道、省道、铁路沿线的山边为重点，推进废弃矿山生态环境治理与修复，重点做好露采废弃矿山的复垦、复绿及景观修复工作。完善矿山自然生态环境治理备用金制度，推进绿色矿山建设，最大限度地减轻矿山开发对生态环境的影响与破坏。加强对荒芜低效经济林、疏林地、荒山荒地、火烧和病虫害迹地、开垦地、裸露山体等的改造和提升。采取新造、补植、改造、封育等措施，实施山体林相改造，逐步形成多林种、多树种、多色彩、多层次的林相结构，达到优化、美化、彩化的森林景观效果。全面开展景区内外环境综合整治，不断改善旅游景区整体环境面貌。

还有，这村庄环境综合整治，如何开展呢？

就是紧密结合美丽乡村建设，以国道、省道、铁路沿线为重点，深入推进沿线村庄连片整治。建立完善垃圾统一收集处置体系，重点清除国道、省道、铁路沿线村庄各类积存垃圾、卫生死角，切实改善村容村貌。深入实施村庄绿化美化，大力种植乔木和乡土树种，形成道路、河道乔木林和村庄周围护村林相结合的交通沿线村庄绿化格局。加强交通沿线村庄立面整治和景观设计，注重与村庄风貌相协调，通过植被、水体、建筑的组合搭配，形成四季有绿、季相分明、层次丰富的绿化景观……

现在，如果驱车行驶在浙江境内的高速公路上，你会清晰地看到：曾经林立路边的广告牌不见了，铁路立交下的违章搭建消失了，河边的垃圾清理了，山边杂草整治了，到处是花树郁葱、房屋整齐、山峦青翠，一片生态美景。

专家称，这都归功于浙江不断推进深化的"四边三化"专项行动：一年打基础，二年出形象，三年大变样，五年成典范。"四边三化"已成为建设浙江"千万工程"的重要抓手和亮丽名片。

——厉害了，我的美丽线路，催生"美丽经济"。

"加油！加油！"伴随着加油声、呐喊声，无数小红旗在挥动。2018年"双11"，"碟中碟杯"开化钱江源国家公园马拉松比赛开始了。跑"马"者满怀激情出发，在云雾氤氲、五彩斑斓的水墨画卷中奔跑，用脚步丈量最美赛道，其中一段便是桃下线（开化县桃溪村至下界首公路）。

桃下线沿路两旁都是笔直挺拔的水杉。此时的水杉林黄绿交替、诗意十足，跑行在这样的赛道上，真是赏心悦目。

开化县凭借创建省级精品示范道路之东风，谋划重点项目，总投资3000多万元，将桃下线打造成"最美马拉松赛道"，着力推进公路沿线环境大提升。县"四边三化"办联合多部门，通过拆、治、改、建等方式，对公路沿线卫生死角、赤膊墙、危旧房、村口节点等进行提升改造，并对照马拉松赛道条件，完成了水泥砼路面白改黑、水沟修复、病害处置、标示线划定、公交车停靠站及多个景观节点建设。

村庄环境实现了由脏、乱、差向洁、绿、美的华丽转变，开化县各个村庄串点成线，带动民宿、农家乐蓬勃发展，大大增强了群众的幸福感，如紧依桃下线的下淤村，2017年村民年人均纯收入22535元，比开化县平均水平高56.8%。2018年下淤村共接待游客12.7万人次，老百姓钱袋子鼓了，心里乐了。

——厉害了，我的桥下广场，空地变宝地。

"这个健身广场位置好，天气炎热时太阳晒不到，下雨也淋不着。我们每天都来这里下棋、跳舞、散步……"前不久，江山市双塔街道路垄村的村民高兴地对笔者说。

这个健身广场位于黄衢南高速公路高架桥底下，面积大约2000平方米，广场上设置了篮球场、乒乓球台等各类体育设施。

"过去这里堆放着各种生活垃圾，脏、乱、差现象十分严重。"路垄村党支部书记刘永亮说。2018年村里筹资30多万元，把这片闲置土地清理出来，打造成为村健身广场。

与路垄村一样，保安乡化龙溪村龙井自然村也在高速公路桥下空间整合的文章中做出了自己的特色。这片高架桥底下有一个宽阔的停车场、竹子制成的牌楼、刻有"千年古道"的石碑及大片绿油油的草地，景色靓丽，让人心旷神怡。

"我们投资了60多万元，将原先堆放建筑废渣的地方改造成了有风景的地方，为龙井特色民宿旅游增光添彩。"化龙溪村党支部书记徐金荣说。

桥下空间整治和利用是近年"四边三化"工作的重点和难点。桥下空间私自侵占、违章搭建、堆积杂物和易燃易爆品等行为，都存在安全隐患。据统计，在2018年，单单一个江山市，高速、高铁的高架桥桥下空间总面积就有约261.67万平方米，其中，可利用桥下空间85处，面积115万平方米。

——厉害了，我的路边整治，周边乡村分享红利。

紧邻山后村的杭长高铁是中国"四纵四横"客运网主骨架之一，其中龙游段长约24千米，是龙游连接衢州、杭州的大动脉，沿线途经湖镇镇、东华街道、龙洲街道、詹家镇4个乡镇（街道）23个乡村，人口密集，风景宜人，是展现衢州生态田园和谐统一的"最美铁路"。

曾经，这条"大动脉"周边却伤痕累累。詹家镇党委副书记、镇长陈建生回忆，过去铁路沿线垃圾成堆、污水横流，煤场、砂石场、铁渣场等大型堆场分布其间，乱搭乱建遍及沿线……为此，龙游县开展"四边三化"行动时率先向此"亮剑"。

2016年，龙游县在杭长高铁和33省道龙丽温高速龙游南入城口的交会处，以政企合作的方式引入花海田园综合体项目，开展整体环境绿化彩化和景观设计提升改造，引进培育与沿线景观效果和谐共生的农旅产业。龙游花海田园综合体开发有限公司负责人张珂介绍，该项目用地面积近5000亩，投资超5亿元，全部建成后将成为以花卉、苗木观光为主，集观光体验、商业、休闲和娱乐等功能于一体的现代化、生态化农业旅游示范项目。紧邻龙游花海的山后村则探索出"企业＋村集体＋农户"的开发模式，由花海公司实施美丽乡村提升、高端民宿开发、花卉种植、土地流转等项目，村民通过出租房屋和提供劳务获得收益。目前山后村已有200多人在花海景区工作。

"为开发民宿产业，村里房屋的外立面都被刷成了蓝白色，山后村成了'地中海小镇'。"陈建生表示，村里的产业也随之由传统养殖业升级为乡村旅游业。此外，该村还抓住花海景区需要大量花卉苗木的机遇，运用订单农业模式，把发展现代花果园艺作为村里农业结构调整的主攻方向，促进农民增收致富。

在湖镇镇，高铁边水域环境的整治则带动了锦鲤养殖产业，如今形成了"家家有池塘，户户养锦鲤"的美丽乡村图景，锦鲤文化博览园也成为高铁沿线龙游特色产业发展的金名片。

一系列的项目落地，使得"四边三化"环境整治赢得了民心，群众不仅改变了不良卫生习惯，更是在角色上发生了根本转变：从反对者变成了支持者、从旁观者变成了参与者、从质疑者变成了受益者。

路是走出家门的一道风景

车在绿水青山间穿行，远离了城市喧嚣，如此天人合一的境界，给人一份宁静与纯粹。在这条美丽公路的映射下，昔日闭塞的小山村化蛹成蝶，唱出了秀水富民主旋律。

说到下姜村，大家可能知道一些，那是几任浙江省委书记的基层联系点。当然，18年前的下姜村，与大多数村子一样普通。如果非要说有什么不同，那就是比一般村子更贫穷。

据时任村党支部书记姜银祥回忆，2001年初，省里在淳安选了包括下姜村在内的3个村，作为备选的省委书记基层联系点。其他两个村在千岛湖附近，都靠近公路，条件相对好一些。在最后做决定时，张德江书记亲自拍板：既然另外两个村不能突出反映淳安欠发达县的面貌，那么联系点就确定下姜村吧。

这个躲在大山褶皱里的下姜村，有224户、700多人。村子已有700多年的历史，古时还有一个"雅墅峡涧"的浪漫地名，可能是祖先赋予绿水青山的美好期许。可惜这里长期以来交通闭塞、人多地少，村民的生活自然艰苦。当地一直流传着"土墙房、半年粮、烧木炭，有女莫嫁下姜郎"的民谣。

那时，从淳安县城出发，要走60多千米的"搓板路"，还要坐半小时轮渡，再绕100多个盘山弯道，才能辗转抵达村里。车行路上，恰如"汪洋中的一条船"，一路颠簸，一路尘土。如此交通，下姜村何时才能脱贫？

"若要富，先修路。"不久，下姜村连接县城的淳杨线公路雏形勾勒出来了。

这些年来，为帮扶下姜村，历任省委书记一任接着一任干，始终把修桥铺路视为重中之重。实践也证明，几乎每一次修路，都为下姜村带来新的发展机遇，开展"四边三化"行动，建设"四好农村路"，不仅建成了生态路、景观路，更是打通了富民路。

今天，当我们飞驰在淳安县已经获得"四好公路"光荣称号的山村公路上，回头再来审视"四边三化"，它无疑创造了一个辉煌！

我们沿着淳杨公路一路行驶至枫树岭镇，一边是波光粼粼、云蒸雾绕的湖景风光，一边是绿意盎然的田园景色，车在绿水青山间穿行，道路两旁还有专门的骑行绿道，远离了城市喧嚣，如此山、水、人合一的境界，给人一份宁静与纯粹的享受。

淳杨公路起点位于千岛湖镇，终点位于汾口镇，全程共计有14座桥梁和6条隧道，总长64.6千米，把里商、安阳、大墅、枫树岭、汾口5个乡镇巧妙串联，打造了县城"一小时交通圈"，标志着淳安县进入全新的环湖时代。下姜村正是位于这条公路边的一个小山村。

"一部淳安的发展史，就是交通的变迁史。"淳安县委书记黄海峰介绍说，"淳安人最懂无路之苦，最感有路之福，最重建桥修路。对我们淳安来说，扶贫是要扶路，路扶好了，扶贫工作就做好了。"从20世纪80年代、90年代直至进入21世纪，在省、市各部门的关心下，淳安始终在优先、大力发展交通。从当年的12千米断头路，到现在2741千米总里程，淳安县城与杭州、上海等大都市，县城与各乡镇，都拉近了距离，大大缩短了行车时间。现在从千岛湖镇到杭州的车程由原来6个小时缩短到1.5个小时，县城到各乡镇的车程由原来三四个小时缩短到1个小时。

在淳安，我们还得悉另外两个故事，第一个是带领村民一起，走得更远的故事。

"意料之中，非常火爆！"谈及目前石林港湾运动小镇的现状，杭州和邑体育发展有限公司负责人杨小峰兴奋地搓了搓手。他告诉笔者，刚过去的"五一"小长假，所有项目都有人排队，酒店也全部住满，小镇里到处都人来人往，热闹如过年。

签约十大项目，开工十大项目，建成十大项目，运营十项运动……2017年5月10日，石林镇与杨小峰所在的公司正式达成全面合作协议，和邑·石林港湾运动小镇等一批项目集中落户，石林体育小镇整体开发正式启动。如今，看着来自各地的游客，杨小峰的底气更足了。

能把游客引进来，首先要突破交通的瓶颈。"第一次来这里，就觉得这里的道路安全、便捷、漂亮、清爽！"回忆起初次到此的情景，杨小峰印象依旧深刻。

后来，他的这种感受逐渐变成了游客的普遍评价。"很多客人来自北京，坐高铁直接过来，从千岛湖到石林镇这条路两旁，小黄菊、柳叶草、美人蕉都很好看。"杨小峰说，不少游客都感慨：目的地还没到，旅游已经提前开始了。

游客来了，开心的不只是杨小峰，还有当地的村民。"现在笋干、茶叶、酱块这些东西都成了俏销货，老百姓都高兴死了。我们享受了这里便利的交通、优良的环境，一定也得带着村民一起走上致富的道路，走得更好更远。"展望未来，杨小峰充满了期待。

另一个故事是关于农特产品增加销路的故事。

姜银祥是土生土长的下姜人，60多岁的他见证了下姜从"穷、脏、乱"到"绿、富、美"的变迁。他指着家对面的房子说，"以前那里就是露天厕所，待在家都能闻到臭味，苍蝇到处飞，真是又脏又臭。"

自2001年起下姜村开始"三改一建"，村貌焕然一新，道路两旁干净整洁，绿树成荫，满眼都是风景，但是鲜少有人来游玩。

"农村有句老话叫'要想富，先修路'。路不好，有再好的空气、再好的水都没有人会来游玩。2014年淳杨线开通，村里开始大力发展旅游业，游人越来越多。至今已连续几年每年突破40万人次。"姜银祥笑着说道。

"我的微信里好多都是游客，他们尝了我家的酱和地瓜干都说好吃，都要加我的微信，等吃完了再买。今天又有老顾客问我买，可惜家里的酱和地瓜干早就卖完了。在以前，哪能想到自家吃的酱和地瓜干还能这么受欢迎。"仅2017年，地瓜干和农家酱就为姜银祥家增加了5000元左右的收入。

"四边三化"环境美化带来的"美丽"新业态，在绿水青山和金山银山之间架起了一道道桥梁，又引领乡村向着更加美好的明天出发——

平阳式的"四边三化"

积极谋划全局，努力打造亮点工程，不断改善薄弱环节，深化城区、景区和村庄"四边三化"整治，建立完善长效工作机制，

"人在景中行，车在画中游"的美好景致已遍及平阳。

2019年秋，在温州市平阳县凤卧至山门的公路沿线，原先贴满小广告的电线杆和斑驳的墙面不见了，以往违法乱搭的丝瓜棚、随意种植的农作物消失了，放眼望去，公路两旁都是绿意葱茏的景观带；

在萧江镇张家山村高速桥下的新时代文明实践志愿服务示范基地，崭新的儿童乐园、健身运动场所引来村民到此休闲、运动，新开辟的停车场上停满了村民的私家车，秩序井然；

在万全镇郑三社区，昔日渣土堆积、垃圾遍地的高速桥下，也已被改造成一个个独特而又宽敞的活动室，内有党建活动场所、篮球场、羽毛球场、门球场、舞蹈广场、象棋活动场等，还有一处小巧玲珑的小公园……

平阳县这些路边的新风貌，正是源于当地持续开展、不断深化的"四边三化"整治行动。2012年以来，平阳县各乡镇、部门按照部署，扎实开展"四边三化"行动，全县国道、省道公路、铁路及沿线河道、矿山"脏、乱、差"问题得到有效整治，环境面貌大为改善；2015年之后，该县又扩大整治范围，向县道公路、县级河道及沿线矿山全面延伸；2018年以来，整治重点则移至县级以上公路、所有铁路、县级以上河道、县级以上公路与河道及铁路两侧1000米可视范围内矿山的洁化、绿化、美化，有条件的地区因地制宜开展乡村公路、乡村河道及可视范围内矿山治理……通过连续不断的努力，如今，平阳全县公路边、铁路边、河边、山边影响环境面貌的"脏、乱、差"问题得到全面整治，"四边三化"长效机制基本健全，城乡居民环境保护意识和生活环境品质显著提高。

2019年，平阳县"四边三化"行动在以往的"常规动作"之外，还按照"洁、净、美"的要求，着力开展"红色领航工程"，重点放在沿线环境综合整治，打造序化、洁化、绿化、美化的城乡环境，助推乡村振兴。其整治范围包括甬台温高速沿线平阳段，高速公路平阳互通、萧江互通，104国道昆阳段、鳌江段、萧江段，昆鳌大道104国道快速连接线，昆鳌大道，车站大道，火车站及周边，57省道复线等处。

九凰山南路口、北路口是平阳县昆阳与鳌江互通的主要隧道之一，一直以来，由于交通压力大，外加周边绿化未能跟上，整个环境就差强人意了。2015年以来，平阳县根据市级考核要求和实际情况，投资约1870万元，将104国道平阳与瑞安交界处至104国道平阳陈峡垟广天集团门前的道路建成生态美丽示范路。如今，104国道雅山路口已完成景观绿化，九凰山隧道南、北出口景观绿化工程等已告完成。

水头镇曾是平阳县生态环境重点治理地区。近年来，随着"五水共治"的扎实开展，水头镇已经彻底改变了原先污水满河的状况，整体环境不断向好。几年来，水头镇花大力气抓好"四边三化"整治行动，角角落落的卫生状况也在不断改善。

如今，走在水头街头，可以发现大小街道已一改旧样，地面、街边整洁干净。2019年，水头镇依据县委、县政府"四边三化"专项整治工作要求，由镇主要领导亲自挂帅，全体机关干部分段分片蹲点联系，社区、村干部全面发动，把拆违工作列入城镇道路美化的重点，大力推进"两路两侧""河边三化"整治。至2019年7月底，共拆除违法建筑28处，面积6732平方米，拆除违法广告牌227处，面积935平方米；开展以洁化为重点的垃圾清运工作，整治乱点1115处，清运垃圾2518吨。

"洁化工作不是单纯的扫地，而是一项环境综合整治工程，不能一蹴而就，需要长期坚持。"水头镇相关负责人介绍了该镇的主要做法，即：通过宣传单发放和党员干部大扫除等活动，广泛宣传发动，提高居民对"四边三化"工作的认识；做好镇、村两级党员干部的动员发动工作，党员干部带头自拆，化解居民的不理解甚至对抗情绪；交错推进拆除违建、拆后整治、清理乱点3项工作，确保"拆后即清理，清理即绿化"。同时，完善村保洁制度，确保村主要道路、公共场所、垃圾中转站整洁无堆积物。

在深入推进"四边三化"过程中，水头镇又下了"硬功夫"。比如重点实行了"网格划分、日常巡查、及时上报、每周汇总、每月排名"的"硬核"制度，深入落实"路长制"，由镇级"路长"带队，对背街小巷等城区洁化工作中的重点、难点区域进行定期巡查、不定期突击检查，一旦在督察过程中发现问题，"决不手软"，既要责成有关人员马上拿出解决方案，又要对工作不到位者进行相应处罚。而在建立长效管理制度方面，水头镇推出了一套完善的"四边三化"行动制度，以制度来管理人、约束人、激励人。

平阳县城昆阳镇是一座千年古城，自西晋太康四年（公元283年）以来一直为平阳县治所在地。1700多年的历史传统和文化底蕴，使昆阳城有着令人荡气回肠的古风幽韵。平瑞塘河是一条有着千年历史的人工河，水网密布、支流纵横，滋养着平阳的广袤土地。但它也曾经被污染成了黑臭河，通过多年整治后，河水重又清澈。"四边三化"行动开展以来，平阳县又对平瑞塘河两岸进行了重点美化。该河两岸的凤湖公园段由政府与爱心企业家共同出资打造生态护岸、亲水平台、特色亭台等，成为市民休闲、健身的首选之地。如今，平瑞塘河凤湖畔，河面宽阔，波光粼粼；水浅处，水草摇曳，鱼儿嬉戏；河岸边，市民散步健身、悠游休闲……平瑞塘河凤湖公园段在2018年被评为温州市十大美丽河湖，这是平阳"四边三化"等攻坚战成效的缩影。

除此，按照平阳县《开展县级河道无违建创建工作的通知》，2019年以来，县里又对境内11条县级河道进行了无违建整治，各条县级河道两岸风光均已焕然一新。

由于历史原因，在河边，尤其是在公路边，平阳县的不少乡镇都存在着大量违章建筑。深入实施"四边三化"过程中，拆除违章建筑成为一项重要工作内容。

曾经的萧江世纪大道旁，简易棚随意搭建，违建厂房紧密相连，使得部分通道仅够一辆车子通过。"很多厂房的四周都以民房为主，若发生火灾，消防车难以进入最里面的区块，存在较大的安全隐患。"萧江镇一名负责人说，由于一些违章建筑位于城区里面，给全镇容貌带来了一定的影响。

但如今，这些乱搭乱建的违建棚已经不复存在。萧江镇"四边三化"和拆违工作力度很大，成效在全县名列前茅。"从这里经过时，原本一眼就能看到这片凌乱的厂房，看过去跟周边的环境格格不入，现在这一片违章建筑拆除了，整个视野也开阔了。"一名经常驾车经过此处的市民说。

在"四边"拆违整治过程中，平阳县不断发动群众，居民互相监督的氛围逐渐浓厚。不少违建、高污染厂房都已自行拆除或经技术改造，其中废旧物品回收点整治是平阳县在拆违行动中的一个有力举措。从2018年4月开始，在以往整治的基础上，平阳在全县开展了废旧物品回收经营加工点专项整治行动。全县各镇乡深入排查，对辖区内废旧物品回收经营加工点进行规范。据初步统计，2018年上半年，全县废旧物品回收经营加工点为288家，其中，有证191家，无证97家。整治后，全县废旧物品经营加工点减少到153家。

而围绕"四好农村路"建设，2019年全年，平阳县的主要任务包括打通断头路、建设较大自然村通村公路18千米；通乡镇、通景公路改扩建15千米；新建港湾式停靠站85个；规范化创建乡级农村公路管理站3个；创建美丽经济交通走廊139.5千米；打造乡村振兴示范带4条，乡村振兴黄金带1条等。"农村道路的修缮提升，不仅方便了村民出行，还很大程度上改善了村庄环境状况，是一件惠及家家户户的民生实事。"萧江镇岱口村村委会主任王声免说。

为妥善安排包括"五水共治""三改一拆""六城联创"等重点工作在内的各项整治行动，把整治"四边区域"环境问题放在合理位置，以使洁化、绿化、美化行动真正起到作用，平阳县还专门出台了《平阳县深化"四边三化"行动方案（2015—2020年）》。这份行动方案的内容十分明确，那就是必须把这项工作列入重要的议事日程，始终坚持政府主导、全民参与、因地制宜、城乡一体、综合治理、长效管理，全面整治"四边区域"环境问题，健全完善"四边三化"长效机制，进一步改善城乡环境面貌，增进人民群众环境福祉。由此，平阳县扎实推进"四边三化"专项整治，大力开展"铁路三化""公路三化"和废弃矿山生态环境整治、交通干道沿线"赤膊房"整治、蓝皮棚整治、"四边三化"互比互学等，一批批亮点工程、滨水小公园、城区绿化美化示范路、城区街容示范街等相继建成，极大改善了城乡环境。

"绿树阴浓夏日长，楼台倒影入池塘。水晶帘动微风起，满架蔷薇一院香。"2017年5月，平阳县以温州市五县第一、全市第二的成绩上榜，并获浙江省"四边三化"行动优秀县。

5　文明从厕所开始

"郁金堂北画楼东，换骨神方上药通。露气暗连青桂苑，风声偏猎紫兰丛。"这首唐诗，以艺术笔法记录了一次愉快如厕的经过，在一个环境清幽的地方，原本的不堪之事变成了一种享受。这是古人一次不无夸张的描绘。是的，多少年来，即便是社会文明相对发达的江南一带，农村的卫生基础设施依然是落后的，厕所，尤其是公厕的缺乏、简陋、肮脏等弊象普遍存在，严重影响了村民日常生活。

也许，厕所在我们的生活空间里只占了一个小角落，但如厕这件事，看似小，实则大也。从某种程度上说，厕所卫生反映着一个地方的人居环境水平，反映着文明与发展程度，也反映着社会管理能力。2003年实施"千万工程"时，浙江确定了农村公厕建设和改造这一项民生工程。"千万工程"向纵深处推进过程中，浙江更是不遗余力抓好这项工作，不仅将"厕所革命"单列出来，列入省政府工作报告，列为十大民生项目之一，其建设整治的力度史无前例，在全国范围内也是少有的。

2015年，习近平总书记作出重要指示，要把"厕所革命"推广到广大农村地区。同年，浙江专题召开了全省"厕所革命"现场会。随后，省政府印发《浙江省旅游厕所建设管理三年行动计划（2015—2017）》，明确浙江将在三年内新建和改建旅游厕所4696座。其实，从2007年开始，浙江就按照"卫生实用、环保美观、管理规范"的要求，每年在3000个建制村建造40万户厕所，成千上万普通农家用上了抽水马桶。到2017年底，全省农村卫生厕所覆盖率达到98.6%。在国家旅游局召开的2017年全国"厕所革命"工作现场会议上，作为率先推动"厕所革命"的省份之一，浙江提供的"让公厕成为一种景观"经验引发了极大关注。

常山的"公厕革命"

把农村公厕建设作为改善人居环境的重要举措，常山县以"公厕革命"为突破口，推动农村基础设施完善提升，首倡的"所长制"创造性地解决了农村公厕后续的维护运营难题。

正值"烟花三月下扬州"的时节，笔者随中国报告文学作家采风团来到常山县。三天调研后，当地政府与我们进行了一次交流，没想到关于"公厕革命"的话题在交流中引起强烈反响。

常山县位于浙江省西部，地形以山地丘陵为主，是农业大县。2018年全县人口34.4万，其中农村人口29万余，占全县人口总量近

85%。在户厕改造上，常山实现了困难群众厕改率100%、农村旱厕拆除率100%两大目标，显著提高了农民群众的获得感、幸福感。

"千万工程"推进过程中，常山县围绕建设"何处心安、慢城常山"大花园的目标，针对农村公厕脏、乱、差、偏这些痛点，提出"小康路上，一厕也不能少"的口号，借鉴"河长制"，在全省首创并推行公厕"所长制"，持续3年深入推进农村公厕建设与管护工作。至2018年底，常山县已完成近200来座农村独立公厕的改造提升，占有公厕村庄总数的90%以上。一座座干净方便的公厕"登上了大雅之堂"，成为常山"千万工程"建设的亮点。

交流会就剩最后总结发言了，主持人说得留给常山县委书记叶美峰。作家们觉得叶书记已经说了很多，但一说到"厕所革命"，他又忙打招呼："再给我一点时间吧？"

在谈到已有1800多年历史的常山如今正在精心打造"国际慢城"时，叶美峰竟说到了公厕，且引用了美国作家朱莉·霍兰在其著作《厕神：厕所的文明史》里的话：人类的文明并非从文字开始，而是从厕所开始的。

受传统观念影响，常山县的乡村公共厕所一般建在较为偏僻的地方，而且不少还是旱厕，蚊蝇滋生、异味四溢，不知已有多少人反映公厕"连脚都踩不进去"了，乡村公厕不仅没起到服务群众的功能，反而带来了困扰。

没错，常山虽不是经济富裕县，但为了"公厕革命"，这几年县里砸锅卖铁的决心都有。县农办牵头负责乡村公厕建设，安排了专人专职主抓。县财政每年设立1500万元的专项资金。等级公厕建设列入文明村镇、美丽乡村评比中的"一票否决"事项，也列入乡镇考核事项，并每月进行督查通报。

然而，如果事情真的像推进表上那样简洁顺利就好了，那就不必再谈什么"厕所革命"。在场交流的常山同志们一声叹息，把我们引入厕所革命前的时光。

浙江提出将农村改厕正式列为"千万工程"的重点项目之一，每年要在3000个建制村建造推广公共厕所。这事在当时，别说省里，即便一个小小县里，大家心中也没底，上上下下还有许多想法。老百姓最想不明白的是，民生问题千千万万，这么大张旗鼓搞"公厕革命"，是不是捡了芝麻，丢了西瓜？显然，人们对"厕所革命"的真正用意，还没有认识清楚。

针对这一情况，常山县开始将工作向后退了一步，更多地与百姓交流文明的问题，改变他们的观念。

"中国是农耕社会，尊重农业生产是最基本的社会共识。过去皇上也是农民，也信奉肥水不流外人田，皇家的便溺也是要拉去郊区当肥料用的。中国的农民，撒泡尿都得跑自己地里。"常山县环卫所一位工程师对我们说，"但过去人与自然是一种融合的和谐状态，这个问题不突出。现在经济和城市都急速发展，打破了原有的自然融合。因此厕所问题是复杂的发展问题，是多层次的融合性问题，需要系统解决。"

思想长一寸，行动进一尺。是的，要让老百姓深深体会到生活品质改善之重要，他们才会强烈意识到农村必须来一场"厕所革命"。

在"公厕革命"的实施过程中，常山县又遇到新的阻力。这个阻力主要来自全县农村改厕工作进展不平衡，乡镇重视程度有高有低，推动方式有简有繁。加之农民主体作用不突出，技术创新跟不上，农民群众"不愿用、没法用、用不上"等现象不同程度存在。这使得常山县的公共厕所改造工作，一度徘徊在十字路口。

怎么办？众人细细反思后，觉得是"公厕革命"的初衷出现了偏差。之所以坚持不懈推进"厕所革命"，其初衷应该是努力补齐影响群众生活品质的短板……是的，公共厕所改造的重点应该在农村，难点也应该在农村。

马上调整工作思路，把农村厕所革命作为改善农村人居环境、促进民生事业发展的重要举措，接着又调整了工作方案，启动实施农村生活污水治理3年攻坚，与全省农村卫生厕所覆盖率一致达到98.6%。

自2017年起，常山县分期分批启动农村210座独立公厕的新建和改造提升工程，确保"每村都有一座公厕"。在公厕建设与运作维护过程中，常山克服经济基础薄弱的劣势，切实保障资金来源。县财政从美丽乡村建设资金中连续3年、每年拨付1500万元专项经费，让农村公厕的运行维护有了持续的资金保障。

根据建造等级的不同，常山农村公厕建设造价15万元到50万元不等，由村镇自主筹资建设。在公厕的管护方面，除了三格式化粪池定期清掏等工作，常山县还为每一座农村公厕配备了一名保洁员。保洁费每座公厕每年5000元，由县财政统一拨付。对于新建公厕和改造公厕也出台了详细的奖补措施：A级公厕每座最高奖10万元；AA级最高15万元；AAA级最高可达20万元，被评为"最美乡村公厕""优秀所长"的单位和个人还有奖励，这大大激发了大家建设和维护公厕的积极性。

常山县腾出力气抓农村公厕建设，最终目的是充分保障群众如厕方便，所以公厕的覆盖面、便利性尤为重要。这些农村公厕的面积多在40~80平方米，"麻雀虽小，五脏俱全"。公厕有的建在卫生所、活动广场附近，有的建在主干道两旁，还有的建在乡村旅游景点周边。公厕内除了男女卫生间，还有专门的工具间、管理间和第三卫生间，无障碍设施齐备，并注重运用环保新技术和智能设备。同时，公厕尽可能延伸服务，厕纸、洗手液、搁物板、衣帽钩一应俱全，为广大群众提供了舒适舒心的如厕环境。

新昌乡郭塘村新建的公厕就坐落在村主道旁。走进公厕，轻柔舒缓的提琴曲伴随响起。公厕内洗手台锃光瓦亮，白鹤芋盆景生机勃勃，圆形镜子的边框被精心切割成波浪形，镂空窗也是精心雕琢的，一景一物让人身心舒畅。村民周发根对我们说："原来这个厕所又小又脏，大家都捂着鼻子绕道走。现在我们村的厕所，一点都不比城里差。"

在农村公厕建设过程中，常山坚持实事求是，既不搞"贪大求洋"，也没有哗众取宠，而是量力而行、尽力而为，合理布点、理性投入。农村公厕建设中严格做到了"六不"：污染控制、无异味，不臭；环境卫生、无杂物，不脏；简约美观、环境协调，不难看；路口指引、临近引导，不难找；数量满足、布局合理，不排队；优质服务、免费开放，不收费。

常山县青石镇砚瓦山村是这一轮农村公厕革命中的最大得益者之一。村里因为有材质、造型各异的奇岩怪石，因而成了当地小有名气的赏石佳地。许多游客慕名而来，村里的乡村旅游也日益红火起来。然而，村里很快发现了新的问题：因为没有一个像样的公厕，许多游客万般无奈只得到村民家"行个方便"。

村民徐德胜家的厕所就常常被游客借用，"有些时候十来个人排着队来，说心里话，麻烦是有点麻烦的。"平常无人关心的公共厕所，这时成了乡村旅游发展的"拦路虎"。全面开展的农村厕所革命，为砚瓦山村解决这个难题提供了契机。村支书徐卫国高兴地说："2018年村里新建了3座旅游公厕，很快建成并投入使用，游客如厕难的问题已大大缓解。"

常山县规定，新建、改建公厕全部按照国家《旅游厕所等级标准》《旅游厕所质量等级评分细则》的要求进行景观化建设，也就是按照旅游厕所A、AA、AAA等级标准布局、设计。为了达到"一厕一风情、厕厕成风景"的良好效果，常山县根据每个镇、村的实际情况，因地制宜采用浙派、徽派、现代等建筑样式，形成了别墅式、田园风、水岸船型等多元风格。

此举不仅让公厕"从无到有",还让公厕"从有到优",根据公厕周边环境、景色特点,配合设计与之相生相融的造型和色彩,做到景、厕相得益彰。比如江源村公厕就是在村民家老房子的基础上重新翻建的,保留了老建筑的骨架和韵味,还与紧挨着的古老江氏家庙风格协调。又如长风村在全村建筑外立面改造时,将公厕一并设计到位,以黑白灰为主色调,仿照浙派建筑风格,让小小厕所和特色民居巧妙地融为一体。

为解决农村公厕后续的维护运营,常山县从浙江全省推行的"河长制"获得启发,建立公厕"所长制"。

那天一大早,外面下着小雨,我们几位作家早早来到塔山脚下的一座星级公厕。厕所白墙青砖,竹林为障,24小时开放,所有蹲坑和洗手池均采用感应式冲水器,同时还为残疾人设立了单独卫生间,男女厕内都还有老年人和儿童专用厕位。2017年,这座公厕被评为"全国最美公厕"。我们刚到这里,只见常山县住建局局长徐敏急急忙忙走进来。他一会儿用手摸一摸,看看洗手台有无灰尘;一会儿用脚划一划,看看地面是否湿滑。原来,徐敏还是这间公厕的"所长"。

"我们常山县的'所长制',明确县委书记任全县公厕总所长,县委副书记任乡村公厕总所长。城区各公厕所长由县住建局干部和各街道党工委书记担任;乡村公厕由乡镇党委书记担任集镇公厕所长和辖区公厕总所长;村支书担任所在村公厕所长,一村有多座公厕的,由村"两委"干部分别担任。全县形成'县、乡、村三级联动、乡镇部门紧密配合'的工作机制,做到'一厕一所长、责任全覆盖'。"徐敏介绍,如今全县每个公厕都有了"所长"。

我们在采风考察中发现,常山农村的每座公厕都做到了"一牌一本，一日一巡，一考一评"。"一牌一本"即所长公示牌和"所长制"工作日志，公开"所长"信息。"一日一巡"即落实"所长"职责，每天巡查不少于一次。"一考一评"即建立考核机制，倒逼"所长"主动作为。

而在一些小城镇厕所，我们还见到从市场方向寻求让厕所长效运行的方法。如有一座公厕，里面竟有音乐吧、书吧，还有Wi-Fi网络。最具特色的是这里首创"以商养厕"的管理模式——通过在厕所内摆放自动售卖机、销售工艺品等，来解决维持公厕日常维护、保洁等所需的费用。据了解，每月除了支付公厕日常维护、保洁等所需费用外，还有上千元的盈利。

有了"所长"之后，常山还建立了公厕"所长"考核和星级评定机制，定期开展"最美公厕""优秀所长"评选活动，把等级公厕作为文明村镇、美丽乡村评比中的"一票否决事项"，列入对乡镇的考核内容。在"所长制"的强力推进下，常山县到2019年底已完成全域所有乡村"至少有一座公厕"的建设目标。

自从"所长制"确立以来，农村公厕就成了"总所长"叶美峰下乡必看的地方之一。

"2017年初，常山开始推行'所长制'后，上级许多同志见到我都说'总所长你好'，口气怪怪的。直到'厕所革命'在全国打响，同志们的目光由不屑一顾变成不可思议，都提出想来常山看看我们的美丽公厕。"叶美峰说，的确，公厕"所长制"是迄今中国诸多省份中绝无仅有的。2019年初，中央农办、农业农村部、国家卫生健康委、住房和城乡建设部、文化和旅游部、国家发展改革委、财政部、生态环境部等八部委联合发文，就全国推进农村"厕所革命"专项行动提出指导意见。该文中有一段很长的话，说得十分中肯：

"各地要学习借鉴浙江'千村示范、万村整治'工程经验，总结推广一批适宜不同地区、不同类型、不同水平的农村改厕典型范例。鼓励和支持整体推进农村'厕所革命'示范建设，坚持'整村推进、分类示范、自愿申报、先建后验、以奖代补'的原则，有序推进，树立一批农村卫生厕所建设示范县、示范村，分阶段、分批次滚动推进，以点带面、积累经验、形成规范。组织开展A级乡村旅游厕所、最美农村公共厕所、文明卫生清洁户等多种形式的推选活动，调动各方积极性。"

如今的常山农村公厕，不仅在服务上体现了人文关怀，还引入互联网思维，实现了智慧管理。运用互联网技术，常山重点实现公厕定位功能，形成一张常山公厕电子地图，让群众有如厕需求时可一键搜索、精准定位；建立公厕管理网络平台，开发手机小程序，引入自动化控制技术和自动化管理，实现自动开关门、照明、排风、冲厕等功能。

围绕"何处心安、慢城常山"城市品牌，常山公厕还统一标志形象设计，以胡柚娃卡通形象制作公厕导向牌，在装点风景的同时，也让市民和游客倍感亲切。

在常山，我们还见到了一座"会呼吸"的公厕。"这个公厕是在原有旱厕的基础上改建而来的。我们还在公厕内外种上能净化空气的绿萝、三角梅、吊兰和茶梅等绿植花卉，使它与周围环境融为一体，为正在创建的县级美丽乡村精品村增添一抹美丽的文明风景。"该公厕"所长"说。

"会呼吸"的公厕，正是常山县公厕改革的一个缩影。在公厕建设改造工作开展以来，常山县从未搞过一刀切，而是鼓励百花齐放、百家争鸣。同时，他们尽可能在"厕所革命"中蕴含更多对人的尊重，对妇女、儿童和老人等弱势群体的关爱等，时代文明发展新理念得到了充分体现。

如今的常山，"国际慢城"打造工作一直在推进，成果卓著。倘若你到这里，连公厕都进不去、蹲不下，还谈什么慢城生活？"神仙皆知食为天，人间有谁不方便？"在常山，我们已可尽享"静坐觅诗句，放松听清泉"之美妙。

一个"网红"打卡地

"第5空间""飞流龙司"……一批"网红"厕所在永康出现，"不愿久留之地"的旧印象已被颠覆，遍地皆是街头"盆景"和村社"风景"。

"大陈村的'第5空间'上央视新闻啦！"2017年10月，"第5空间"作为实施乡村"厕所革命"的典型示范，上了央视新闻。

"这下子名气大了！"永康市前仓镇大陈村党支部书记陈建伟骄傲地介绍："为什么我们把这座'网红'厕所叫成'第5空间'？因为它是继家庭空间、工作空间、休闲空间、虚拟空间之后的公共空间，也是集茶水间、阅览室、卫生间、哺乳室于一体的新公共空间。当然，它只是我们村开展'厕所革命'的成果之一。有关'千万工程'农村改厕的故事，肯定不止这一桩。"

我们走进这座闻名遐迩的乡村公厕。这是一座占地约260平方米的青砖小楼，古色古香，很有几份雅趣。小楼的门前竖立着一块圆形石桩，上有"第5空间"字样，颇为醒目。入得门去，只见里面是一个小巧而别致的院落，石板铺就的地面下竟还有清澈的水潭，有几尾红鲤在悠然游动。再往里走，便进入大厅。大厅由各地收集来的老料建成，实则一座砖木大宅。大厅内摆放着仿清代桌椅，悬挂着精致的中式宫灯，两旁的柜子里摆放着铸铁壶、手工染布等工艺品和各类书籍。显然，这些都是对外出售的，但它们更为整个空间增添了不少文化气息。

真的，如果不是有人提醒，不是看到大厅的内侧便是同样古朴精致的卫生间，谁会料到这里竟是一座厕所呢？

"这里已经成景点了，很多人正是冲着它才来到这里。"一位正坐在"第5空间"大厅里休息的年轻村民告诉我们。这几年，大陈村一直在打造国家AAA级旅游景区，村里的大陈拾桥、古祠堂（二座）、古廊桥、舜耕老巷、文化广场、后栋氧吧、樱花健康绿道等10多个景点吸引了各方游客。每天到大陈景区的游客，平时有2000多人，周末往往超过5000人，这座"网红"公厕也成了大家到大陈村旅游时的打卡地。现在四乡八村的人们说起大陈，都会不由自主地竖起大拇指。

这位年轻村民所言极是。"第5空间"不仅环境优美，在这里还可以听音乐、连Wi-Fi、自助购物，以往村民和游客最难堪的上厕所一事也已经成了一大享受。随着各类基础设施建设的加快推进，大陈村的乡村旅游业又上了一个台阶。2017年10月，大陈村与浙旅集团签约，首期投资1000万元，要将大陈村建设成为集休闲、观光、旅游、餐饮、民宿一条龙服务的旅游特色村，成为前仓生态旅游板块上一颗耀眼的明珠。对此，有村民在微信朋友圈里以一首小诗描绘家乡："泉眼无声惜细流，树荫照水爱晴柔。小桥流水家家乐，且因清风不犯愁。"

"关键是观念革命。"陈建伟感叹。当年，大陈村决心花五六十万元建一个厕所，很多村民不理解、不赞成，认为是得不偿失。存续了数千年的农村公厕，大多还不是"一块木板两块砖，三尺栅栏围四边"吗？后来，村"两委"在村民中间掀起了"观念革命"，以"厕所革命"为突破口，大力宣传"厕所革命"、改善农村人居环境和把"千万工程"往纵深处推进的必要性和迫切性，村民的思想逐渐达成一致，观念也得以改变，整个村庄焕然一新的面貌使得群众愈加配合支持。局面由此彻底打开。

在永康，农村改厕的好故事当然不只发生在大陈村，"网红"公厕也不只这一座。石柱镇的"飞流龙司"公厕就能与"第5空间"相媲美。

"飞流龙司"，这个名称有点怪，其实，它来源于永康方言。"龙司"一词在永康方言中是上厕所的意思，"上龙司则上厕所也"，而"飞流"则显然是痛快放松的戏称，当然也与这座公厕的坐落地有关。"飞流龙司"坐落于石柱镇塘里村后山山脚，周边竹林、芭蕉、荷花环绕，环境清幽。整座公厕灰瓦青砖，内部均采用了木纹装饰，墙面上挂着各种诗词和画卷，还有塘里村的美景展示，可谓室内室外都是景。在这里如厕已经变成一件"很文艺"的事。

10年前，整个塘里村只有一座公厕，里面还污水四溢、蚊蝇乱舞，要不是内急特别厉害，谁都不愿意踩进去。2009年，孙朝厅当选村支书后的第一把火，就是集中清理村里的露天粪坑、乱堆乱放乱占，村庄整洁程度大大提升。"飞流龙司"的打造，也是他"执意为之"。当初，他是多次劝说群众获得支持后才实施的，而如今，塘里村的每位村民说起"飞流龙司"，都会跷起大拇指。

"塘里村是三国孙权后裔的聚居地，有其独特的文化气质。我们也尽可能地让"飞流龙司"融入整个塘里村的结构布局中，融入整个塘里村。"孙朝厅认为，一处有品位的公厕，不仅有助于推动塘里景区品质的提升，也大大提高了游客的体验感。毫无疑问，如今的"飞流龙司"早已成了塘里村的一大景致，而以"厕所革命"为突破口，塘里村也迎来了村容村貌的巨变。

象珠镇雅吕村的生态旅游公厕也很值得一提。在"千万工程"向纵深推进过程中，该村以积极推进"厕所革命"、补齐影响群众生活短板为出发点，建设设施齐全、外观靓丽的厕所小品，以体现"小厕所、大民生"之宗旨。

雅吕村的生态旅游公厕距正在打造的村民宿群不远，整座公厕既实用又美观，与周边的景物十分和谐。"这个地方原先是一座20多个平方米的老厕所，人流量较大时，根本不够用。我们在对全村公厕进行改造时，把它定为第一个目标，包括扩建和内部改造。"雅吕村党支部书记吕革新介绍，厕所要扩容，就意味着要占用周边四五户村民的土地，有的村民起初难免有些不舍。

后来，1972年就已入党的老党员吕汉凡站了出来，带头把自己家的土地交给村里。"当时这块土地是他家种植苗木的田地，已经转成建设用地，但听说村里要扩建厕所，改善村民生活品质，他非但带头同意让地，说党员首先要帮助村里，搞建设更需要我们党员带头，还劝说其他村民一起配合村里搞厕改，这项工作得以顺利推进。"吕革新说，如今，村民们眼见着村容村貌不断改善，村内村外景色宜人，对厕改工作的配合度、支持度已越来越高。

现在，村里的改建、新建公厕工作都已全面完成，厕所内部设施得以更新完善，如增加母婴厕所，厕所外观也进行了绿化、美化。以往看起来肮脏不堪的厕所，都被改建成为一个个独具特色的厕所小品。这几年，雅吕村相继被评为美丽乡村精品村、AA级景区村等，一座座漂亮的公厕显然立下了"大功"。

同为永康"网红"之地的江南街道园周村，从2017年开始已先后投资1000多万元，新建和改建了12座公厕，满足村民和游客的需求。村里良好的人居环境还吸引了游泳馆、银行、连锁茶馆等相继入驻。"如今，村集体年收入达到400万元，集体资产增加到10多亿元，比10年前增长了100倍。"园周村党支部书记周双政说。

"厕所虽小，却是事关百姓民生不容忽视的关键小事。"永康市委书记金政说，永康市在实施"千万工程"过程中，结合实际，紧紧围绕"优雅城市、大美乡村"目标，在村村公厕全覆盖的基础上，不断提升城乡形象，推动社会文明进步，让人民群众体验更多的获得感和幸福感。这是对永康市农村改厕工作的总结，无疑也是一份经验启示。

"千万工程"全面实施以来，永康市委、市政府把"厕所革命"作为基础工程、文明工程、民生工程来抓，精心部署、强力推进。2015年，为彻底改变农村卫生设施状况、改善人居环境，永康市又在全市推出"厕所革命"三年行动计划（2015—2017），在城乡新建公厕75座。2017年4月，再次出台永康市旅游"厕所革命"新三年行动计划（2018—2020），采取"新建与改建结合、养护与提升并举"的方式，在全市农村，尤其在具有旅游景区、交通集散点等功能的重点区域新建和改扩建公厕，并让公厕设施达到国家旅游厕所质量等级标准。全市公厕实现"数量充足、分布合理，管理有效、服务到位，卫生环保、如厕文明"的目标，继续成为全国"厕所革命"先进典型。

值得一提的是，在"厕所革命"中，永康市始终采用"新建与改建结合"的模式，在街头巷尾、城镇干道旁、空闲角落，建成了一批风格各异的"生态公厕""人文公厕""智慧公厕"，公厕脏、乱、差面貌显著改善。据统计，近5年来，永康市在"厕所革命"方面共投入财政资金约2000万元。对每个村新建的公厕，市里都给予每座3万元补助。其中对达到A、AA、AAA级旅游厕所标准的，每座分别给予5万元、10万元、15万元的一次性补助。

而在接下来的日子里，永康将借助"互联网＋"资源，引入PPP模式，通过市场竞争和激励约束机制，提高厕所服务质量和供给效率，实现公厕的可持续建设和管理。

"黄花菜圃午风软，绿水秧畦春野平。芳树岁声鸠雨过，苍苍柳色弄烟晴。"浙江广大农村，将公厕从"人们不愿久留之地"变成了"高大上"的街头"盆景"和村社"风景"。是的，当"网红"厕所遍及村落，不再令人们感到惊奇，永康市无疑已走出了一条既适合村民和群众所需，又符合社会发展的公厕建设和改造之路。

叶美峰眼中的"大事"

积极探索农村公厕建设路径，浙江各地在政策举措、文化内涵、机制创新等方面大胆变革，强力推动农村环境卫生治理、改善村民生活条件、提升幸福指数、缩短城乡生活差距。

2017年5月26日，在浙江省义乌市召开的第四次全国"厕所革命"推进大会上，国家旅游局负责人发布了《"厕所革命"推进报告》。这次会议放在浙江召开，或许是因为浙江"厕所革命"的先发效应。

这份推进报告开宗明义指出，"厕所革命"在全国开展以来，不仅完成行动计划、实现预计目标，还在不断深化、创新突破，开辟了公共服务体系建设的全新局面，真正引发了一系列革命。

而紧接着，国家旅游局联合高德地图发布了首份城市开放厕所大数据报告：在全国百城排名中，浙江省宁波市厕所人均拥有量排名第一，杭州市排名第三。

当然，浙江"厕所革命"的成绩远不止在城市。自2003年"千万工程"把"厕所革命"列入重点之一后，伴随美丽乡村建设、小城镇环境综合整治等行动，"厕所革命"很快覆盖了浙江的乡镇地区，一座座干净整洁又带有地方特色的厕所，折射出民生改善与乡村振兴。

2018年是"厕所革命"新三年行动的开局之年，在"数量充足、分布合理，管理有效、服务到位，环保卫生、如厕文明"的目标召唤下，浙江的乡镇基层毫不示弱，追赶城市、对标景区，努力让厕所成为美丽乡村的一道风景线。

说这些，仅是给大家提个醒，"山外青山楼外楼，还有英雄在前头"，如对衢州市常山县来说，在"厕所革命"这件事上，不能只顾埋头干事，还应走出去，学习人家长处补自己的短板。说得时髦一点，就是"跳出常山发展常山，没有最好只要更好"。

那好吧，这里就让我们走到常山临近的开化县，看看这里的"厕所革命"，如何将痛点变成亮点——

紧临常山县的开化，建县于宋太平兴国六年（981年），这一年，开化升场为县，隶属衢州，"开化"地名由开源、崇化两乡各取一字而得。

说起开化县"厕所革命"的故事，还是蛮有意思的。2017年12月23日，时任浙江省委书记车俊对开化县"厕所革命"作出批示，充分肯定了该县"厕所革命"的经验和做法。他们的主要做法，简称"四为法"：

为"厕所革命"搭架子，规划先行。开化县利用国家"多规合一"试点县这一成果，加强规划引导。按照《农村厕所建设和服务规范》《城市公共厕所设计标准》《旅游厕所质量等级的划分与评定》等技术规范标准，科学编制公共厕所建设规划。

为"厕所革命"定规矩，明确标准。在乡村旅游精品线路沿线及重要节点、美丽乡村精品线沿线及精品村等重点区域建设星级旅游公厕，每座厕所建设面积不少于80平方米。其他区域按照每1000人口最少配置1个的标准建设一般公厕或生态公厕，生态公厕要求行政村全覆盖，面积在20平方米左右，一般公厕面积不少于50平方米。

为"厕所革命"造声势，全域整治。通过"大干三个月环境大提升""攻坚一百天誓创示范县"等专项行动，以行政村为单位，对全县村庄里的旱厕进行全面摸排，农村旱厕和露天厕所发现一个拆除一个，坚决不留死角，脏、小、散、臭的简易露天厕所全面拆除，农村千年陋习一扫而光。

为"厕所革命"建机制，健全管理。坚持"三分建设、七分管理"，明确农村公厕管理的主体责任，完善管理制度，落实管理人员，建立长效管理机制，做好农村公厕的日常管理、维护和保洁工作。

窥一斑可见全豹。开化县这一个例，让我们窥见了整个浙江的情况：全省范围内大张旗鼓地推进"厕所革命"，带来了健康效益、经济效益、环境效益和社会效益，浙江这一方土地上的人民的生活品质，得到了明显提升。

再让我们来到海边的温州市洞头区，看看这里的"厕所革命"，是如何将难点变成美丽的——

如果常山县是典型的山里，那么洞头区就是典型的海边。位于洞头区东屏街道的洞头村是个美丽的小渔村。3D彩绘、色彩艳丽的石头房、鲜花、蔚蓝的大海……这些元素结合在一起，整个村子就被装扮得像一个童话世界。但，这幅美丽的画卷曾因厕所问题而黯淡无光。

那一年12月，几十位村民联名给区长热线寄出了一封信，信中反映：这几年，家乡一直在改变，变得越来越美，唯一没变的是村里的厕所。其中大操场旁的公厕使用比较频繁，周边村民如厕问题基本上是在这里解决的，但厕所设施非常简陋，这里的女厕只有一个蹲位，方便老人和特殊人群的马桶式坐便器也没有，电灯没有、洗手的水没有、纸巾没有。一到夏天虫子都往外爬，其脏、乱、臭可以想象，平时上个厕所要排队，如遇到村里办红白喜事，女厕所就会排起长队。当前，洞头区正在打造美丽海上花园村，我们迫切希望村里的公厕也能变一变。

"按照'生态立区、旅游兴区、海洋强区'战略，街道正结合花园村庄、绿化美化建设，推进'花园厕所'提升改造。"东屏街道办事处相关负责人表示，村民的心声必须重视，厕所问题不能成为洞头村发展的障碍。公厕的提升改造列入了村级2018年"花园村"的建设计划。

"现在随着村里厕所越来越干净整洁，大家的生活环境也更好了，我们村离打造美丽海上花园村的目标也越来越近了。"看着村里厕所一步步在改变，洞头村民老陈难掩喜悦。

常山县和洞头区，一个在山上，一个在海中，有人说这是不在一条道上跑的车，走的是两条路。但看了洞头的做法，常山的干部还是蛮有启发的。有人风趣地说："浙江一直提倡'山海协作'，这说明'山海一家亲'。"这句话把大家都逗乐了。

像洞头村这样的变化，在浙江全省各个农村不断出现。绍兴市越城区孙端镇在2018年5月拉开了"厕所革命"的大幕，根据无害化卫生公厕的标准，一一拆除全镇的旱厕、粪坑等，目标是在全镇新建90座公厕，改造公厕31座。

最后，让我们从常山出发，来到同样多山的仙居县，看看这里的"厕所革命"，是如何将污点变成风景的——

走进台州市仙居县境内的神仙居景区索道站公共厕所，看到瓷砖铺面的洗手台、雪白的洗手盆、自动感应冲水的立式便池，镜子、洗手液、烘手机、厕纸等一应俱全，还有一个家庭式的第三卫生间，来自上海的游客李亚龙和妻子感慨道："这座厕所一点异味都没有，而且里面的设施这么豪华。AAAAA级景区的旅游厕所服务就是不一样！"

仙居县地处浙江东南，丘陵地貌赋予了它独特的旅游资源，历史上又有著名诗人项斯等从这里走出，可谓人杰地灵。近年来，仙居县大力发展旅游产业，在旅游发展体制改革、景区建设、产业融合上下功夫，取得积极成效，初步构建起全域旅游格局。当然，山区的地貌也让仙居县在相当一段时间内面临着基础设施建设的困难。在各旅游景区，厕所脏、乱、差、少的问题，很长时间内都是仙居县旅游发展的瓶颈。

为了方便游客在景区解决"燃眉之急"，也让厕所能与景区景观协调一致，2015年，仙居县吹响了"厕所革命"的号角。截至2017年底，仙居县共新建和改建旅游厕所47座，总投资1100万元。以往难登大雅之堂的厕所，被改造成了一座座仿古建筑。在厕所的管理上，仙居县鼓励外包，将旅游厕所的清洁、管护通过招标方式交由保洁公司专业化管理。

"从上午7：00到下午4：30都在打扫，每隔半小时都要在保洁记录表上登记。"神仙居北索道站的厕所保洁员郑玉凤说。2017年前三季度，仙居各景区游客接待量2387.7万人次，同比增长16.6%，旅游总收入125.2亿元，同比增长21.1%。这些年，游客满意度也呈逐年上升趋势，想必干净整洁的厕所也是游客对仙居旅游景区感到满意的原因之一吧。

其实，"厕所革命"还从景区扩展到了仙居县各乡镇。在官路镇，人性化设计与"文艺范儿"装修，让这里的居民享受着与景区同样的如厕"待遇"。官路镇小城镇环境综合整治办公室主任徐洪明介绍，官路镇地处山区，林木资源丰富，当地在厕所新建、提升时，都采用了木结构、砖墙、石头叠造相结合的方式，就地取材，充分利用当地资源。"现在乡镇的厕所，不但外部有绿化、美化，内部也定期更新报纸、书籍等读物，以增强居民的如厕体验。"徐洪明说。

据介绍，浙江的农村"厕所革命"从改善人居环境出发，在提高标准、注重细节、树立精品意识等方面下足功夫，着力提升乡村公厕的功能和颜值，令昔日脏、乱、差的公厕华丽转身成为村中一景。此外，"厕所革命"必须可持续，这就要求让短效变成长效。

是的，厕所建好了，关键还要管好用好。

"农村'厕所革命'一定要因地制宜，经济适用，不要一味追求高大上。"笔者不由得又想起了常山县委叶美峰书记不断强调的这一点。事实上，从我们在全省各地了解到的情况来看，要确保农村"厕所革命"取得扎实成效，实事求是、量力而为是一条基本的原则。

让话题再回到本章之首的常山县。当地人还曾给笔者讲述本县招贤镇的一则故事。说在10多年前，要在镇上找一只抽水马桶都很困难。但从2014年起镇里开展"厕所革命"，厕所改造提升的经费由政府补贴一部分、镇集体支持一部分、村民自筹一部分。由于资金问题得以切实解决，家家户户都用上了洁净、方便的抽水马桶，村里还建起了高标准的公共厕所。

据说如今的常山，"村里的公厕比自家的厕所还漂亮"的现象比比皆是，许多村民下田回来上村里的厕所时，甚至都会脱鞋进入，原因就是不想弄脏干净的地面。

公厕既是"面子"，也是"里子"，体现着一个地区的文明程度。常山县的美丽公厕，确实在一定程度上改变了民众对厕所的偏见，帮助村民养成良好的卫生习惯，提升了村民对村庄的认同感和归属感。

在叶美峰眼里，建好、管好公厕，事关群众的获得感，这类老百姓关注度极高的"小事"，理应成为党委、政府着力抓好的民生大事。他欣喜地告诉我们，在常山县，这场以"所长制"为核心的"厕所革命"，推动了城乡公厕面貌大改观，提升了城市品位、改善了民生。2018年，全国爱国卫生运动委员会公布最新一轮国家卫生城市（县城）名单，常山县被正式命名为国家卫生县城。

末了，叶美峰说，常山县也是一个文化沉淀深厚，历史上人才辈出的地方，这也是常山人值得自豪的。在此，笔者来凑个热闹，送大家一个厕所对联，以博繁忙中的人们一笑，上联是"再忙也得来这里，偶得泉水叮咚"，下联是"减负还得来此地，又见雨打芭蕉"，横批"忙里觅诗"！

青山蓝天就是美丽，厕所整洁就是幸福；保护生态环境就是保护生产力，改善生态环境就是发展生产力。

我们向叶美峰竖起了大拇指，表示点赞，他却乐哈哈地说，常山县的"厕所革命"才刚刚开始。

6 我们需要"绿色GDP"

"倚港结村落，荻苇满溪生"，绿桑成荫、鱼塘连片，这是太湖畔湖州市桑基鱼塘系统优美农业景观的真实写照。桑基鱼塘系统是一种具有独创性、集多种生产类型于一体的生态循环经济模式，利用生物互生互养的原理，低耗、高效地精耕细作，又保护了自然环境，是一个人与自然和谐相处的典范。2018年，在联合国粮农组织召开的第五届全球重要农业文化遗产国际论坛上，这一拥有2500年历史的桑基鱼塘系统，正式入选为全球重要农业文化遗产保护名录。这也说明浙江生态环保历史悠久，"天人合一"的生态文化底蕴丰厚。

传承是对文化遗产最好的保护。"千万工程"实施过程中，浙江有针对性地统筹山水林田湖草系统治理，全面落实"水十条""土十条"，打好蓝天保卫战。完善生态保护补偿机制，率先实施与污染物排放总量、出境水质和森林覆盖率挂钩的财政收费制度和财政奖惩制度。"五年绿化平原水乡、十年建成森林浙江"为目标，推进自然保护区、森林公园和湿地公园建设，着力提高森林质量。加强农田水利基本建设、山区小流域治理和水土保持生态建设。全省生态环境发生了优质水提升、劣质水下降，蓝天提升、PM2.5下降，绿化提升、森林火灾下降的"三升三降"明显变化。

2004年3月19日，时任浙江省委书记习近平同志在《浙江日报》"之江新语"专栏发表《既要GDP，又要绿色GDP》的文章。他指出："不能盲目发展，污染环境，给后人留下沉重负担，而要按照统筹人与自然和谐发展的要求，做好人口、资源、环境工作。为此，我们既要GDP，又要绿色GDP。"遵循"八八战略"，如今的浙江，资源节约型、环境友好型社会建设已经全面铺开，"绿色GDP"的概念已深入人心，发挥浙江的生态优势，创建生态省，打造"绿色浙江"已成共识，生态为先、民生为重的考核方法得以推行，单纯追求经济效益的羁索已被解除，提振生态经济的好消息不时传来。

全国第一个生态有价样本

考核一地的经济和生态优势，凭单纯的GDP还是绿色GDP？当我们有了一套科学合理的生态产品价值核算评估体系，当拥有了另一条更为扎实的发展路子，新的希望就在升起。

2019年5月30日，从丽水市传来一个振奋人心的消息，作为浙江首个区域生态系统生态总值（GEP）核算的试点村，遂昌大柘镇大田村对外公布了村级生态产品价值核算报告。

清新的空气、清洁的水源、纯净的土壤值多少钱？

1.6亿元——这是丽水一个普通村庄生态系统的生产总值，这也是丽水成为全国第一个生态产品价值实现机制试点市后，所开展的一项重大创新探索。

按试点要求，未来几年，丽水必须尽快形成一套科学合理的生态产品价值核算评估体系、一套行之有效的生态产品价值实现制度体系以及多条示范全国的生态产品价值实现路径。

届时，空气、水流、土壤、森林等，不仅会有明晰的价格，还能通过出让交易、转移支付、抵押担保等实现经济价值。

在专家团队历时一个多月，核算出遂昌大田村生态系统生产总值之前，丽水就对外发布了一组数据：2017年，全市自然生态系统面积为14765.7平方千米，GEP为4672.89亿元。

无论是一个村的1.6亿元，还是一个地级市的4000多亿元，这些数字都令人好奇：GEP是什么？如何计算？又为何要算？

在中科院生态环境研究中心主任欧阳志云看来，GEP并不复杂："我们通常所说的'绿水青山'实际上就是高质量的森林、湖泊、草地、沼泽、河流、海洋等生态系统。它们为人类生活提供三大类生态产品，包括食物、饮用水、木材、医药等物质产品，固定二氧化碳、涵养水源、防风固沙等调节服务产品，以及生态旅游、美学体验等文化服务产品。所有生态产品核算出来的经济价值总和就是GEP。"

人类社会善于用数字指标衡量成果。在国民经济领域，有"GDP"。针对社会发展质量，联合国提出"人类发展指数（HDI）"。近年来，浙江与全国多地陆续启用"绿色GDP"作为地方考评标准。但迄今为止，还未有一个宏观指标来衡量人类赖以生存的自然环境。

何谓"绿色GDP"？它是指一个国家或地区在考虑了自然资源（主要包括土地、森林、矿产、水和海洋）与环境因素（包括生态环境、自然环境、人文环境等）影响之后经济活动的最终成果，即将经济活动中所付出的资源耗减成本和环境降级成本从GDP中予以扣除。"绿色GDP"这个指标，实质上代表了国民经济增长的净正效应，它在GDP中的比重越高，表明国民经济增长的正面效应越高，负面效应越低，反之亦然。

新近发布的《浙江（丽水）生态产品价值实现机制试点方案》五大重点任务里，"建立价值核算评估应用机制"居首。通过组建生态产品价值核算权威评估机构，调整考核指标，村、镇、县（市、区）每年核算出来的GEP，不仅能指导当地保护、改善生态环境的行动，也将成为各级领导干部考核主要内容，从而促进发展观念、政绩观念的改变。

事实上，在浙江，单纯以地区生产总值指标来衡量经济发展水平的方法，已被停止。

2015年2月27日，全省推进26县加快发展工作会议召开。会议宣布，浙江将正式给26个欠发达县"摘帽"，并不再考核地区生产总值，转而着力考核生态保护、居民增收等。把地区生产总值置于生态环境保护之后，对部分县（市、区）取消地区生产总值考核，这在浙江尚属首次，在全国尤其是东部地区也是极罕见的。

其实，早在2003年"千万工程"开展伊始，湖州市委领导就已深刻地意识到，以经济建设为中心，绝不能变成以地区生产总值为中心，而应该考核其包括生态环境保护在内的综合因素。同时，也为了让干部们对急功近利的政绩工程"死心"，当年的湖州市就从考评体系上下手，率先宣布取消县区年度考核中的地区生产总值指标。

湖州市此举在全国应属于首次。17年前，在全国上下如火如荼搞经济建设的背景下，湖州市竟能做出这样的选择，着实令人敬佩。

让人欣慰又值得关注的现象是，尽管湖州从此在考核中再没有突出地区生产总值，但并没有影响它的经济发展。2004年以后，湖州市在全省的经济增长排序上始终处于靠前位置。从不少方面来看，这几年湖州市的社会经济发展，"绿色GDP"功劳不小，经济发展与生态建设之间的平衡态势也十分明显。可见，"GDP魔咒"——GDP与"绿色GDP"不可能同时上升——在浙江已经被粉碎。

湖州市之后，杭州淳安县、衢州开化县以及温州的文成县、泰顺县也在2010年后相继取消了地区生产总值的考核，而将考核重点放在了生态保护之上。

紧依千岛湖的淳安县，为了保护这一方不可多得的澄碧湖水，尤其是在"千万工程"实施过程中，一直严格控制工业经济的增长，存在水土污染可能的企业一律不得入驻。坚守这项措施自然会付出代价，那就是它的经济发展指数一向滞后，曾经是杭州地区唯一的经济欠发达县。从2013年起，作为"美丽杭州"唯一的实验区，淳安县从杭州市其他县市区中单独列出来，实施单列考评，考核项目也从127项一下子简化到了18项，去掉了其中工业经济总量这一项，转而重点考核生态保护、生态经济、改善保障民生等内容。从此，淳安彻底解除了单纯追求经济效益的羁索，一心一意搞生态。

对于地处钱塘江源头的开化县来说，保护浙江母亲河生态环境的重要性、迫切性要远远高于当地地区生产总值的上升。同样在"千万工程"实施过程中，他们不看数字看水质，坚决不走"先污染后治理"的老路，把整个县域建设成为东部国家公园，首先要除去的便是提增地区生产总值的压力。没错，说开化是一个欠发达县是不准确的，妥善保护了这"超好"的生态环境，得天独厚的"绿色GDP"谁又能比？

文成县、泰顺县是温州城的生态屏障和后花园。文成县珊溪水库是温州市区的"大水缸"；泰顺则是省内屈指可数的森林植物王国，被称作"生物种源基库""绿色生态博物馆"。这样的地方，若也去苛求其工业经济总量，确实太不相宜了，生态为先、民生为重的考核方法才是最恰当的，如是方能使其"绿色发展、生态富民、后发崛起"。

取消地区生产总值考核的还有丽水市。2013年，省政府就提出对丽水市不再考核地区生产总值和工业总产值两项指标。也是从这一年起，丽水市对辖下绝大多数区、县取消了地区生产总值和工业总产值考核，考核导向由注重经济总量、增长速度，转变为注重发展质量、生态环境和民生改善，生态建设和生态经济发展被置于首项。

在浙江，丽水向来是个依凭生态经济发展的地区，所属9个县、市、区甚至各个乡镇均有其鲜明的经济特色，如龙泉的青瓷和宝剑、青田的石雕、云和的木制玩具、松阳的田园风貌，都是不可替代的县域经济资源，且都与"生态"两字有关，把这些有着鲜明个性、深厚文化底蕴的生态资源充分利用起来，体现其强大的生态文明发展动力，是顺理成章的。

云和县即为蕴藏无穷生态优势和动力的地方。云和74%的人口、90%的企业、92%的学生均集中在县城，城市化率达64%，大片区域是覆盖着茂密森林的"无人区"。这样的人口布局和生态优势，显然有利于乡村生态环境的保护和利用，也有利于生态经济平衡持续发展。正是有了这样的生态环境和生态经济发展环境，一批生态经济产业得以发展壮大。

迄今，云和的木制玩具产业已经发展了近30年，不少企业积累了资金和资源。近几年来，云和木制玩具业走向产业上游，通过收购动漫公司和设计公司的方式，形成上下游产业链几十亿元的产业规模，在制造业的基础上，向文化创意产业迅速转型，其不可低估的发展潜力令人瞩目。

地区生产总值考核松绑之后，各地提振生态经济的好消息不时传来："千岛之城"淳安县已投入16亿元，致力打造环湖生态经济圈；丽水青田县否决了一项在瓯江江心驮滩岛投资20亿元建设大型不锈钢厂的提议，放弃其投产后达百亿元的产值，转而在此规划生态旅游区；衢州江山市启动了砂石资源整规工作，数百处非法采砂场点被取缔，大批涉砂违法机械设备被拆除，整个江山港范围内，举目所及已找不出一个制砂点；开化国家公园建设步子加快，治水、造景、富民融合发展……

经济越发展，越要重视环境保护和生态建设，这是习近平同志在强化持续推进生态省建设各项工作时常说的一句话。他强调，不重视生态的政府是不清醒的政府，不重视生态的领导是不称职的领导，不重视生态的企业是没有希望的企业，不重视生态的公民不能算是具备现代文明意识的公民。在高度重视生态建设的当今，取消地区生产总值考核正是题中应有之义。

《世界是平的》一书的作者、美国经济学家托马斯·弗里德曼兴奋地预言：当历史学家回顾21世纪头10年的时候，他们会认为最重要的事件不是经济衰退，而是中国的绿色跃进。"千万工程"实施过程中，取消对原欠发达县的地区生产总值考核这一招，足以载入浙江生态文明发展史册。

"新栽杨柳三千里"

在江河源头，在城市周边，在溪谷、海岸，在村口……多么渴望享有一片沁人之绿！"五年绿化平原水乡、十年建成森林浙江"，这是"千万工程"在森林绿化方面的具体要求。

2019年10月11日，在陕西省召开的中国林场协会森林康养专业委员会年会上，庆元林场荣获全国首批"森林康养林场"称号，是浙江省入选的两家国有林场之一。

这次评选"森林康养林场"，是为了促进林场的转型升级，提升其综合实力，引导森林康养工作有序发展，充分利用林场宝贵森林资源和场内基础设施，打造一批特色鲜明、要素齐全、服务上乘、资源共享、网络信息畅通的森林康养林场。2019年度全国共有52家"森林康养林场"候选单位，庆元林场经过省级推荐、专家评审、大会表决等各个环节，"过五关斩六将"，最终脱颖而出，登上了全国首批"森林康养林场"榜单，其成绩的取得殊为不易。

"全面推进'五年绿化平原水乡、十年建成森林浙江'，推进自然保护区、森林公园和湿地公园建设，着力提高森林质量"，是"千万工程"在打造绿色浙江、发展林业经济方面的具体要求。创建于1954年的庆元林场按照这一部署，立足资源禀赋，在发挥完善的生态功能、丰富的森林资源、优美的森林景观等优势，保持98%森林覆盖率的前提下，大力发展康养旅游产业，使这个经营总面积达8.75万亩的大型林场，在生态保护、资源利用、生态环境教育等方面都取得了非凡的业绩，成为践行"绿水青山就是金山银山"理念的示范林场，先后获得的"浙江最美森林""中国最美林场""中国森林健康养生50佳"等殊荣实至名归。

同样在庆元这个浙南山区县域，另一生态绿化举措也让人折服。2019年国庆期间，经过两年多时间改造的庆元城市森林公园进入试运行状态，一座以绿道和楠木为两大主题特色的"城市客厅"迎候市民入园。让人颇感意外的是，这里曾经是一座"光头山"，且是存在隐患的铅锌矿尾矿库旧址，城市森林公园正是在覆土平整、种植能吸收重金属的植物的基础上建设起来的。

1995年，位于庆元县城松源街道西北方向2.5千米的铅锌矿厂建成投用，凭着优质的矿石资源，一度成为当地的"金山"。然而好景不长，"掏洞式"的野蛮开采仅延续了几年，就造成了矿山资源枯竭。2003年，该铅锌矿厂被迫停产，尾矿库也随之停止运行。"虽然闭库，开采给山体带来的'疤痕'却一直难愈合，成为城市生态建设的一大短板。"庆元县自然资源和规划局党委委员余久华回忆，如何让尾矿库复绿一直是当地政府部门思考的问题。

2017年，庆元县提出建设"一城一园、城园融合"的森林城市新格局，将尾矿库改造成森林公园的一部分，随后通过规划勘查，最终立项批复实施，成为全省首例将尾矿库改造成为森林公园的案例。

要治理多年的矿山之伤并非易事。工程设计人员和施工人员充分发挥聪明才智，在坝底用钢筋混凝土注桩等方法进行加固，同时对堆积坝顶降高等，使得库内能够自然排泄降雨，避免在暴雨天气造成滑坡和坍塌，为尾矿库筑起了"安全坝"。考虑到尾矿库中的矿石细粒一旦自然干涸，遇大风等会被吹到周边，进而造成土地退化、植被破坏等问题，县里经反复商讨，决定对尾矿库滩面进行覆土、复绿，种植吸收重金属植物，并打造四季花谷景观，以极大降低甚至消除尾矿库尾砂对周边环境的污染。

2003年以来，浙江森林事业发展走上了快车道。围绕贯彻"八八战略"、创建生态省、打造"绿色浙江""森林浙江"的要求和"千万工程"各阶段所明确的任务、指标，各地通过多种手段加强资源保护，强化生态建设，"五年绿化平原水乡"目标圆满完成，林业改革发展继续保持良好势头。至2019年初，浙江省森林覆盖率超过60%，比新中国成立初期增加了23个百分点，林木蓄积3.67亿立方米，是新中国成立初期的5.6倍。林业行业总产值超过6200亿元，是2000年的12倍，全省林业产值百亿元以上的有富阳、义乌、安吉等19个县（市、区）。

发展林业,利在当代、荫及后世、恩泽人类。今后一个时期,浙江林业发展将紧紧围绕乡村振兴、大花园建设和深入实施"千万工程"等重点工作,持续开展国土绿化美化,切实加强森林、湿地生态系统保护修复和野生动植物保护,积极推进自然保护地体系建设,大力发展绿色富民产业,不断提升林业现代化建设水平,高质量建成"森林浙江"。

生态公益林建设也是实现"五年绿化平原水乡、十年建成森林浙江"这一目标的重要一环。生态公益林,是非商业的,依靠公众无偿投入营造,却又能在保护生态、改善环境、建设秀美山川方面发挥巨大作用的林地。

"千万工程"进入第二个阶段时,浙江省生态公益林(2011—2020年)建设任务已经明确:建设生态公益林333.3万公顷,占全省林业用地面积的51%,基本建立起比较完备的林业生态体系。主要指标:133.3万公顷兼用林逐步转化为以发挥生态效益为主的公益林;重点生态公益林中阔叶林、混交林的比重达70%以上;建成以自然保护区为核心,保护小区为网络的生物多样性保护体系,生物多样性得到有效保护。

浙江省于1994年便消灭了所有宜林荒山,2000年如期实现了"绿化浙江"的目标。但由于长期以来森林过量采伐,原生植被破坏严重,森林总体质量不高,主要表现为林分质量差、林种树种结构不合理、水土流失较为严重。

回忆起当年的生态公益林建设情况,时任浙江省林业厅厅长楼国华如数家珍。

"生态公益林建设的第一阶段,是重点建设200万公顷,占全省林业用地面积的30.5%,初步建立起比较完备的林业生态体系。按功能类型分,水源涵养林73.3万公顷,水土保持林21.3万公顷,防风固沙林、护路护岸林、农田防护林38.7万公顷，风景林40万公顷，自然保护林16.7万公顷，其他特种用途林10万公顷。"楼国华介绍，考虑到生态公益林的特性，在营造过程中，还必须注意林种、树种结构合理，扩建自然保护区，创建一批自然保护小区，保护水资源环境，以及在大中型城市郊区及城乡接合部建成环城林带、林网，形成环城绿色屏障。

至今仍在持续的浙江生态公益林建设目标，确实让人振奋：

在浙江东北部，包括太湖以南的杭州湾两岸，建成浙东北平原绿化农田防护林区。本区生态公益林建设以农田防护林网为主体，开展宅、村、路、水"四旁"植树和农林间作、成片造林，实行农田复合经营，构造带、网、片相结合的多功能、高效益的综合防护林体系，发挥综合防护作用，维持农区生态平衡。

在浙江西北山区，建成西北山地水源涵养林保护区。本区生态公益林建设坚持以防治水害为中心，以水源涵养林建设为重点，进一步加强森林资源的培育和保护，将钱塘江、苕溪两大水系源头及一级支流和大中型水库的周围划为森林禁伐区，保护天然森林。

在浙江中部、中东部腹地，建成浙中丘陵盆地森林生态治理区。本区生态公益林建设以治山为本，加大封山育林力度，搞好水土保持林建设，实行开发利用与治理水土流失相结合，工程措施与生物措施相结合，有计划地退耕还林、还草，控制水土流失。重点是治理钱塘江上游、曹娥江、浦阳江两岸的水土流失，植树种草，退耕还林，加强森林植被保护，改善林分结构，提高林分质量。

在浙江南部，即森林资源最多和商品材生产量最大的林区，建成浙南山地森林生态保护恢复区。本区生态公益林建设主要是加强对现有森林资源的保护，禁止采伐天然林，特别是天然阔叶林，逐步降低商品材的生产量。加大封山育林、植树造林、飞播造林、退耕还林的力度，扩大自然保护区的范围，加快森林植被的恢复进程。

在浙江东部沿海，建成浙东南沿海防护林体系建设区。本区生态公益林建设主要是加快沿海防护林体系建设，建立起一个以防护林为主的多林种、多层次、多功能的综合防护林体系，逐步改善和保护沿海地区的生态环境，提高抗御自然灾害能力。巩固现有沿海基干林带的建设成果，进一步加强沿海大城镇的绿化美化，建设好千里海塘绿化。

有一组数字值得关注，"千万工程"实施以来，至2018年，省级以上公益林建设面积超过4535万亩，相当于全省人均"拥有"公益林0.8亩，成为重要的生态屏障。2018年，省级以上公益林涵养水源198亿吨，是全省居民年生活用水量的7倍；释放氧气近2500万吨，相当于全省人口一年半的需氧量；固定二氧化碳1226万吨，相当于净化420万辆小汽车年二氧化碳排放量。

公益林也已成为农村的无形资产。武义县新兴村曾是个"伐木村"。21世纪初，严重的水土流失让村庄被一次泥石流夷为平地。2004年，归属于新兴自然村的万亩山林被划为公益林，如今大山上重现枝繁叶茂的林木，全村村民每年可获生态补偿金30万元。曾经的伐木工谢英龙成为护林员，他说："山林是我们的'银行'，一定要护好！"2018年，浙江发放的补偿金惠及330万户林农、1.66万个村集体。

省公益林和国有林场管理总站站长蒋仲龙介绍，通过发展彩色森林、种植珍贵树种等措施，优美的森林景观为全省大花园建设和美丽经济发展创造了条件。2018年，全省森林休闲养生产业产值达2084亿元，成为浙江省林业第一大产业。

"新栽杨柳三千里，引得春风度玉关"，"奉乞桃栽一百根，春前为送浣花村"。读过这样的诗句，相信你对林木翁郁的景色定有无限向往，自然也希冀大地留住一片翠绿。

为有源头活水来

从源头控制污染，走互利共赢之路，浙江在建立和健全生态保护补偿制度上实现了创新和突破，增进了生态环境质量改善这一最广泛的民生福祉，生态、经济、社会效益日益显现。

"源头活水出新安，百转千回入钱塘"，发源于安徽省黄山市休宁县境内六股尖的新安江，干流总长359千米，近2/3在安徽省境内，经黄山市歙县街口镇进入浙江境内，流入下游千岛湖、富春江，汇入钱塘江。数据显示，千岛湖超过68%的水源来自新安江，新安江水质优劣很大程度上决定了千岛湖的水质好坏，关乎长三角生态安全。一江新安水，情系皖浙两省。

然而，由于新安江流域分属安徽和浙江两个省份，加之新安江上下游经济社会发展水平存在一定差距，流域治理方面存在一定的矛盾。改革开放以来，上游安徽黄山区域内渴望引进企业项目以发展经济，下游的浙江尤其是杭州市则认为根据相关法律，上游地区有责任和义务将新安江水质保护好，确保入浙江境内的水质良好。统筹兼顾上、下游的利益成为一道难题。

2011年2月，习近平同志在全国政协《关于千岛湖水资源保护情况的调研报告》上作出重要批示，强调千岛湖是我国极为难得的优质水资源，加强千岛湖水资源保护意义重大，在这个问题上要避免重蹈先污染后治理的覆辙。浙江、安徽两省要着眼大局，从源头控制污染，走互利共赢之路。

　　这一批示为科学合理保护新安江和千岛湖流域水环境指明了方向。

　　"完善生态保护补偿机制，率先实施与污染物排放总量挂钩的财政收费制度、与出境水质和森林覆盖率挂钩的财政奖惩制度。"这是浙江在生态保护领域的重要措施和主要经验之一。2012年9月和2016年12月，浙江和安徽两地分别签订了生态保护补偿协议，先后启动两期共6年试点工作，建立起跨省流域横向生态保护补偿机制。2017年底的水质评估显示，2012—2017年新安江上游流域水质总体为优，保持为Ⅱ类或Ⅲ类，千岛湖水质总体稳定保持为Ⅱ类，水质变差的趋势得到扭转。2018年，浙、皖两省第三次签订补偿协议，逐步建立常态化补偿机制。

　　所谓"生态补偿机制"，即生态保护补偿机制，它指政府和有关部门，通过一定的政策手段，促使环境、资源、生态的受益方给予施益方以合理的补偿，实现索取与禀赋的相对平衡，以达到社会经济可持续发展目标的制度和法规。由此可见，建立公平有效的生态补偿机制，不仅能直接让每个人受益，也是我们最终建立环境友好型社会的基础之一。

　　与此同时，为保这一泓清水，两省合作的新安江流域山水林田湖草系统保护治理也已展开。在强化水源涵养和生态建设方面：黄山市深入实施千万亩森林增长工程和林业增绿增效行动，使森林覆盖率达82.9%以上，被授予"国家森林城市"称号；下游淳安县严格源头生态保护，开展封山育林，加大植树造林力度，森林覆盖率达到87.3%，名列浙江省第一。在种植业污染防治方面，黄山市大力推广生物农药和低毒、低残留农药，并在新安江干流及水质敏感区域拆除网箱6300多只，建立渔民直补、转产扶持、就业培训等退养后续扶持机制，一批批渔民"洗脚上岸"；淳安县除保留300亩老口鱼种和200亩科研渔业网箱外，全县1053户、2728亩水域的网箱全部退出上岸。在强化城乡垃圾污水治理方面，黄山市大力推进农村改水改厕工作，农村卫生厕所普及率达90%以上，因地制宜、分类推进农村环境综合整治，资源循环利用基地、垃圾焚烧发电项目等已投入运行；淳安县则结合"千万工程"要求，在423个村、19个集镇实施农村治污工程，极大地提高农户污水纳管率。

2018年，浙、皖两省新签署的补偿协议提出，要推进杭州市与黄山市的新安江全流域一体化发展和保护，黄山市将全面融入杭州都市圈，绿水青山与金山银山将在更高的水平上实现有机统一。

黄山市的广大群众还自觉转变生活方式，如大力倡导节约适度、绿色低碳、文明健康的生活方式和消费模式。新安江流域全面推广"生态美超市"，打造"垃圾兑换超市"升级版和拓展版，村民带着20个塑料瓶可以兑换一包盐，一纸杯烟蒂可兑换一瓶酱油，村民不再乱扔垃圾，环境更加清洁。

生态保护补偿机制当然需要体现在"补偿"两字上。补偿措施主要体现对上游流域保护治理的成本进行补偿，第一期试点中央财政每年拿出3亿元，均拨付给安徽。每年新安江跨界断面水质达到目标，浙江划拨安徽1亿元，否则安徽划拨浙江1亿元。第二期试点中央财政3年分别安排4亿元、3亿元、2亿元，继续拨付给安徽省，逐步退坡，两省的补偿力度则增加至每年2亿元。

完善的生态保护补偿机制带来了极佳的生态效益。如今，黄山市每年向千岛湖输送60多亿立方米洁净水，下游千岛湖富营养化趋势得到扭转，林地、草地等生态系统面积逐年增加，生态系统构成比例更加合理，自然生态景观在全流域占比85%以上。淳安县先后被列为首批国家级生态保护与建设示范区，被命名为国家级生态县，荣膺"全球绿色城市"，千岛湖列为首批五个"中国好水"水源地之一。此举还推动了新安江绿水青山向金山银山的转化，有机茶、泉水鱼、乡村生态旅游，一大批全国叫得响的绿色品牌在淳安诞生，好山好水成为老百姓的"摇钱树""聚宝盆"，生态优势变成了经济优势。

生态保护补偿机制的建立和实施当然不限于省际，在浙江，"千万工程"实施过程中，市际、县际的生态保护补偿机制也在陆续建立并扎实实施。

几乎是在全面实施"千万工程"的同时，2003年6月，浙江省人大常委会在《关于建设生态省的决定》中，明确提出逐步建立和健全生态效益补偿机制。建立生态补偿机制，推动欠发达地区跨越式发展，使欠发达地区的发展成为经济新的增长点的要求，多次写入省委、省政府的重要文件，成为各级政府决策时的重要依据。

安吉、德清、宁海、临安等县、市相继出台了异地开发生态补偿政策，规定上游地区乡镇的招商引资项目一律进入县、市级开发区，产生的税利全部返还给上游乡镇。

则在全省率先实施源头地区在下游异地开发建设的方法，设立金磐扶贫经济开发区，作为该市源头地区磐安县的生产用地。目前，磐安县在该开发区的利税收入已占全县财政总收入的40%，磐安县境内的生态保护建设由此跨出了决定性的一步。

绍兴市的袍江工业区内设立了新昌医药化工园，用于新昌县的异地发展，此举大大减轻了上游新昌江的水污染。景宁畲族自治区与宁波市鄞州区共同建立的景鄞扶贫经济开发区还实现了跨市域的生态补偿异地发展探索，成效十分显著。

浙江还在城乡各地继续开征水资源费的同时，实行了基本农田易地有偿代保政策，实施了排污收费制度。实施排污收费制度以来，每年所收取的6亿元左右的排污费，主要用于重点污染源治理、区域性污染防治、污染防治新技术和新工艺的开发及应用等。

结合"千万工程"实施的具体要求和细则，浙江还对涉及生态保护和建设的生态农业与新农村建设、万里清水河道建设、生态城镇建设、下山脱贫与帮扶致富、碧海建设、绿色文化建设等系统工程投入大量资金，环境整治与保护补助专项资金始终充足，且用在实处。

2005年，德清县在全省率先建立并实施区域内生态补偿机制，仅在实施的头10年中，就已累计投入近3亿元。2013年至2015年累计否决"三高一低"项目57个，全县466家低、小、散涉水排污企业全部整治完毕。

探索生态补偿机制的市场化运作，也是重要一招。在此仍以水资源为例。东阳市把境内横锦水库5000万立方米水的永久使用权出让给下游的义乌市，义乌市则以支付资源使用费的方法予以补偿，以此推动上下游水资源的交易，体现水资源的非凡价值。又如实施排污权交易，以优化配置水环境资源。嘉兴市秀洲区规定，在总量控制的前提下，现有排污单位必须有偿使用目前占用的排污总量指标，新增水污染物排放量的新、改、扩建单位必须取得可转让的总量指标后，才能办理相应的环保审批手续。秀洲区利用市场机制实现排污权再分配和排污指标商品化，为建立新型的生态补偿方式作了有益尝试。

"全面实施主要污染物的排放总量控制计划，切实加大超标排放处罚力度，处罚所得资金由各级财政充实环境污染整治专项资金……因上游地区排污导致水质不达标，对下游地区造成重大污染的，上游地区应给予下游地区相应的经济赔偿。逐步探索建立其他生态环境因素破坏责任者经济赔偿制度，省有关部门要抓紧研究制定环境污染经济赔偿实施办法。"这段已经载入2005年8月发布的《浙江省人民政府关于进一步完善生态补偿机制的若干意见》的文字，说明了什么？说明了其时，控制环境污染已与生态保护补偿完全结合起来，这一措施来得及时！

"问渠那得清如许？为有源头活水来。"若要问起为何那座方塘的水会这样清澈？是因为有那永不枯竭的源头为它源源不断地输送活水。是的，浙江省紧扣"千万工程"的具体要求，通过生态保护补偿机制的建立和推广，不仅推动了全流域、全地域的生态文明建设，而且以生态保护补偿为契机，探索了绿水青山向金山银山转化的有效路径，实现了生态效益和经济效益同步提升。

7 中国式的田园综合体

　　浙江实施打造整洁田园、建设美丽农业行动，切实推进现代生态循环农业发展试点省建设，建设现代美丽田园。"千万工程"实施以来，浙江通过农村土地综合整治，以提高耕地质量为重点开展高标准农田建设，实施"611"耕地保护工程和千万亩标准农田质量提升工程，提高耕地产能，以达到"高标准建设、高标准管护、高标准利用"的要求。完善绿色农业发展制度体系，切实提升农村清洁能源综合利用率。实施化肥农药减量增效行动，农药化肥使用量比全国提前7年实现零增长并持续减量。逐步完成畜牧业转型升级，提高全省畜禽粪便综合利用、无害化处理率。建立健全耕地保护补偿机制，深入推进"两区"（粮食生产功能区、现代农业园区）土壤污染防治。

　　同时，浙江又是海洋大省，是我国海岸线最长、海岛最多的省份，共有大小渔港208个，2018年全省渔业经济总产值达超过2000亿元。

海洋已经成为浙江发展的重要空间、优势和潜力所在，是浙江的另一片"田园"。"千万工程"同时把"坚持实施海上'一打三整治'暨浙江渔场修复振兴行动，打好幼鱼资源保护战、伏休成果保卫战、禁用渔具剿灭战，切实加强渔业资源环境保护"列入重要工作内容，着力构建"打非治违"常态长效机制、压减海洋捕捞产能、修复近海渔场、全面加强海洋生态治理保护、着力提升渔民保障水平，其间发生的种种故事令人感奋。

"江深竹静两三家，多事红花映白花。报答春光知有处，应须美酒送生涯。"田园综合体是以"村庄美、产业兴、农民富、环境优"为建设发展总目标，融入现代农业、休闲旅游、田园社区等元素的现代农业园区升级版，是在充分利用乡村本身肌理的基础上，植入城市人喜爱的休闲功能，营造一个传统乡村和时尚都市魅力相融合的强磁场。在浙江，通过实施"千万工程"，发展现代农业，实现农业现代化，促进生态循环，推动产业融合已成汹涌之势，美丽的田野上正鼓起我们新的希望。

长兴的"农园新景"

在这条长长的"农园新景"示范带上，围绕花卉苗木、商品蔬菜、特色水产等产业，一个个集循环农业、创意农业、农事体验为一体的田园综合体正逐步成为产业发展的新亮点。

田园者，田野、田地也。古往今来，描写田园的诗很多，不少都是人们耳熟能详广为吟诵的，如：孟浩然的"故人具鸡黍，邀我至田家。绿树村边合，青山郭外斜。开轩面场圃，把酒话桑麻。待到重阳日，还来就菊花"；陶渊明的"羁鸟恋旧林，池鱼思故渊。开荒南野际，守拙归园田。方宅十余亩，草屋八九间。榆柳荫后檐，桃李罗堂前"……当然，诗中所描述、诗人所迷恋的都是古时农耕社会的田园风光和田园生活。

今人当然有自己的生活，自己的追求。比如时下的田园综合体，作为"三农"领域的新生事物，渐渐地被越来越多的现代人所接受，成为农业生产经营新的方式。

什么叫田园综合体？从概念上来说，就是跨产业、多功能的综合规划；从具体项目来说，就是多功能、多业态搭建业务结构的综合运营。在这里，跨产业、多功能，无疑超越了以前的单一思维：原来是片农田，现在要有观光动能；原来是所住房，现在可以同时开个客栈。

2017年的中央一号文件中，关于建设田园综合体要求的原文是："支持有条件的乡村建设以农民合作社为主要载体、让农民充分参与和受益，集循环农业、创意农业、农事体验于一体的田园综合体，通过农业综合开发、农村综合改革转移支付等渠道开展试点示范。"

早在2007年3月，在浙江推进"千万工程"过程中，时任浙江省委书记习近平同志在人民日报就发表了一篇题为"走高效生态的新型农业现代化道路"的文章，系统地提出了美丽田园经济发展的思路。的确，田野，几乎什么时候都是希望的田野。

2017年5月，在"中国著名作家看长兴"的采风活动中，笔者来到长兴，重点聚焦当地美丽田园建设。

我们在采风中发现，在实施"千万工程"时，浙江全省上下加快推进了农业现代化，其着力点放在改善农田环境、优化农业布局，最终走出了一条"点上出彩、线上美丽"的新田园之路，长兴确是一个典型例证。

采风过程中，我们最为关心的问题是：长兴是如何实现人与自然和谐，或者说如何实现天人合一的？"天地与我并生，而万物与我为一"，这是老祖宗留给我们的思想。山、水、林、田、湖作为生态要素，与人类存在极为密切的共生关系，共同组成了一个有机、有序的生命共同体，其中任何一个生态要素遭到破坏，人类社会都将遭遇生存危机。

此处的"生命共同体"，与2017年中央一号文件彼处的"田园综合体"的命题，一脉相承，也许这也是长兴新农村建设过程中苦苦追求的。长兴田园综合体的建设告诉我们，必须加快集现代农业、休闲旅游、田园社区等产业为一体的综合农村田园建设项目，具体就是通过"三生"（生产、生活、生态）、"三产"（农业、加工业、服务业）的有机结合与关联共生，实现生态农业、休闲旅游、田园居住等复合功能。

在长兴县，农旅结合的经营模式正在迅速兴起。在318国道长兴段，路两旁极少发现工业企业，却能看到一座座连栋大棚里，蔬菜瓜果尽情生长；一个个寂静的小村，业已成为乡村游的热门地，周边城镇的男女老少在这里看景采摘，怡然自乐。

这条总长38千米的道路两旁，全名叫"农园新景"实验示范带，当地人称"农业长廊"。地理上，它从东至西贯穿吕山、虹星桥、林城、泗安4个乡镇；产业上，它串联起15个行政村的12个农业特色产业园。不过最重要的是，它辐射50多个经营主体和近万村民，政策、资本、人员纷纷向此汇聚，扩大的是农民的"朋友圈"，激活的是农业农村发展的内生动力。

据介绍，经过3年建设并不断提升的农业长廊，使得曾经的经济薄弱村一举成为全县现代农业发展强村；曾经默默无闻的农业大镇异军突起，地区生产总值增幅跃至全县各乡镇前列；优质农产品品牌接二连三涌现……"农园新景"确实为长兴的经济发展注入了新动能。

　　然而，"农园新景"为什么会出现在长兴，具体点说，为什么会出现在318国道长兴段两侧？这问题着实引人深思。曾经，长兴虽也是浙北地区具有一定经济实力的县份，但向来以工业为主，而在工业化时代，这里却又一向是相对落后的地区。这一带的乡镇大多为农业大镇，但农业规模在经济总量中比重又不大，更说不上现代化；这一带的农村和农民，以传统耕作为主，壮劳力多在外务工，村集体收入基本为零，大多是经济薄弱村。

　　如今是"农园新景"起点的吕山乡吕山村，当年是一处被遗忘的角落。村支部书记钱锡忠曾带着村干部绕着村里走了好几遍，面对的是一个绕不开的核心问题：自然禀赋一般，没有项目和资金，没有产业拉动，乡村发展不知从何入手。而如今地处"农园新景"核心发展区的虹星桥镇，以前则是传统农业大镇，当年同样苦于农业大而不强，农产品的有效供给跟不上、绿色生产也跟不上，但55岁以上的劳动力没有活可干，且农民外出务工的人数和工资性收入增长都在减少。

　　2014年初，正是"千万工程"逐步向纵深推进之时。长兴县的新农村建设初步形成了"江南茶乡""太湖风情""芥里人家"3条风情带，车水马龙的318国道，给沿线各个乡镇带来了发展的灵感：何不沿着国道线展示绿色农业、休闲农业的景观，打造一条农业农村的创业大道？于是，一条横穿长兴县中部的"农园新景"实验示范带应运而生。

　　"农园新景"由政府总投资2.19亿元，重点建好基础设施，尽量让农创客有"拎包入住"的体验。示范带规划之初，为12个现代农业园区分别做好产品定位，并引导各园区调整农产品品种结构，引进新品种，增加农产品附加值。"政府的引导，不是体现在简单的少种点什么、多种点什么，而是从产业结构、技术结构、经营结构出发，解决有效供给不足的问题，注重质量、效益、可持续发展。"长兴县农办综合科科长王金星不无自豪地说，"农园新景"已经真正成了长兴农业发展的风向标。

虹星桥镇白水村318国道南侧，有一处总投资700余万元的鱼博馆，鱼博馆负责人张建平把它作为所在蠡塘特种水产园区的展示点，打造成集鱼文化展示、销售、餐饮等为一体的综合体。"我们期望它是一个能够提供周边市民来体验农业，了解农业生产，了解农产品的一个平台，还能帮助当地的农业生产者更好地销售自己的农产品，做到农业生产与农业旅游相结合。"张建平满怀信心地说。

"结合'千万工程'的深入实施，经过3年建设的示范带上，像蠡塘特种水产园一样布局合理、设施先进的精品农业园区共有12个，都已颇具规模。"虹星桥镇农办主任林运逊介绍得特别详细。他说，正是因为相信田园综合体有效益、有潜力，符合生态农业要求，"所以在农业产业做大做强的基础上，我们加大了配套投入，重点在休闲观光项目上提供配套资金，即按投资30%的比例进行适当补助，以鼓励、引导项目业主加大投入"。

在洪桥镇，荣美浩翔田畈里乡村休闲项目建设已进入攻坚阶段，作为现场负责人的浙江荣美浩翔旅游开发有限公司常务副总经理周锐介绍，荣美浩翔田畈里乡村休闲项目总投资超过5亿元，共分为3个板块，其中千花谷板块占地接近1000亩，包含了土地600多亩、水域300多亩，其中作为主要景点的花海占有400亩。"与花海板块搭配的其他项目，还有桂花蟹塘、花海迷宫、梅花鹿场，以及成人拓展项目水上高尔夫，将都是我们以后旅游景区的重点。而等到千花谷板块建成后，年接待旅客将达到15万人次，可产生营业收入2000万元，为附近村民提供各类岗位100多个。这个项目也将成为整个田畈里乡村休闲项目的发动引擎。"

田园综合体当然不只有旅游项目。距离千花谷不远的地方有一处蔬菜大棚，这便是田畈里农业采摘观光园。在这里，圣女果挂满枝头，还有黄瓜、甜瓜等各种蔬菜水果充满诱惑，游客可以在千花谷欣赏美丽风景，也可以到这里体会农业丰收采摘的乐趣，每天可接待游客千余人。农业观光园占地约200亩，建成的智能化大棚已经运作。除此，田畈里乡村休闲项目的养生度假区——三面环水的养生度假别墅群，也在2020年全面完工。

"美了农村，富了农民，同时也催生了美丽经济的发展。接下来，我们长兴将依托田园综合体，围绕特色化、精致化、融合化的目标，开拓新思路、新模式、新途径，推广新品种、新技术、新业态，最后我们要真正打造新农民、新农业、新农村。"长兴县委常委史会方认为，田园综合体作为新生事物，若能健康发展，将在推进农业供给侧结构性改革、新型产业发展，实现中国乡村现代化、新型城镇化以及经济社会全面发展方面发挥作用，因此，因地制宜地按照规划先行、适度超前和城乡要素全面融合的理念，打造一个让城里人找到乡愁的地方，让农民的生产生活有根本改善、收入有极大提升，这才是打造田园综合体的原则和目的。

如今，在12个农业园区，大棚设施农业总占地5000余亩，其中连栋大棚700多亩，占全县连栋大棚总面积的七成；2.5万亩农业特色产业，重点引入当地不常见到的新奇特农产品，还涌现出了多个全县第一：第一个葡萄博览园、第一条自动化蔬果穴盘育苗生产线、规模最大的优质草莓基质立体栽培基地……而田园综合体还在长兴全县不断铺开。2018年8月10日，总投资达41亿元的林城镇田园综合体项目签约仪式举行，该综合体是一个集农业、文化、旅游、康养为一体的项目，具备生产、科普、体验、娱乐、休闲等功能，项目计划于2023年建设完毕。这意味着，长兴的田园综合体建设还在不断深化中。

采风至此，中国作家们对美丽田园综合体已是一片赞叹。因为我们深深感到这里的田园综合体已经实现城市文明和乡村文明的融合发展，为传承和发展我国传统农耕文化提供了契机，乡村治理也能获得更多更深层次的文化支撑，从而助推美丽田园、和谐乡村建设。

田园综合体让我们学会田园生产、爱上田园生活、欣赏田园景观。长兴田园综合体建设的核心是"为农"，特色是"田园"，关键在"综合"。田园综合体要展现农民生活、农村风情和农业特色，决不能将综合体建设搞成变相的房地产开发，也不是大兴土木、改头换面的旅游度假区和私人庄园会所，必须确保田园综合体建设定位不走偏走歪，不发生方向性错误。

说到这里，笔者想到一句诗，"稻花香里说丰年，听取蛙声一片"。这时，有一片自然和谐共生的景象浮现在我们的面前，成为长兴田园综合体给我们最深刻的印象。

让土地绿色健康

采取生态控制、生物防治、物理防治等绿色防控技术，尽最大可能减少农药和化肥的使用，降低农业面源污染。让我们拥有没有毒素的肥沃土地，获得安全、美味的食物。

一大早，金华兰溪市植物保护检疫站的冯剑在办公室打开电脑，开始仔细查看虫害自动化监测预警系统。在其中的一个监测点数据下，冯剑随机点开一张图片，图片中的虫害数量立即清楚地显示出来：白背飞虱有多少、褐飞虱有多少、三化螟有多少……接着，冯剑就根据这一系统对虫害的大数据分析，通知植保人员该如何施药，包括药的种类和剂量。

"以前，要知道有没有虫害，非要亲自跑到田头去看一看才行。后来情况大有改善，我们有了虫害监测点，但在兰溪的水稻种植区，病虫害监测只有一个固定点，还得每天派人采集数据。如今，有了虫害自动化监测预警系统，就十分方便了。"冯剑感叹道，这个虫害监测系统真可以说是农田水环境治理的"利器"。

2016年以来，根据"千万工程"有关"实施化肥农药减量增效行动"的要求，兰溪市农林部门以水稻为试验对象，在全市水稻的主要种植区安装了5个虫害自动化监测预警终端。每5分钟，终端会自动采集上传图像，再由系统进行数据分析，给植物保护人员提供更实时、更精准的用药建议，化肥、农药因此得以减量增效。数据显示，2016年，兰溪市农林部门勤做化肥和农药施用的"加减法"，全年不合理施用化肥减量360吨，化学农药减量22.5吨，全面推广农作物病虫害专业化统防统治10万亩，农药减量技术应用面积23万亩。其中，虫害自动化监测预警系统等"云上农业"设施出力不小。

农药，即农业上用于防治病虫害及调节植物生长的化学药剂，常见的有杀虫剂、杀螨剂、杀鼠剂、杀线虫剂、杀软体动物剂、杀菌剂、除草剂、植物生长调节剂等，一般具有毒性；化肥，即化学肥料的简称，是用化学方法制成的含有一种或几种农作物生长需要的营养元素的肥料。化肥从原料开采到加工生产环节往往含有重金属元素或有毒物质，对人体健康无疑是有害的。长期过量施用农药和化肥，除了会让土地毒性增加，还可能导致微生物活性降低、有机物质难以降解转化、土壤养分失调，硝酸盐累积、土壤酸化加剧，对农作物和生态环境的破坏也是惊人的。

事实上，国家一直在努力控制农药化肥的使用。2015年起，农业部积极开展"化肥、农药使用量零增长行动"，大力推进化肥、农药减量增效，取得明显成效。也就在这一年，农业部还印发了《到2020年化肥使用量零增长行动方案》，明确提出化肥、农药的减量是综合性措施，特别是要多采取生态控制、生物防治、物理防治等绿色防控技术，利于减少农药残留，以保护土壤和水体环境。

"千万工程"实施以来，兰溪市通过优化农资结构、科学施肥用药、绿色防控示范等手段，深入推进化肥农药减量增效工作，在降低农业面源污染、促进农业绿色生态发展的同时，进一步减少农药残留，为百姓餐桌保驾护航。

"通过高产品种、化肥和农药的高投入以实现高产的技术体系，虽然可以提高作物产量，但也容易使病虫害产生抗药性，破坏土壤结构平衡，还会导致产品品质下降、引发环境污染。"兰溪市农业农村局党委书记、局长余樟土说，做到农药化肥减量增效，推进绿色兴农，这是当前抓好农业生产、改善生态环境的关键一环，"2015—2018年，兰溪全市化肥农药销售量、使用总量实现了四连降，其中，化肥销售量下降12.3万吨，降幅53.6%；农药销售量下降4651吨，降幅61.6%；实现不合理化肥减量16985吨，农药减量2820吨。至2019年7月，全市化肥、农药综合利用率45%左右，高于全国平均水平。"

"蓼芽蔬甲簇青红，盘箸纷纷笑语中。"如同古人渴望能有一次快乐的饕餮，如今的人们也期待获得安全的食物，可以无忧无虑地享用。的确，倘若勤劳的我们有干净的水、健康的种子、没有毒素的肥沃土地，加上和煦的阳光，安全、美味的食物便不再遥远。反之，假若我们一次次地伤害赖以生存的土地，那将会给人类带来最大的厄运。

从2017年6月起，金华全市近1300家农资经营网点调整销售结构，全面下架有机磷杀虫剂，将农药、化肥的销售结构往高含量、新剂型、轻便化的低毒高效农药和有机肥方面倾斜。土壤肥料站在各施肥关键环节加强现场技术指导，让农民眼见为实、切身体会，同时考核农资经销店，要求店主掌握一定技术，能筛选出适合本地域作物配方的肥料品种。

"减量最重要的是源头。"土壤肥料站站长傅丽青说，为推进有机质养分替代化学肥，坚持有机无机相结合，将秸秆综合利用率、商品有机肥推广数量、绿肥种植面积和沼液应用面积等工作列入重点考核。2016—2019年，全市累计推广商品有机肥36.3万吨，推广绿肥种植109万亩，投入各级财政补助资金7130万元，综合利用畜禽粪便100万吨。积极推广新型高效肥料和施肥模式，开展以缓控释肥为主的新型肥料田间试验示范与技术物化推广，出台缓控释肥、水溶肥等新型高效肥料补贴政策。

傅丽青介绍，以前种田，农民更多是用氮、磷、钾等传统单元素化肥，现在通过努力，各类复合肥及全水溶肥、冲施肥、叶面肥等新型优质高效肥的销售量逐年递增，高效低毒农药也已占据金华农药市场。根据农业部《到2020年化肥使用量零增长行动方案》和浙江省《化肥减量增效实施方案》，金华还及时制订化肥减量增效实施方案。2017年6月，已开始施行新修订的《农药管理条例》。

2019年6月2日，在兰溪市黄店镇殿口村枇杷种植基地，一群来自土壤修护研究院金华分院的测土专家正在对土壤进行"会诊"并抽取样本。"以前，我们依托系统农资企业、基层供销社，为农户提供检测土壤、制订施肥配方、建立数据资料档案等服务，以更优惠的价格向示范农户供应配方肥和良种，但检测仪器设备方面还是比较薄弱。"农资公司董事长朱旭义说。2019年4月，该市农资公司联合土壤修护研究院成立金华分院，并在全市各县（市、区）建起14个土壤修护工作站，直接与当地农户对接，通过更精准更专业的测土配方施肥技术实现精准施肥。

农药化肥实现减量，除源头控制外，还取决于机械化程度的提高。磐安县尚湖服务农业综合中心，为农户提供每户包量包洒的无人机服务，同时根据农户需要配备收割机、施肥播种机等新型农机设备。采用无人机进行洒药，洒药效率和均匀度都有了大幅度提升，用药总量明显减少，并可节省90%的水和50%的农药，农药有效利用率达35%以上。

俗话说得好："卤水点豆腐，一物降一物。"在金华经济技术开发区汤溪镇寺平村的寺平稻米专业合作社，有一处拥有1000亩面积的水稻病虫害生态控制技术实验示范基地，这里采用了病虫害绿色防控技术，可以减少甚至不用农药。"稻田生态系统自身对有害生物就有自然控制作用，一味地使用药物反而会使害虫产生抗药性，导致主要病虫害爆发频率增高。"植保站副站长盛仙俏说，该市目前已初步构建起以生态控制技术为核心的水稻病虫害绿色防控技术体系。据说，采用这一体系，化学农药用量减少了85%以上。

所谓病虫害绿色防控技术体系，即选用抗性品种，通过适时灌水杀蛹、集中统一供育秧等措施，降低病虫基数，同时采用诱虫植物香根草诱杀、种植波斯菊等开花植物保育天敌、稻田养鸭养蛙养鱼种养结合等，恢复构建农田生态系统。倘若发生病虫害突发、流行的情况，也将选用符合绿色防控要求、高效低毒低残留、对环境友好的化学农药，加以应急防控。

为准确掌握病虫害信息、及时发现病虫情报，又在全市主要农作物种植区特设了病虫测报点60多个，形成了完善的监测体系，市植保站也通过电视、广播、报纸、农民信箱等传递信息，传授给农民简便易学的防治技术。通过努力，2016—2018年这3年间，金华全市共推广农药减量控害技术应用面积506.66万亩，累计减量农药242.32吨，实现了中长期病虫预报准确率90%以上、水稻病虫危害损失率控制在3%

以内。

2017年，金华市的水稻病虫害绿色防控技术规程上升为浙江省地方标准，并被列入全国农作物病虫害绿色防控主推技术，向全国推广应用。通过基地示范，农民逐步树立绿色植保理念，改变了以往见虫治虫、见病治病的习惯，有效促进了水稻病虫害绿色防控技术的全面推广。2018年，金华全市累计示范面积10万余亩，辐射推广面积75.2万亩，绿色防控由盆景向风景转变。

从"吃海"到护海养海

实施铁腕治渔，修复振兴渔场，管好家门口这片海，把东海的鱼找回来。"一打三整治"行动重拳出击，让浩瀚东海焕发美丽容颜，让浙江渔场重现繁荣景象，让渔民过上美好生活。

2018年5月28日晚，象山县海洋与渔业执法大队执法人员进行海上巡查。20时许，执法人员发现油菜花峙海域有一艘无船名号的钢质渔船正在作业。执法人员立即登船检查，发现船主不能出示渔业捕捞许可证及相关渔业船舶证书，而该船当时正在从事地笼网作业，甲板上还有新鲜渔获物和10顶地笼网。经清点，船上共有螃蟹68千克、章鱼107千克、杂鱼8千克。

《中华人民共和国渔业法》规定：禁止使用炸鱼、毒鱼、电鱼等破坏渔业资源的方法进行捕捞；禁止在禁渔区、禁渔期进行捕捞；禁止使用小于最小网目尺寸的网具进行捕捞；捕捞的渔获物中幼鱼不得超过规定的比例。执法人员认为，当事人何某某等4人在禁渔期内使用禁用工具（地笼网）捕捞的行为涉嫌刑事犯罪，依法将案件移送象山县公安局。

这是浙江省"一打三整治"专项执法行动中处理的一起案件，类似案件还有不少。

浙江是海洋资源大省，海域面积达26万平方千米，是陆域面积的2.6倍，其中，22万平方千米的浙江渔场是全国著名的优质渔场，曾有"东海鱼仓、中国渔都"的美誉。然而多年来，随着海洋生态环境恶化和过度捕捞，东海渔业资源日趋衰竭，濒临"荒漠化"边缘。

"现在出船六七个小时甚至更长时间才能捕到鱼，鱼越捕越小、越捕越少。"老渔民不无忧伤地说，"捕到的带鱼像筷子、鲳鱼像扣子、黄鱼难见影、乌贼快绝迹。"资料显示，以大黄鱼为例，1957年浙江的大黄鱼年产量近17万吨，2015年仅剩下400吨！

可是，即便渔业资源已近枯竭，还有人冒天下之大不韪违法捕捞。"一打三整治"专项执法行动尚未全面展开之前，浙江沿海非法捕捞屡禁不止。如2013年7月，正值休渔期，在温岭市钓浜渔港上，一艘艘轻型渔船竟打着微弱的灯光陆续出港，偷捕鱼虾。这些渔船每天晚上出海，次日清晨返回，没有船名号、没有船籍港、没有渔业船舶证书，被称为"三无渔船"。

在海上，这些非法渔船的偷捕行为也很恶劣：一排排数千瓦的大功率白炽灯照射海面，灯光透射海深30米。因为鱼有趋光性，看到大功率灯光，大大小小的鱼儿都追光而来，最终被非法渔船一网打尽，十几吨鱼几十分钟内就被吸鱼机强吸到甲板上，很多都是不超过一两的幼鱼。

除了不论大鱼小鱼的滥捕，非法渔具的泛滥、"三无渔船"的猖獗，都是"东海无鱼"乃至浙江渔业濒临危境的主要原因。据调查，浙江的"三无渔船"在2013年达到最高峰，数量达1.3万艘，明令禁用的各类渔具达11万多顶（张）。

毋庸置疑，"东海无鱼"触及海洋的生态红线、社会的民生底线。痛定思痛，浙江坚定实施海上"一打三整治"暨浙江渔场修复振兴行动，打好幼鱼资源保护战、伏休成果保卫战、禁用渔具剿灭战，切实加强渔业资源环境保护，全面开展海上"打非治违"之役。

2014年5月，浙江省委十三届五次全会审议通过的《关于建设美丽浙江创造美好生活的决定》，把浙江渔场修复振兴列入近期要取得突破的重点工作。

紧接着，省委、省政府专题召开部署动员会，随后印发了《关于修复浙江渔场的若干意见》，全面拉开浙江渔场修复振兴暨"一打三整治"行动大幕。"一打三整治"即打击涉渔"三无"船舶及其他各类非法行为，整治"船证不符"捕捞渔船和渔运船、整治禁用渔具、整治海洋环境污染。

省委、省政府专门成立"浙江渔场修复振兴暨'一打三整治'行动协调小组"，省政府及省级28个部门和宁波、温州、舟山、台州沿海4市的市委负责人为小组成员。声势浩大的"一打三整治"行动由此掀起。为强化政策刚性，省委、省政府还立下"铁规"：对没有完成年度整治任务的县（市、区），涉海用地一律不给、涉海项目一律不批、涉渔资金一律不拨。与此同时，浙江沿海的30个县（市、区）党委、政府都领到了刚性考核任务和时间节点倒排进度表。

首战当决战，攻坚出成效。

从2014年5月底开始，借助于强大的攻势，"一打三整治"行动连战告捷，"打"出了法治权威，"整"出了治渔合力，"治"出了转型新路。

"三无渔船"是海上乱象的罪魁祸首，是扰乱正常渔场生产秩序的

"最大祸根"。由是，整治"三无渔船"成为这次专项行动的重中之重。

平阳县西湾渔区，街道上"严厉打击'三无'船只"等横幅标语随处可见；渔政及当地政府相关部门的工作人员组成宣传组，以村为单位进户对船主做思想工作，要求"三无船舶"船主如实申报登记，主动上交处置；又细致调查"三无渔船"的数量、类型、分布和网具情况等，调查了解渔民生计、困难和诉求……从2014年5月起，这个渔区管理部门一方面做通船主的工作，让大家积极配合，一方面动用法律手段，坚决取缔"三无船舶"，不拖延，不手软。

"刚开始有一些渔民想不通，有抵触情绪。"工作组成员回忆，但在强大的宣传和严打态势下，这些船主看到了政府取缔"三无船舶"的决心，开始主动上交"三无船舶"，转而希望政府能出台政策，帮助渔民合法合规地从事捕捞生产。

在台州市路桥区金清镇的永顺船舶修造厂里，一艘艘钢质船被运进厂里，统一编号登记后，船体即被运到拆解车间。在气割枪喷出的蓝色火舌里，"三无船舶"被拆解成一堆堆碎铁，每拆至标记数字的部位，都要拍照留存。"我们严格按照政府要求，确保渔民拿回去的船体材料无法重新组装渔船。厂区还安装了4个摄像头，从船入港，到上岸、拆解，整个过程都在监控下完成。所有拆解船只的信息录入省网络平台系统。"该厂负责人梁永林说。

也是在这一年的12月25日至29日，台州市椒江区开展了声势浩大的"集中拆解周"行动，拆解了80艘涉渔"三无船舶"，同时将椒江历史上非法从事季节性捕捞鱼蟹苗的100多艘"三无船舶"一并取缔拆解。椒江区还组织海洋与渔业、商务、经信、市场监督管理、公安等部门，对椒江南北两岸的中石化前所油库、亿利达水产等供油、供冰企业开展专项检查，以查清非法捕捞及后期加工的相关信息，堵住漏洞。

全省沿海各地干部群众上下同心，全力以赴，至 2015 年 9 月，全省共核查出 13566 艘涉渔"三无船舶"，其中，船主愿意主动上交政府处置的渔船 12107 艘，占 89%。为了合理处置涉渔"三无船舶"，除拆解外，浙江还对其中的 2000 多艘"三无船舶"转作人工鱼礁、护鱼保洁、景观展览以及养殖休闲等非捕捞之用，以变废为宝。

"海上围捕行动多在深夜出发，让违法者措手不及。凡是发现在海上捕捞生产的'三无渔船'，一律没收拆解；发现使用违禁渔具捕捞，一律收缴处罚。休渔期发现出海偷捕的有证渔船，一律按规定扣减柴油补贴，并从严就高处罚。"浙江省海洋与渔业执法总队副队长张友松介绍，从 2014 年 10 月起，全省还启动了为期一个月的违规违禁渔具专项执法检查，严查渔具制造、销售环节，从源头挤压非法捕捞的生存空间。

至 2015 年 9 月，浙江共查获各类违法违规捕捞渔船 328 艘，查处各类案件 1695 起，移送司法机关 83 人，清理海洋违禁渔具近 11 万顶（张）。

通过一年多努力，浙江渔业生产"无序无度"和"酷渔滥捕"的势头得到了初步遏制。当然，开展"一打三整治"行动的根本目的，是让渔业资源永续利用、渔业生产可持续发展，让城乡居民经常能吃到品种多样的海鲜，让渔民兄弟过上更加美好的生活。

2015 年 1 月，浙江发布了《重要海洋渔业资源可捕规格及幼鱼比例》省级地方标准，对带鱼、银鲳、海鳗等 18 种可捕捞鱼的体型大小做出规定，严厉处罚捕捞"鱼子鱼孙"的滥捕行为。

为让主动上交"三无渔船"的渔民弃渔后不失业，沿海各地按照省里要求，相继出台了失渔渔民转产转业和生活困难补助具体实施方案，落实配套资金，鼓励船主以主动弃捕换养老、换补助、换再就业。如奉化市组建公司，改造一批休闲游船投放给"失船"渔民发展海上休闲旅游；苍南县的一些渔老大合伙转型，把资金投向水产养殖业；临海市政府帮助4个纯渔业村开展紫菜试点种植；平阳县提供政府贴息3年的15万元小额贷款，鼓励渔民发展沿海观光、海岛游憩、海鲜品尝等特色休闲渔业旅游；等等。

从"吃海"到"护海"，再到"养海"，通过"一打三整治"等专项活动，浙江对蓝色大海的认识愈加深刻透彻。每年实施严格的伏季休渔，给东海一个休养生息的时间；每年增殖放流鱼苗，让"蓝色粮仓"鱼丰虾美；实施海洋牧场计划，投放人工鱼礁石、种植海藻海草，在海底给鱼类建起繁衍栖息的家园……

在苍南县金乡石砰碧蓝海水之下，透过潜水镜，能发现这里别有洞天：一个个由旧渔船等造就的人工鱼礁在海底扎根，四周围绕着密密麻麻的海带，石鲷、黑鲷、人工投放的黄鱼在周边畅快游动……

在舟山，海洋执法也走出"多龙治海"困局，组建成立了海洋行政执法局，对海洋渔业、港航、国土资源、水利、文化等多个部门的海洋执法职能进行整合，"一个口子对外"综合执法，承担起175项涉海行政执法职责。

经过多年持续努力，浙江已建立13个省级以上海洋保护区，总面积2712平方千米，占全省近岸海域面积的6%，其中温州洞头区、宁波象山县、台州玉环市成为首批国家级海洋生态文明建设示范区。

按照"一打三整治"行动时间表：至2017年，浙江已基本取缔涉渔"三无船舶"，全面完成"船证不符"渔船整治，杜绝非法捕捞，初步建立起国内海洋捕捞渔船转产退出机制，全省压减捕捞渔船功率50万千瓦以上；至2020年，浙江渔场将建设15个海洋保护区、9个产卵场保护区、6个海洋牧场。浙江渔场资源水平力争恢复到20世纪80年代末的水平，海洋捕捞与资源保护步入良性发展轨道。

2018年8月28日，浙江省渔场修复振兴暨"一打三整治"推进会举行。会议明确，浙江将按照"八八战略再深化、改革开放再出发"的要求，把"一改三攻坚"（即以渔业综合改革作为战略主线，坚决打好非法捕捞常态治理、过剩产能持续压减、近岸海域污染防治等三大攻坚战）作为新时期"一打三整治"的升级版。将通过5年左右的努力，基本建立起海洋渔业资源科学养护、合理利用、有效管控的治理体系，高质量打造"渔业强、渔区美、渔民富"的目标通道，为浙江渔场修复振兴取得完胜奠定基础，为推进全国乡村振兴示范省创建做出贡献。

时任省委书记车俊对这次会议作出了批示："一打三整治"很有效果，促进了渔场修复振兴，应坚持不懈。时任省委副书记郑栅洁则在会上指出，站在新的历史方位，做好浙江渔场修复振兴工作，要认识到当前"一打三整治"正处在不进则退的关键期、系统治理的攻坚期。要坚定不移推进渔区公共服务和治理体系建设，推进"打非治违"常态化制度化，推进海洋生态环境治理修复，推进渔区经济高质量发展，推进渔区渔业体制机制改革。

的确，浙江伴海而生、因海而兴，海洋、陆域对浙江而言犹如鸟之双翼、龙之双眼，养护好海洋这一水上"田园"、加快海洋经济发展，事关浙江未来发展大局。只有坚定不移地将"一打三整治"专项执法行动进行到底，义不容辞地担当起"修复振兴浙江渔场、重振东海'蓝色粮仓'"的历史重任，确保完成渔场修复振兴各项目标任务，才能让浩瀚东海焕发美丽容颜，让浙江渔场重现繁荣景象，让渔区渔民过上美好生活。

"出海去撒网，归来鱼满舱。"这样的美妙图景还远吗？

8 等幸福渐渐爬上院墙

建筑让人类摆脱风雨侵扰，又随文明的进步而不断嬗变，渐趋完善。一部建筑艺术演变史，几乎合辙于一部人类文明发展史。在人类文明高度发展的当今，两者的关系无疑更加密切。

没有优美舒适、风格独具的民居，何来美丽村庄、美丽乡镇？围绕"千万工程"的全面实施，浙江省把加强村庄规划和农居房设计，推进浙派民居改造建设作为重点内容：以乡镇域为基本单元，建立健全具有浙江特色的村镇规划设计和建设体系；坚持传承创新和彰显特色的农房设计理念，充分研究分析地域特征与文化特色，积极探索村庄整体风貌构建；融村居建筑布置、村庄环境整治、景观风貌特色控制指引等内容为一体，注重保护村庄完整的传统风貌格局、历史环境要素、自然景观；有序构建村庄院落、住宅组团等空间，着力探索形成浙派民居新范式。

全面开展"无违建县乡村"创建，加强农村建房管控，巩固"赤裸墙"整治成果，完成4000个中心村村庄设计、1000个美丽宜居示范村建设，抓好1000个古村落和10000幢古民居保护，有效保护10000幢历史建筑，建成一大批浙派民居建筑群落，同时抓好古道、古桥、古井等古建筑保护……在浙江，城乡一体化发展的步伐不断加快，一项又一项具体的惠民工程正在实施，具有乡土气息、江南味道、浙江气派的浙派民居在东海之滨、钱江两岸成片呈现。

农居不该"野蛮生长"

农居房整齐洁净，道路平整宽畅，谁还敢乱搭乱建？当拆除违章建筑的好处渐渐显现出来，村民们对拆除自家的违章建筑，配合度和积极性也提高了不少。

绍兴市柯桥区稽东镇冢斜古村，地名颇为奇特的美丽村落，深厚的历史底蕴从它一座座老台门、旧祠堂、古寺庙、石拱桥中显现出来。村后的香榧林，据老年人所说，已有千年历史，香榧成熟季节，四面八方的游人经常聚集于此，是远近闻名的郊游好地方。传说这个村子还是大禹后裔的集聚地，"冢斜"之名正源于安卧于此的众多先辈。

多年前的冢斜村，让人们颇为败兴的，竟是村里几乎无处不在的违章建筑。

"我们这里的宅基地审批还是蛮严的，造几层楼房也有严格规定。但后来，有的村民搞民宿，搞出租房，就在屋前房后陆陆续续造起了小房子，很快就蔓延开来。虽说违建现象曾经蛮普遍，但因为我们这里环境优，这违建让人看了就特别触目。"冢斜村党支部书记余利明感叹，"说实话，违建多了，村里好端端的景致就被破坏了，不少村民都看不过去，却又舍不得拆。"

没错，用简陋的建材搭建小屋小棚，实在是太容易了，一顿饭的工夫就能完成。而只要搭起一个建筑空间，在冢斜村就都能有用场，尤其是还能赚钱。看到别家都在搭，凡是屋边有些空地的村民，也都忍不住眼热手痒。久而久之，大部分村民家里或多或少有了违章建筑。"不少违建好像已经'合法'，有的被翻建成了农居房的一部分，做了杂物间、储藏室，有的还成了厨房，或开出了小店。"一名村民无奈地说，因为道路两旁搭出了不少违章建筑，村道被占去不少，整条路弄得歪歪扭扭，还形成了不少交通死角。

"其实，2003年之后，包括冢斜村在内的稽东镇各个村，在区和镇的统一部署下，已在进行村庄整治工作。一方面是提升山水环境，开展污水治理、山林绿化等；另一方面就在进行村容村貌的整治。"稽东镇党委书记许立峰历数近年来的整治成果，"比如我们把稽东镇的集镇风貌定位于民国风情，因为稽东镇正是在民国时期建的，个别建筑至今还保留着民国时期的风格。整治时，我们有意识地突出'时光小镇'主题，强化其慢生活的休闲特质。强化其怀旧元素，能让来到这里的人们，获得一种时光穿越的独特感受。冢斜村是一座古村落，恢复了它的历史古村风貌，所穿越的时光就更远了。2016年，冢斜村入选全国最美古村落，2017年又被评为省AAA级景区村。这说明，我们的整治还是蛮有效果的。"许立峰说，在整治过程中，清除违章建筑从不手软，也最见效果。

"阻力肯定有。你想，有的违章建筑已存在好多年，甚至还被扩建了好几回，里面堆满了东西，甚至住进了人。现在要无条件地拆除，谁会没意见？有的村民还说，我们这里是农村，不是城市，等到这里变成城市后再来拆吧。其实不少村民知道违建是不应该，只是不舍得、不愿拆。所以拆违建，首先要做通村民的思想工作。思想通了，旧的违建就会顺利拆除，新的违建也不会再出现。"说到这里，余利明特意提到，前几年的"三改一拆"大大推进了"千万工程"的实施，当村民们看到一些旧厂房、废弃老房子拆除后，环境清爽了很多，对拆除自家的违章建筑，配合度和积极性提高了不少。

"拆除违章建筑后，这两年，冢斜村又投入了1000多万元，采用修旧如旧的方式，对永兴公祠、余氏宗祠、八老爷台门等古建筑进行修复，还建起了冢斜村陈列馆、鹅卵石道、冢斜古村牌坊等，古村的韵味更浓了。"许立峰不无欣慰地说，当拆除违章建筑的好处渐渐显现，部分村民的不解和不满也随之烟消云散。

在以集镇为核心，创建"无违建乡镇"的同时，稽东镇还实施了立面改造、防盗窗改造、店招店牌改造、地面铺装、绿化提档、强弱电管线入地等项目，补齐集镇和各行政村的公建功能短板。全镇已有稽江、雄鹰、车头、高阳等村成为五星达标村，再加上龙东村的红豆云隐小镇、时光小镇、雪窦岭"网红"景点等，稽东镇的生态、旅游、经济正融为一体，成为稽东乡村振兴的最大潜力与魅力所在。冢斜古村屋舍俨然，田良池美，道路齐整，千年香榧林和万亩红豆杉基地也都建成了AAA级旅游景区。

"舟从广陵去，水入会稽长。竹色溪下绿，荷花镜里香。"登上雪窦岭，从山顶往下俯瞰稽东山水，漂亮的屋舍如同一颗颗晶莹闪亮的珍珠，阳光下温润娴静，尤见风姿。

在拆违方面，冢斜古村和稽东镇的做法值得借鉴；在如何清理违章建筑，做到农居房合法合规拆旧建新方面，义乌市佛堂镇坑口村的做法无疑胜人一筹。

胜人之处，一是能把"多规合一＋全域土地综合整治"这篇文章做细做透，二是能在实现宅基地有偿配置时，做到农民和村集体双赢。

"江流滚滚过桥边，梅柳参差映画船。眼洗三春清露净，罍含一点绿波鲜。"这是载于清朝佛堂《南江张氏宗谱》里描述南江景色的句子。在古人眼里，清澈见底的南江宛若一幅迷人的画卷，故索性把南江称为"画江""画溪江"。佛堂镇为中国历史文化名镇，紧依汤汤义乌江。南江为义乌江最大的支流，两江汇合处就在佛堂镇山脚下，坑口村距此不远。

走进坑口村，首先扑入眼帘的，是4排共28幢依山傍水、白墙黛瓦的浙派民居。这些漂亮的民居已于2018年9月结顶，眼下正在进行室外绿化和室内装修，面露喜色的村民们屋内屋外跑进跑出，正忙得不亦乐乎。"没想到，我真的会在这么好的地块造起这么好的房子！"村民徐登银的新居，是这片农居房小区第三排西面的第一幢房子。他不加掩饰的喜悦里，还明显地流露出一丝意外和惊奇，"起初我真觉得不可能批到合法的宅基地了，要造房，就是造违章建筑，没想到，好政策帮了我这么大的忙！"

坑口村曾是一个经济薄弱村，户籍人口227人，有4个自然村。很长一段时间里，由于村民们手头并不宽裕，建于20世纪五六十年代的农居房一直未能重建，颇显破败，尤其在遇到大风大雨等恶劣天气时，还会有倒塌的危险。近几年来，村民们的收入增加了很多，想把住房拆旧建新的愿望十分强烈。但农居房扩建需要增加宅基地面积，有的村民等不及了，便悄悄搞些违章建筑，有的还想占用若干宝贵的耕地。如何盘活土地资源，满足村民们正常的建房需求？这成为佛堂镇、坑口村及相关部门深入思考和谋求突破的课题。

2015年，义乌市成为全国开展农村宅基地制度改革试点的15个地区之一。次年，坑口村又被列入义乌市首批"多规合一"村庄发展一体化规划编制试点村。村里通过民主决策，将土地利用、新农村建设、林地保护、湿地保护、南江河道蓝线、交通、旅游、生态环境保护等规划合而为一，编制了村庄发展一体化规划。

镇、村及相关部门以此为契机，对坑口村的田、水、路、林、村进行全要素综合整治，优化土地空间布局。把坑口老村的旧房一律予以拆除，这部分建设用地腾出来重新利用，并在坑口主村周边的山坡地、废弃矿地等非耕地上，迁建4个原先分散的自然村，完成整村改造。其具体方式是，以有偿配置的方式重新调整和分配宅基地，再按统一图纸，由村民依照规划，自行负责建造低层联建住宅。经过一年多的整治和建设，所有村民都住上了漂亮的新农居，村民们压了许久的建房需求得以满足。

值得称道的是，在进行全要素土地综合整治时，坑口村充分利用农村宅基地制度改革试点的有利契机，探索宅基地所有权、资格权、使用权"三权分置"改革，利用宅基地资格权村内有偿调剂的方式，既走出了一条宅基地改革新路，强化了新形势下的农民建房管控，又消除了经济困难户的燃眉之急。

"坑口村的村民中，有的建房资金比较充裕，有的家庭经济相对困难些，但建房需求是一致的。以公开拍卖的方式，进行宅基地资格权的村内有偿调剂，便是村民之间合理调配资源、各取所需的新办法、好办法。"义乌市国土资源局副局长张黎明介绍，"公开拍卖所得返还给宅基地调出户。这样一来，家庭经济比较困难的村民，可以让渡一部分宅基地指标，调剂给其他有更大需求的村民，调剂拍卖收入便可用来造新住房。"

2017年11月，坑口村以公开拍卖的方式，进行宅基地资格权村内有偿调剂，共有14户村民参与，成交额达797.29万元，每平方米均价为1.37万元。同月，坑口村又进行了宅基地使用权有偿选位，地段好的宅基地由出价高者获得。有偿选位共获得集体收入412万元，这笔收入后来都成了村基础设施建设经费。

就这样，坑口村的整村改造，没有占用一分耕地，反而对废弃矿地实施了生态环境恢复，扩大了土地面积。同时，村民们合法合规地获得了宅基地，统一建造了新农居，也就消除了违章建筑产生的可能。

"你想，新建的农居房这样整齐洁净，道路平整宽畅，谁还敢乱搭乱建？如今，大家对保护环境都很自觉，因为良好的环境、优美的景色，本身就是一笔财富，有谁会和财富过不去？"在城里开了30多年饭馆的徐登银，有了村里这幢新农居后，决定回来从事民宿和餐饮业。"这里空气特别好，像一个天然氧吧，夏天时气温要比城里低四五度，很适合旅游、避暑和养老，我相信以后会有很多人来这里玩。"

村党支部书记徐登林则认为，要想利用村里的良好环境增加收入，除了要发挥村民们的积极性，也需要发挥集体的力量。"南江上的江心岛，村里还有50多亩的农用地，开发整理后适合种植樱桃、桑树等经济作物，可以搞乡村采摘游。这个项目已列入义乌市10条美丽乡村精品线之一的'画里南江'。占地近700平方米的村集体产业用房也已在规划了。"

为了壮大村集体经济，村党支部18名党员和31名村民带头，后又动员起全体村民，在人均33平方米的建房指标中自愿拿出3平方米，由村集体统筹建房。徐登林欣喜地说，有了这份属于每个村民的集体不动产，根本不需要再搞什么违建。大家的日子越来越好过了，心情舒畅了，做任何事情都很齐心，生活中的一些旧习惯、老毛病也都自觉改掉了。

给村子穿上漂亮衣裳

建筑物外墙立面仿佛是一个人的脸面。在打造美丽乡村、追求美好生活的当下，我们的身边不应再有"赤裸墙""丑陋墙"，我们的生活中不应存在让人皱眉的景观。

文村，杭州市富阳区洞桥镇的一个行政村。出富阳城区，沿305省道西行，至胥口镇右拐，沿景色如画的县乡公路胥高线北上，美轮美奂的岩石岭水库就在眼前，文村即在这一汪碧水的前方山旮里。"村依青山下、水绕村子流"是对文村景色生动而简洁的描述。

文村是个典型的农业村，主要产业为种植业和养殖业，洋芋、白芸豆和燕麦等特色农产品在当地颇有知名度。不过，这个藏在大山旮旯的小村，若不是出现了一批有着"很艺术"墙面的农居房，说不定仍悄无声息地踞卧着。是中国著名建筑师王澍的到来，改变了这儿原本老旧、单调的墙面，建起了一幢幢个性鲜明的农居房，进而打破了这儿持续千百年的静谧。

由于地处偏远山区，交通不便，以往文村的村民建房都是就地取材，杭灰石、黄泥土、纸筋灰等都是本地常见的建材，被村民们娴熟使用。文村现存的40幢古民居，大多建造于明代、清代、民国3个时期，均采用这类建材，"石头打墙""夯土砌墙"等民居营造工艺也都是传统手法。尽管这样的建房方法很符合生态法则，但房子整体格局还不是很宽畅，尤其是外观，显得粗糙、笨拙，这无疑与当地相对低层次的建房条件和居住需求有关。

"其实并不是这些建材不好，或者说建房方法有问题，关键是千篇一律、不注重外观，没有规划，所以也没有整体美感。特别是外墙粉刷，一直以来主要目的只是保护墙体，乱七八糟的'丑相'也不在意。有的外墙连粉刷都不搞，是真正的'赤裸墙'。"严建军是当地的造房师傅，以传统营造法参与建造这类农居已有很多年，也曾为这类农居房的简陋粗糙、缺乏美感而苦恼，但又不知该从何处入手改变。

事实上，文村非但拥有自然美景，还是一处颇有文化底蕴的历史村落。来到这里，老年人首先向你介绍的，是村后边那座有着奇特造型的山峰，酷肖一支倒立的毛笔，被村民们唤作文笔峰；村前的那面清流溪潭，则像一方专为文笔峰而备的砚台，文村的地名缘此而来。让文村的文化味儿更浓，体现独特的村庄风格，与秀丽景色相得益彰，的确十分必要。

2012年，我国首位普利兹克建筑奖得主、中国美术学院建筑艺术学院院长王澍承担了富阳博物馆、美术馆、档案馆"三馆合一"项目的设计任务。设计过程中，他多次实地考察富阳的山山水水，期冀在富阳的当代建筑中融入本地元素。无意间，他来到文村，被这里不可多得的良好生态环境和众多古民居所吸引，先后跑了10多次。他涌上了在此打造一片既具有浙江区域性传统建筑特色，又融合现代居住功能新民居的热情。

"千万工程"中，乡村环境绿化、路面整治、立面外墙美化等基础设施提档升级是重要内容之一。立面外墙美化向来被人们所忽视，尤其是在乡村，不少村民觉得外墙坚固即可，在美观上花钱有些不值得。有的外墙石灰早已剥落，因未影响居住，村民们往往不去理会；有的外墙出现破损，村民们只做加固，至于加固后墙面变得斑驳、难看，他们觉得无所谓，"何况文村是在山里头，没人来看"；有的外墙墙面上还留有陈年的广告、残缺不全的宣传标语等，村民也往往熟视无睹。

"关键是缺乏求美观的意识，也不知每幢房屋的外墙整洁、美化，对美丽宜居村庄建设关系重大，也是一笔村庄发展的巨大财富。"文村党支部书记沈樟海说，按照"千万工程"要求打造浙派民居，这对文村来说特别迫切，"这么漂亮的地方，怎么能出现难看的房子？创建富阳区第一个国家级美丽宜居村，才对得起这么好的环境，这么好的山水"。

王澍领衔的文村浙派民居改造团队，其骨干主要来自当地的建筑工匠。外墙改造的整体思路是"修旧如旧、相互协调，错落有致、彰显特色"，当然这个"旧"并非陈旧、破旧，而是返归浙派民居的传统风貌。对传统工艺，当地的工匠自然最为擅长。新落成的浙派民居共10余幢，以杭灰石墙、夯土墙、抹泥墙为外立面，整体上保持了古民居灰、黄、白三色基调。对村里旧房子的外立面整治，加入了斩假石、清水混凝土层、片柱等传统元素，这使每幢老房子都拥有了古朴和现代的融合之美。

杭灰石在文村周边的山上随处可取，这里的大部分房子采用这类石头砌筑外墙。工匠们把一块块杭灰石精心敲打琢磨后，砌成石墙，既保留了石头原有纹理，又让它们严丝合缝地契合在一起。远远望去，石墙犹如一条通体琉璃的龙，蜿蜒匍匐在溪畔，煞是好看。"只有这样的外墙，才能与这里的质朴相协调。美观又艺术，牢固又环保。"村民李强华已经入住装饰一新的浙派民居，他对自己家的石墙十分喜爱，"远近都是一道风景啊！"村里有了这么漂亮的房子，整座村庄神奇地"复活"了，如今的他就喜爱住在这里。

为了全面了解实施"千万工程"中农居房外立面整治进展和成果，笔者专门走访了省内多个市县，特别是完成了这项工程的部分乡镇和行政村，与基层干部和村民交流。围绕农居房外立面整治，各地的做法各不相同，但都能积极地将此列入"千万工程"的实施内容，其重视程度前所未有，其具体措施行之有效。

村路两旁的民房墙画上了活色生香的漂亮彩绘，整座村庄倏然间充满生趣，这是乐清市蒲岐镇上侯宅村 2017 年 10 月后出现的新气象。走进这座曾出过"侯门四进士"的历史文化名村，以往漫无边际的电线蜘蛛网不见了，墨绿色的黑臭河消失了，流浪狗没了踪影，而电瓶车集中充电中心和封闭式垃圾分类房建成了，村道也通畅了很多，更让人眼睛一亮的，是农居房破损的"赤裸墙""丑陋墙"都已得到修补，还画上了一幅幅富有乐清民俗特色的彩绘，每面墙壁的内容都不一样。噢，这些美观、时尚、浪漫的外墙，很是惊艳！

上侯宅村是虹桥镇进入蒲岐镇的必经村庄，蒲岐镇正在打造"临港小镇、海鲜名城"，拥有"蒲岐北大门"之称的上侯宅村当然必须给各地来宾留下第一个好印象。"我们不能给镇里丢脸，更不能给村民们丢脸。"上侯宅村村委会主任侯求高说。"千万工程"对村庄整治有着具体要求，这一整治机会非常难得，侯求高给村民们作动员："房屋墙面就是你家的脸面。谁都愿意脸上有光，那么，你家房子的脸面也要弄漂亮！"

与乐清市相邻的永嘉县，在实施"千万工程"过程中，同样对各行政村，尤其是对仍具备集镇功能的原乡镇政府驻地予以重点治理，内容是"一加强一改造三整治"（即加强规划设计引领，治理改造危旧房，整治环境卫生、整治城镇秩序、整治乡容镇貌），农居房外墙的整治毫无疑问是"整治乡容镇貌"的主要内容之一。

"整治乡容镇貌包括加强沿街立面整治，即对小城镇主次入口、步行街巷、街头广场等重要街区、重要地段和重要节点的建筑物，强化其建筑外立面设计、建筑色彩的引导和控制，提升空间环境品质。这方面以前太不重视了，很多人觉得是个可有可无的小细节，其实小细节正可以出大文章。"李圣积是永嘉县住房和城乡规划建设局局长，对整治由来已久的"集镇病"颇有感触，也很有想法，"浙派民居的打造要落到实处，这个'浙派'指的就是地域文化的传承。除了在建筑设计层面上努力做到这一点，治理环境、改变乡容镇貌也是一个切入口。可以通过外立面整治，消除'赤裸墙''丑陋墙'，积极打造有记忆的街区、有故事的小镇，展示浓郁的市井文化、民俗风情和浙南地域特色。"

2016年初夏，在开化县华埠镇金星村，一群粉刷油漆工人和专业彩绘师在已经搭起的农居房外墙脚手架上忙碌，一场该村从未有过的环境大整治——农居房外立面改造工程正在进行中。"这几年，几乎家家户户都建了新房，可房屋的风格五花八门，影响美观。趁着实施'千万工程'的机会，村里把深渡自然村、滩底自然村农居房外立面改造列入项目之中，打造浙派民居风格，全面提升村庄环境。"金星村党支部书记郑初一说，作为开化县"大干三个月，环境大整治"行动的重点村，村里专门成立了整治指挥部，下设政策处理组、项目建设组、技术指导组、资料收集组共4个小组，开展重点整治。

与前述几个地方一样，金星村的部分村民起初也觉得这外立面整治可有可无，村里对此兴师动众有些多余。为了消除误解、统一思想，村里专门安排了专业摄影师，把每幢农居房整治前的原貌和整治后的靓丽模样分别拍下来，既做对比，让大家进一步明白整治工程之必要，又积累了珍贵的历史资料，以作收藏。不消说，很多村民仔细看了这些照片，震动颇为强烈，配合农居房整治的积极性不由自主地上升了。

"我们是村民代表，主要任务就是全程参与项目建设、监督工程质量、协调化解矛盾。希望通过全村人的共同努力，让村庄实现大变样。"2016年7月，同在开化县，芹阳办事处龙潭村村口，这里的村民代表余水良、村民小组长齐小忠已经就位，参与农居房外立面改造工程监督。

龙潭村地处黄衢南高速公路出入口，为县城的东大门。除了对村里的乱堆乱放、胡乱占道、卫生死角等进行集中整治外，村里还要完成高速路出口两侧78幢民居的改造，外立面整治正是其中一个项目。为了快速推进外立面改造工程，确保工程质量，芹阳办事处8名干部组成专项工作办公室，做好宣传、调研、排摸等工作，全力统一村民的思想，同时组织村民参与项目建设、掌握工程进度、监督工程质量，以发挥村民的积极性。

"让村民们觉得这项工程是大家共同的事，是让村民得益、村庄发展的大好事，也让他们知道在打造美丽乡村、追求美好生活的当下，我们的身边不应再有'赤裸墙''丑陋墙'，我们的生活中不应存在让人皱眉的景观。"参与农居房外立面整治工作的龙潭村驻村干部童亭蓉对此深有感悟。

的确如此，当我们不再把建筑物外墙立面的整洁、美观视作可有可无之物，当我们在提升村庄"颜值"之际，首先考虑的是该给房屋穿上一件漂亮的衣服，或许，我们才真正体悟到了房屋的意义，遮风避雨只是它的一个功能，另一大功能，则是它能让我们的栖身之处、我们的生活环境、我们的日子变得更加五彩缤纷。

小桥流水人家

浙派民居之所以强调地域文化、强调兼蓄古今，是因为民居不仅是个单纯的居住场所，它还是寄寓淳朴情感、追求精致生活不可或缺的载体。

当今社会发展形势下，我们所期冀的具有乡土气息、江南味道、浙江气派的浙派民居是什么样的？请允许我们先选择一地的民居，来感受民居怎般变迁，又何谓"浙派"。

萧山民居的变迁，即为浙江各地民居变迁的一个缩影。20世纪60年代及以前，靠近钱塘江和杭州湾滩涂的萧山沙地民居一般为极简陋的围垦草舍，平原和山区地带的民居则以砖木结构的平房为主，大多也较简陋；至70年代，两层的砖木或混凝土楼房大量出现，但其结构和外形都以模仿城市宿舍楼为主，缺乏传统浙派民居的风格；到了80年代，富裕起来的萧山人，建房时流行起平顶款式，屋檐采用琉璃瓦，颇有民族风，但浙派味道不浓，仍属于简单模仿状态。而因受到西方建筑影响，20世纪90年代至21世纪初，萧山农村又流行起"仿西式"的小洋楼，其鲜明标志是拱券形窗户、十字拱屋顶、屋顶的不锈钢圆球及避雷针，二层以上设置露台，外包玻璃幕墙。这一款式虽然显得现代、时尚，空间也扩大了很多，却距"浙派"风格似乎更远了。

直到21世纪初年，在新农村建设过程中，萧山区有关部门对民居进行了专业设计，参考了江南民居的传统样式，保留了具有中国民族特色的拱券、山花、柱式等元素，又适当糅合了徽派建筑的若干风格，浙派民居的萧山样式才逐步形成。如今的萧山民居又进一步向多层别墅靠拢，却并非一味照抄西洋款式，而是在继承传统建筑文化、追求敞亮大气的基础上，推出适合当地居住习惯的多种款式，其乡土气息、江南味道、浙江气派更为浓郁。

萧山民居的变迁过程，既是当地群众随着生活逐渐富裕不断追求居住品质的过程，又是浙派民居在该地域不断演化，直至成熟的过程。眼下，这类浙派民居已在萧山区各个镇、街道和行政村扎下根来，近期变化主要体现在格调的稳定和细部的完善之中。

2019年3月22日，萧山区召开"坚持环境立区　推进美丽萧山"行动动员大会，"推进美丽萧山行动领导小组办公室"登堂亮相。这个新的机构整合了原"五水共治"、垃圾分类、小城镇环境综合整治、转型升级、旅游发展等各个临时性机构的职能，把工作重心置于"美丽"两字之上，把"美丽"办成发展大事。杭州市委常委、萧山区委书记佟桂莉指出，2022年亚运会即将到来，对萧山"颜值"、城市品位提出了新要求。作为亚运会重要"阵地"，萧山城市形象和环境面貌直接关系到萧山能否服务保障好这一国家大事。深化"千万工程"，打造美丽乡村提升村和美丽乡村示范村建设，即为"推进美丽萧山"行动十大攻坚任务的主要内容。

"推进美丽萧山"行动十大攻坚任务涵盖多项内容，其中，住宅环境提升、无违建、危旧房治理改造等项目，直接与住宅改造、浙派民居建设直接有关。

萧山区河上镇浙派民居的建设和改造，即是萧山区深化"千万工程"的产物。"有个性的小城镇"，已是众人对成功打造河上古镇浙派民居的一致赞誉。如今，来到这里，仿佛走进了一幅泼墨的江南古街图。在这里，修缮后的官酱园，一柱一瓦都洋溢着江南风韵；井泉街两边的每幢民居，能唤回你儿时的记忆，又让你陶醉于传统建筑文化之独特魅力。有人说，要看典型的浙派民居，到河上镇上走一圈，你就明白了。

河上镇井泉街是一条有着百年历史的小街，实施"千万工程"时，镇里专门请来了中国美院风景建筑设计研究总院专家"把脉"，让这条街道得以有机更新。通过立面整治、墙体修复、旧瓦换新瓦、青石板铺地、房屋维修加固等方式，30余间里河沿线粉墙黛瓦、错落有致的古式样板房焕发新生。

"其实，这些古式样板房不再是原本意义上的古建筑了，它在传承古代建筑文化的前提下，已经融合了当代民居的一些特点，融合了地域文化的元素，可谓浙派民居的当代版。我们倡导浙派民居，并非一味回到过去，而是在恢复和保护古韵的同时，立足时代，符合当今所需，只有这样，浙派民居才会有生命力。"萧山区环境综合整治办主任张铮认为，民居的修缮和保护还应该与周边环境相结合，因此，河上古镇在整治过程中，既抓好老街、老宅的保护和修缮，又拾起古树、古桥等历史文化碎片，使每幢房子都能恰到好处地展示其浙派民居的风韵，使整座古镇的历史感、现代感和实用性浑然相融。

河上古镇仅是萧山区在综合整治过程中倡导浙派民居建设的典型之一。笔者在该区数个乡镇、街道走访，发现这几年来，通过"千万工程"的扎实推进，萧山区各个镇、街道和行政村，秉持"在整治中保护，在保护中开发"的理念，在打造浙派民居的过程中各显神通，推出了一批形态各异、特色鲜明的江南小镇：闻堰的老街江景、戴村的青山秀水、河上的古镇风貌、衙前的官河风韵、党湾的沙地风情、益农的围垦印象、宁围的现代民居……迷人风貌。从一幢幢修葺一新的民居中尽情呈现。

宋朝宋伯仁有《安居》诗："穷通岂在苦劳神，且作安居懒散人。买地种花多种竹，煮茶邀客也邀邻。"有个诗意栖居的地方，过上安定富足的日子，这是千百年来人们共同的心声。这其中，一处舒适温馨的居所，对于享有平凡而快乐的生活该是怎般的重要？事实上，浙派民居之所以强调地域文化、强调兼蓄古今，正是因为民居不仅是个单纯的居住场所，还是寄寓淳朴情感、追求精致生活不可或缺的载体。

浙江省《加强村庄规划设计和农房设计工作的若干意见》中已经明确，浙派民居设计必须坚持传承创新和彰显特色的农房设计理念，充分研究分析所在区域的地域特征与文化特色，积极探索村庄整体风貌下的单体设计。农房设计要处理好传统与现代、继承与发展的关系，既深入挖掘历史文化资源，又充分体现时代气息，既注重农房单体的个性特色，更注重村居整体的错落有致，有序构建村庄院落、住宅组团等空间，着力探索形成浙派民居新范式。这些原则并不抽象空洞，当今形势下浙派民居的基本定位已经明晰。

具体说来，传统浙派建筑的特点，主要是外观恢宏简朴，造型庄重，粉墙黛瓦、色彩素雅，院落层次丰富而明快，内观梁架结构工整而圆熟，细部装修洗练，雕刻精细，彩绘秀美。这些特点是千百年来，一代又一代浙江人积累传承下来的，自有它的合理之处，不可忽视抛弃。现代版浙派民居结合现实和发展需求，无疑是它的改良和升华。

古树、歇亭，粉墙黛瓦、错落有致，石桥、幽深古道……在永嘉县岩头镇郑岙村，满眼所见，即是别具风格的古典韵味。作为全省36个浙派民居建设项目之一和永嘉县唯一的浙派民居建设点，郑岙村通过立面改造，长廊建设，门头、村头以及道路的建设，统一打造素雅、简洁的楠溪江民居风格，人居环境得以极大改善，村容村貌显得古韵十足，又不乏新民居风采。

在宁波市鄞州区东吴镇，实施浙派民居改造过程中，重点推行古建筑"微改造"模式。整个镇区的民居具有独特"甬派"风格，江南水乡古韵在民居、街巷、河道中体现得淋漓尽致。但这些民居均非新建，而只是在原有基础上加以修缮、改造，将传统文化元素融入其中。这样的整治方式，避免了大拆大建，居民们十分赞许，纷纷主动配合。

"东吴镇区本来就是一个典型的江南小镇，历史悠久，镇内有不少老房子，都属于传统的浙派民居。这次的民居改造，我们有意识地突出了'禅隐太白、韵藏东吴'的独特文化魅力，融入了江南古民居元素、浙江和宁波民居元素，提升民居的文化内涵，推进传统街区改造提升。"东吴镇党委书记张磊介绍说。东吴镇范围内有著名的佛教寺院天童禅寺及五佛镇蟒塔、冷香塔苑等古迹，天童国家森林公园和三溪浦水库也是东吴镇的地标，这些都是水乡镇区打造时必须考虑到的元素。

除了东吴镇的水乡镇区打造，宁波市鄞州区针对农村传统住房密度高、房前屋后空间小、隔壁而居现象多、单家单户改造难、村庄建设受限多等困难，还探索推进"联户改建"新模式。这一模式既解决了以往农居房样式古板单调、布局杂乱的现象，又加快了符合当地实际的浙派民居建设，并为实施乡村振兴战略提供了"生态宜居"宝贵经验。

姜山镇奉先桥村的新建农居房，格局合理，庭院宽敞，联户改建的叠墅样式新房让村民们赞不绝口。2018年竣工的一期联户改建工程，把奉先桥村220多户村民分成3个区块居住，各个区块的农居房风格各异，每个区块内每幢农居房也都经过精心设计。"以前我们住的房子基本上是砖混结构，又暗又潮，如今陆续换上了新房，不仅漂亮，各项配套也跟上了，费用还省下不少。"已住进新农居房的村民王小宝感叹。据了解，该镇及各村的农居房设计均由镇、村统一把关，施工都由村民负责落实，但必须按设计图实施，以确保整体风貌和各幢农居房的美观、协调，符合浙派民居基本要求。

为避免民居改建时出现村村千篇一律的现象，鄞州区各镇村民居建设时，在按照标准、注重规范，把规定动作做到位的同时，又允许每个村都有自选动作，充分展示"一村一品"之风貌：基础配套弱的，统筹拆旧解危、景观绿化和公共配套，从形态提升至功能提质；山水资源好的，将浙派民居与生态环境保护结合起来，积极发展生态休闲、民宿经济等美丽经济；对文化特色鲜明的历史文化村落，实行新建筑拆除财政补助、传统民居"虚拟拆迁"等办法，彰显各村特色的同时，也留住了人们的乡愁。

　　"田野上有金黄色的麦浪，河流旁住着百年的香樟，我们用汗水种下希望，等幸福悄悄爬上砖墙……"这是鄞州区姜山镇陆家堰村的村歌《陆家堰，我亲爱的家乡》中的歌词片段。该村已圆满完成了农居房改造建设任务，整座村庄的面貌焕然一新，陶醉在美好生活中的村民们禁不住歌之咏之，舞之蹈之。村歌中，浙派民居的美妙景致也得以尽情展示。爬上新农居砖墙的不仅有枝藤鲜花，还有这说不尽的获得感、幸福感。

9 留住美丽的乡愁

在浙江，灿烂的人类文明发展史、多元文化的相融，使得每寸土地都蕴含着丰厚的人文底蕴，座座古村落幽雅精致、文韵悠远。全力打造整洁、文明、有序、宜居的乡村空间，传承、演绎传统文化精髓，汇集现代文化活力，营造传统与现代相融，山、水、田、村特色彰显的当代风貌，已是"千万工程"美丽乡村建设的目标指向。

农耕文化是由农民在长期的生产劳动中形成的风俗文化，涵盖了语言、民歌、风俗、祭祀等广泛的文化类型，包含着传统文化的诸多精华。稻作文明悠远的浙江，农耕文化极其丰饶，以各种形式流传至今的文化遗存众多。为留存历史底蕴、盘活历史资源、拂起当代文明乡风、展现乡村新活力，近几年来，各座古村落、各个乡镇、各个群体、各类人都在行动。"耕读传家""兴文盛礼乐，偃武息民黎"等传统理念，已在新的时代升华嬗变，融合当今文明，更新价值内涵，不绝绵延。

从2012年起，每年启动一批历史文化村落保护利用，坚持保护建筑、保护肌理、保存风貌、保全文化、保有生活，已成为"千万工程"的主要任务。深度挖掘农耕文明、乡村传统和民族风情，持续提升农民文明素质，每个历史文化村落都在靓起来。而一座又一座文化礼堂，正不断改变着广大群众的文化气质，为乡村夯筑精神家园。至2019年，全省已建成农村文化礼堂超1.4万家。

一幅富春山居图

历史积淀深厚、自然景色优美的古村落，能忍心让它一直衰落下去？古民居建筑符合简朴生活方式和天人合一理念，对古村的保护和恢复同样必须遵循生态环保法则。

"东梓关在富春江的东岸，钱塘江到富阳而一折，自此以上，为富春江，已经将东西的江流变成了南北的向道。""东梓关本来叫作'东指关'的，吴越行军，到此暂驻，顺流直下，东去就是富阳山嘴，是一个天然的关险，是以行人到此，无不东望指关，因而有了这一个名字。"后来，"这里所植都是梓树，所以地名就变作了东梓关"。"这是一个恬静、悠闲、安然、自足的江边小镇，民风淳朴……"来到杭州市富阳区场口镇东梓关，总能听到当地人不无自豪地背诵富阳籍中国现代作家郁达夫小说《东梓关》中记叙东梓关地理特征和历史由来的段落。《东梓关》是一篇以寻访东梓关骨伤科名医许善元为线索的乡土小说，表达了对战争戕害人类的愤恨，但对于东梓关景色的描写始终充满深情，反复强调此地的历史感和人文特征。

事实上，有关东梓关更具体、更全面的介绍，是在南宋《咸淳临安志》、清《富阳县志》等历史典籍中。据载，三国时这座村庄已经存在，吴王孙氏的发源地即在于此。宋初，许氏大姓迁居此，村庄更显繁盛。清时在此设立巡检司，管理富春江水运，"东梓关"地名中的"关"即指巡检司。"晚风隔水起渔歌，拨剌银鳞出碧波。首夏鲥鱼新上市，酒楼月下醉人多。"这是家住东梓关的清代诗人许正衡《富春杂咏》中的句子，东梓关鱼市的热闹被描摹得活灵活现。

近数十年间，由于水路航运渐渐让位于公路等陆路运输，东梓关的重要交通节点功能逐渐弱化。昔日的烦嚣退去，但这片土地上的历史风韵犹在。如何依托得天独厚的人文景观资源，借助"千万工程"中的古村落保护项目，对东梓关这座古村实施改造时保留历史人文特色元素、恢复其生命力，成为人们深入思索的课题。

2014年，一支年轻设计师团队进驻东梓关，着手对古村落进行重构。"我一直有个乡村梦。"GAD（绿城设计）建筑师、东梓关主设计师孟凡浩回忆起设计改造全过程，似有很多话语要说。他说第一次踏进这个村子时，已成"空心村"的古村落令他惊诧。"整个村庄人口据说有近2000，但真正住在村里的只有300来人，很多人已经跑到了场口镇上、富阳城里，乃至杭州市里。但这样一座历史积淀深厚、自然景色优美的古村落，能忍心让它一直衰落下去吗？其实若能把恢复和保护这篇文章做好，古村落留住人、引来人的力量，比一般的村庄要大得多。"孟凡浩和他的团队随即展开了深度调研和精心设计。

经过一年驻守与上百次的民间调研，对东梓关的人文历史资源进行了系统而精准的挖掘，设计团队确定了东梓关村富春江畔46幢农居房的设计方案：在房屋形态上借鉴画家吴冠中水粉作品中的江南民居式样，以人字梁戗板墙式民居为主，并以连续曲线形成整体，改变过去乡村民居的刻板形象。在改造时又特意保留了灶台、天井等传统的农居组成部分，大大降低了造价——即便是重建，农居房每平方米造价也只需1300多元，一幢农居房的全部造价仅30多万元——在杭州近郊，这样的住房造价不啻于神话。

"更重要的是，我们打造的是高品位仿古民居，每幢民居都蕴含历史意味，各幢民居组合起来，又呈现出历史古村落的别样精彩。在原有村庄格局基础上重构，强化其历史文化内涵，让传统与现代充分融合，这便是我们打造现代版历史古村落的宗旨。"孟凡浩说。

"富春江畔的江南民居既有气势，又有小桥流水人家式的'东吴景致'，东梓关古村落修建工程实现了花香、书香、墨香'三香'袭人，山脉、水脉、文脉、人脉'四脉'传承，描绘出了一幅现代版富春山居图。"富阳区委农办负责人介绍，不仅是东梓关，富春江两岸村落改造都遵循了先做减法、后做加法的基本思路："减法"是去除影响富春江两岸整体风貌的"疮疤"，"加法"则是通过设计和开发，进一步提升它的"颜值"。显然，在这方面，东梓关古村落改造做得很完美。

东梓关历史文化古村落修复改造工程惊艳亮相后，随即获得了包括建筑界"奥斯卡"——Architizer A+Awards在内的多项大奖。如今，已有多家知名设计院在东梓关古村落建立了乡村实践工作室，打造中国传统建筑作品展示区，培育以建筑业为特色的"设计创意小镇"。富阳区人民政府还与开元旅业集团签订协议，以东梓关村为核心，建设以医、养为特色的休闲小镇。与此同时，富阳区以恢复和保护古村落、增添乡村人文历史韵味为切入口，以"美丽乡村""美丽城镇"点亮"美丽经济"。在龙门镇，总面积3.2万平方米的古建筑已在2017年底完成了整体控制性修缮，破旧的墙面被重新绘制上了山水、骏马以及当地特色的"孙氏家徽"，古镇的吸引力大增，客流较上一年度增加25%

左右，商铺、民宿的收入明显提升。

浙江南部，南雁荡山别支的玉苍山南坡，美丽的玉龙湖河谷中上游处，有一座隐于茂密林木之中的小村落。在这里，层层叠叠的老房子依山而筑，大多为穿井式木石架构，有的还把柱子直接架构在下一层山坡上，成为吊脚楼。远远望去，整个村落古朴典雅。然而，比这山村风貌更吸引人的，是300多年前这里曾为浙江民窑生产地，至今完整保留古陶瓷生产线遗存。这里，便是温州市苍南县桥墩镇碗窑古村。

"巫氏第十五世志益公，始于清代康熙年间，由闽汀连邑（今福建省连城县）迁居我浙瓯昆（今苍南）蕉滩之东，素业陶瓷传家。"碗窑村《巫氏宗谱》载，闽南巫氏先民擅长烧制陶瓷器皿，尤以青花陶瓷闻名。因避战乱北上迁居，发现今碗窑村一带自然条件适宜烧制陶瓷，遂重操旧业。随后，更多人迁居于此，"实业瓷矿，屋宇连亘，人繁若市"。得益于此地相对偏僻、战祸稍远，制陶业日益发达起来，且在清乾隆年间达到极盛。

龙窑又称阶级窑，是一种半连续式的陶瓷烧成窑，它依一定的坡度建筑，以斜卧似龙而得名，在中国南方尤其是江浙一带广泛采用。由于此地的龙窑主要以烧制碗具为主，尤以荷花盖碗为最，男子制作碗坯、烧窑成器，女子则为碗具画上如意草或宝相花图案，"碗窑"的村名由此而来。据说极盛时，碗窑村共有龙窑18条，吸引了40余姓聚居，4000人口中仅30余人务农，其余皆为窑主窑工。时光如梭，如今那18条龙窑大多已经不存，完整保留下来的仅有一条，为清康熙年间由王氏建造，仍可使用。

尚未进入碗窑古村，远远地，就看见了那座已成古村标志性建筑物的高大烟囱。那塔状的烟囱矗立在一片溪畔民居之上，锥形的外观、灰黄的色调既敦实，又古朴。苍南县玉龙湖碗窑旅游开发有限公司陈尔东经理告诉笔者，由于当年碗窑村的产品颇受青睐，前来要货的客商很多。有的客商为了囤积碗窑的货源，干脆就住在这里，一住就是半年，所以当年这里还开设有不少客栈。遗存至今的木结构八角楼，依稀有着古客栈的格局，很可能就是客商们下榻处的遗址。为了挽留各方来客，清朝中叶，村里还集资兴建戏台，据说一口气建了两座，保留至今的那座古戏台是一座歇山式屋顶的木结构建筑，整座戏台没用一根铁钉。虽历经风雨，戏台仍十分完好。南戏专家认为，光是戏台屋脊上的仙人走兽、戏台顶面藻井上精致的彩画，就有非凡的文物价值。此外，建于清初的三官庙，也是不可多得的古建原物，"三官"指的是道教尊奉的三位天神，即天官、地官、水官。

"千万工程"全面实施以来，碗窑古村的保护利用被提到了苍南县及相关部门的议事日程上。2013年3月，苍南县召开碗窑村乡土建筑保护规划评审会，省文物考古研究所、温州市文广新局等相关职能部门的专家、领导参加评审和讨论，意味着这处第三批省级历史文化名村、第六批省级文物保护单位进入保护恢复和利用阶段。

"雨过脚云婪屋垂，夕阳孤婺照飞时。泥澄铁镞丹砂染，此碗陶成色肖之。"在中国，像这类感叹陶瓷器皿之美妙、烧窑制陶之艰辛的诗文不知有多少，随手翻阅即可读到许多，古人日常生活中陶瓷器物的重要性由此可见一斑。"碗窑古村拥有丰富的清、民国时期传统民居建筑以及制瓷作坊等遗存，文化底蕴深厚，充分体现了古人在村落选址、院落布局、建筑构造、装饰技巧、制陶技术等方面的高超水平，堪称明清时期手工制瓷业的活博物馆。对它的保护利用，必须严格按照保护建筑、保护肌理、保存风貌、保全文化、保有生活这一要求，循序渐进地进行，体现其精深美妙。"苍南县副县长林小同说。昔日的碗窑村采用原始烧制技术制作粗瓷碗具，民居建筑也符合简朴生活方式和天人合一理念，如今对古村的保护和恢复同样必须遵循生态环保法则。

　　至2016年，苍南县已投资约3000万元，在碗窑古村建成亲水平台、游客服务中心、景区公厕等设施，将碗窑古村景区打造成了集环境绿化、古村保护、旅游休闲为一体的综合性园林绿化景区。2017年10月，提升后的碗窑古村重新对外开放。苍南县文联主席岳盛笑对笔者说，结合碗窑古村恢复利用，大力发展文化旅游，让游客在亲手制坯、烧制、上釉、添画的过程中，享受古法制陶之魅力，同时打响碗窑古村原生态制碗品牌，将为重现碗窑古村旧时荣光提供一条可行路径。笔者已经看到，在碗窑古村，由朱氏古居改建的碗窑博物馆和由村仓库改建的碗窑陶艺博物馆已经落成开放，古村修缮工程正如火如荼，数处游客体验点也已推出。碗窑古村恢复保护和业态重振的探索之路已经起步。

最后的江南秘境

　　深度挖掘和展示乡村传统文化、当代农耕文明和民族风俗风情，并与当代文化相结合，让它在打造美丽乡村升级版、建设现代化美丽乡村方面发挥效用，这是关键一招。

　　松阳拥有1800多年建县历史，是浙江历史文化名城，也是华东地区历史文化名城名镇名村体系中保留最完整、乡土文化传承最好的地区之一，被誉为"最后的江南秘境"、留存完整的"古典中国"县域标本。乡村保留着100多座格局完整的传统村落，其中国家级传统村落71个，数量位居全国第二。

　　2016年一个由国家文物局与财政部共同批准设立，中国文物保护基金会全程管理实施的公益项目"拯救老屋行动"项目启动，该项目主要资助传统文物保护模式下难以辐射的数量众多的中国传统村落的保护，主要用于老屋的保护、修缮和利用。

因为在华东地区浙江松阳的传统村落数量最多、保存完好，松阳被确定为唯一的"拯救老屋行动"整县推进试点。松阳县委书记称这项行动为"及时雨"。

问题是，面对着一栋栋老旧颓圮的屋子，该如何整体认知？该如何量身设计？更深层次的问题是，在房屋修缮的过程中，该如何处理与乡民的关系？

为解决这些问题，松阳不断探索和尝试，在此过程中，许多建筑师被陆续邀请到松阳。清华大学毕业、哈佛大学深造，后回国创业的徐甜甜就是其中最突出的一位。

和松阳结缘前，徐甜甜因为设计宋庄美术馆、宋庄艺术公社、杭州西溪会议中心等地标建筑，已经被国内外广泛关注。在设计中，她主张通过建筑的空间和形态，以及和环境气场的契合，展现建筑的内在气质。"一个建筑没有自己的性格，是对建筑的表达力的粗野抹杀，把它放在哪个城市、哪个地方都没有区别。"

徐甜甜这样的建筑理念在和松阳的老屋相遇时，产生了自然化合。

四都乡平田村的农耕馆和手工作坊，是徐甜甜和团队成员们参与的第一个乡建项目，这个项目最为成功之处就是将村落中间一片依山势逐级抬升的小体量房屋，改造转化为兼具博物和交流功能的公共文化区域。

徐甜甜认为，这些在山间平台上矗立了数百年的老屋，尽管存在较严重的残损、剥落，但有自身明显的性格和肌理。要尊重古村落的风貌和老建筑的内在气质，就不能进行大规模的整体打造，而是通过可持续性的小量资金注入，对房屋的坚固性、实用性、美观度进行必要但是最小的干预。

在具体施工过程中，他们做了诸多针对性的探索，比如：保留外部风貌，通过移动和增减内部隔墙和楼板，将内部空间合理化；通过侧面推拉和草筋泥修补等手段，使传统夯土墙仍然发挥作用；沿用榫卯木结构梁架，恢复房屋的顶部支撑体系；采用当地传统的毛石铺地；通过不同尺度的顶光将光线引入室内的不同高度，增加亮暗层次，避免墙面大开窗；等等。

平田村项目积累的经验，后来被政府总结提升为古村落保护中类似于中医理疗的"针灸疗法"。其要旨有两点：倡导最少、最自然、最不经意、最有效的人工干预；充分利用本土、原生态、低碳环保材质和废弃建材，充分利用生态环保技术。

人们欣喜地看到，数十年来已经觉得破败不堪的老村落，一下子风姿焕发。基础设施一提升、建筑功能一优化，平田村成为宜居怡人的胜景所在，一些远走他乡"淘金"的年轻人看到生机，也嗅到机会，反过头来，带着资金和梦想返村创业。他们引项目、办民宿，呼朋引伴，村里的人气迅速旺了起来，老老少少开始在祠堂、图书馆、博物馆、迎客厅里谈改造方法、讲服务细节、设计营利模式，平田村恢复了散失许久的活力。

蔡宅村的豆腐工坊是徐甜甜设计的另外一个以文旅为主要目的的建筑。蔡宅村一直以盛产油豆腐而出名。在村前的空地上，一个体量较大的木桁架拼装结构的建筑很快竖立起来，屋面倾斜、青瓦铺顶，与周围村落及建筑气韵呼应，通透的大面积天窗把阳光和空气带入内部。内部是阶梯式的设计，在透亮的室内，游客可以顺着四级台地一个一个走上来，还可以驻留片刻，隔着巨大的透明玻璃，清晰地看见整个豆腐制作的流程。在最高处，是一个宽敞明亮，可以容纳上百人就餐或者交流的大空间，是简洁明快的多功能厅，可以招待宾客，也可以供村民议事用。"整个建筑就是一个活态的历史文化和乡民风貌的博物馆。"徐甜甜说。

瓯江支流松阴溪号称"浙江十大最美家乡河"之一，松阳境内横跨松阴溪，有一座南北交通要道石门大桥，但是大桥年久失修，面临废弃。2016年，政府准备营造松阴溪景区。

结合松阴溪沿岸绿道的游览路线，徐甜甜带领的设计团队提出保留石门大桥，改造为步行廊桥和游客观光游览停留点。廊桥采用木装配结构，外形借用当地建筑形态，和桥头的石门驿站以及村庄的民居形成连贯性。廊桥沿着200多米的大桥展开，桥拱处廊顶开放，呼应大桥的结构韵律，也形成线性路径上的光影交错。在桥中央，一段20世纪70年代建桥时的石刻栏板，有历史和审美价值，木装配廊桥在这里断开让位。松阴溪水面宽阔，四季水源丰沛，站在廊桥之中，如游走溪水之上。两旁是沧桑的古堰坝，远处青山叠翠，这里迅速成为远近游客流连忘返的观景地。在这游目畅怀的桥上，一个游人如织的集市也很快自然形成。

距离石门廊桥不远有一个村叫王村。徐甜甜第一次来王村考察的时候，正赶上下雨，严重空心化的村庄，村舍处处破败，道路步步泥泞。然而，这个村庄却为中国历史奉献了一位大人物——中国历史上规模最大的类书《永乐大典》主要编纂者王景。

新落成的王景纪念馆按照村落的肌理分为几个不同的体量，记载着王景生平16个重要阶段的纪念柱以及一个引言纪念柱被布局在建筑的不同节点。精雕细琢的纪念柱以混凝土为主制成，并处在良好的光照之下。其中王景归乡的两个场景被放置在面向村庄和祠堂的位置。

这17个节点兼顾了结构性与纪念性，讲述了王景传奇的一生。纪念馆的夯土墙壁，在村落之中，安静而不张扬，内部空间错落有致、自然曲折，来自周围墙壁和顶部空隙的借光，使得室内充满时空转移的历史感和戏剧感，使每一个瞻仰者都沉浸在灵动但充满神圣的氛围中。

徐甜甜说："把这片村口最贫穷破败的房屋改造成积极空间，村庄的文化自信得到了重塑，更重要的是通过空间功能的恢复，使得根祖文化传统被逐渐激活。"

5年多时间，徐甜甜团队在松阳的经典项目，已经有石仓契约博物馆、红糖工坊、油茶工坊、大木山茶室、竹林剧场等20多处。在松阳县政府看来，松阳传统村落建筑修缮改造的需求量大，每个建筑的规划设计成本高，建设任务重、周期长，破解之道就是利用示范项目引领，通过教练式指导、培训，引导乡民和市民举一反三，进行模仿式创造和建设。徐甜甜团队很好地起到了引领示范作用。

徐甜甜在松阳的一系列行动很自然地引起了国际建筑学界的关注。作为国际建筑风向标的德国伊达斯建筑论坛，素以严肃性、引领性和探索性著称，还一直以挖掘有潜力的青年建筑设计师而闻名，在得知徐甜甜的项目之后，他们派出专家团队前来松阳考察并发出参展邀请。

2018年这个时候，中国文物保护基金会理事长励小捷第九次来到松阳。看着一幢幢获得新生的老屋，他感慨道：

"选对了一个地方，找对了一帮人，办对了一件事情。"

如今，数量众多原本破败不堪的老屋，不仅得到修旧如旧的保护，更因与时俱进的改造，挥别"好看不好住"的尴尬，让"诗意地栖居在乡村"成为现实。一度孤寂的古村，也因老屋的苏醒，吸引了城里人、投资者和艺术家们的目光，续写着传统村落保护利用的松阳故事。

蝉鸣声中，我们走进大东坝镇横樟村北弄20号老屋。两进的院落，宽敞洁净，梁柱挺立，雕花完整。推开房门，地面铺着木板，屋内设有卫生间，管线齐整布设。厅堂里，放着一组展板。修缮前后的对比照片，讲述着老屋的"前世今生"。

45岁的户主代表包加理，特地从县城赶回来。"如果不是'拯救老屋行动'，我的心愿恐怕很难实现。"他兴奋地打开了话匣子。

横樟村是个传统村落，村里多是连片夯土墙、黛色瓦的古民居，最早的为明代所建。但随着年轻人外出，很多老屋年久失修，土墙坍塌，屋顶漏水，柱子霉烂……

"每次回来祭祖，看着残败的老屋，心里真不是滋味。大家来去匆匆，不愿过多停留。哪天老屋倒了，家族也就散了。"包加理说。他说的那座老屋曾住着17户人家，孕育了146个族人。

"老屋不能就此倒下！"虽然只有6平方米产权，包加理萌生了众筹资金、修复老屋的想法，但几年奔走下来没有结果，"修缮要花很多钱，17个户主经济条件不一，想法也各不相同"。

可以说，松阳是中国传统村落保护发展示范县、中国传统村落保护利用试验区，像横樟村北弄20号这样的老屋，全县有近1600幢，分布在百余个传统村落中。它们的文物价值不算高，却诉说着数百年的家族兴衰史，承载着许多人的乡愁记忆，是最具古村特质的建筑元素、文化符号。

这桩好事要如何办好？

松阳县专门成立了"拯救老屋行动"领导小组，下设县老屋办，并委托省古建筑设计研究院作为技术团队。

"百姓的事，交给百姓来办。"松阳县老屋办主任叶伟兰说，征得国家有关部门同意，松阳简化项目程序，优化工程管理，老屋要不要修、谁来修、怎么修，完全由屋主自己决定、自行申报、自我监理。

起初，事情进展得并不顺利。松阳县老屋办副主任王永球说："我们跑遍全县传统村落，筛选出近250幢符合要求的老屋。没想到公告发出后，几乎没人来申报，大家普遍持观望态度。"

包加理的热情也被泼了冷水。他几次张罗家族会议，商讨老屋修复事宜，其他户主们还是顾虑重重。"县老屋办和镇里干部反复上门讲政策，帮助解决困难，大家终于点了头。"包加理说。

横樟村北弄20号老屋的示范，带动了大东坝镇乃至松阳全县的老屋修缮。

只要老屋在，人就在，情就在。

听说父亲生前魂牵梦萦的"卓庐"修好了，当年5月，赤寿乡界首村刘氏第四代子孙刘闯等，回到了阔别已久或从未见过的故乡。看着绿水青山中静静伫立的"卓庐"，他们激动地说："爸爸描述的老家，跟我们现在看到的一模一样。"

干部与百姓的关系，也比从前更亲密了。"农民脸上的笑容，就是最好的答案。"励小捷说，从松阳试点中，他惊喜地看到，"修复老屋的同时，还修复了人心。"

时下的松阳故事，还在不断延续。

三都乡毛源村11号屋主徐文生，将修好的老屋腾出4个房间，用于开办民宿。他说："老屋修好后，儿孙们愿意回来了，我相信游客也会喜欢的。"

乡村的价值，随着老屋的激活，被彻底唤醒了。

偏远的叶村乡南岱村传来消息：中国美院一位老师将率团队进驻，租下3幢修好的老屋设立艺术工作室。南岱村将变身为"南岱手绘艺术文创村""边走边画写生创作基地"。

我们到访时，村支书吴岳平正带着村民修建文化礼堂、游客接待中心，铺设污水管道，改善村庄环境。他说："南岱村迎来了发展新机遇。"

在松阳，随着"百名艺术家入驻乡村"计划的实施，越来越多艺术家走进古村老屋，成为"新村民""新乡贤"，形成艺术助推"拯救老屋行动"的热潮，为松阳老屋利用和乡村振兴注入了活力。

几百幢老屋的复活，还意味着什么？

通过省古建院的指导，松阳培养了30多支素质和技能过硬的工匠队伍，从业人员700余人，他们将给松阳乡村带来新的生机。

眼下，首批142幢老屋的修缮基本结束，其中120多幢已通过验收。除中国文物保护基金会的4000万元资助资金，松阳县还整合注入2000余万元资金。其他老屋户主争相报名，期待第二期"拯救老屋行动"早点开始。

近水楼台先得月，松阳所在丽水市决定推广"松阳经验"，努力把全市传统村落和老屋保护好、传承好、利用好。

说到这里，人们早已认同对古村落的保护，但最终老乡能否脱贫奔小康，这可能是人们更为关注的。

这天，我们从丽水松阳县城往东北走，沿着蜿蜒的山道经过成片松林竹海，便到了满目青山绿水的四都乡。这里平均海拔700余米，森林覆盖率达84%，坐拥独特的地理环境，一年有200多天可见云景。在大山深处，还藏着5个中国传统村落，如珍宝散落其间。

"西坑村被誉为'中国最美山村'。'过云山居''云端觅境'这些民宿可都是'网红'呢！"一到四都乡著名的西坑村，乡长吴海燕便骄傲地推介起来。

从远处眺望，西坑村这个阶梯式的高山古村颇为精致，集聚的老房子呈心形分布，与茂林修竹和谐相融。

近年来，四都乡聘请专家团队加盟，吸引工商资本进入，在山水间精心打造了"云系列"精品民宿集聚区。西坑村村口停满了各地牌照的私家车，乡村旅游火热得很。

西坑村村民丁永长是"第一个吃螃蟹的人"。2013年，许多游客专程跑到山上来拍照。丁永长从中看到了商机，把自家老房子改建成村里第一家民宿——"古道人家"，没想到生意还不错。

紧接着，投资客和创业者慕名而来，吸引他们的是这里保存完好的乡土风貌与历史气息。2014年，3个苏州人到西坑村考察，一眼就爱上了这里的云，在此落脚并修建了"网红"民宿"过云山居"，常年入住率在95%以上，常常一房难求，周末的房间通常需要提前4个月预订。

2015年底，在杭州做设计工作的沈军明和合伙人在西坑村遇到了丁永长，双方一拍即合，决定合伙经营民宿。杭城来的设计师把老丁家的民宿从里到外进行了一番大改造，保留老房子原有风貌的同时，提升了居住的舒适度，"古道人家"变身"云端觅境"，一晚房价被提到了1000多元。

越来越多的游客慕名而来，山上的老房子迎来新生。

当然，四都乡并不满足于发展单一的民宿经济，"民宿＋"的概念不断被吴海燕提起，"民宿的发展慢慢走上新台阶，四都要以民宿产业为依托，丰富乡村业态"。

这几天，平田村的生态农业基地"大荒田"里，辣椒、四季豆、空心菜迎来了采摘季。"我们的蔬菜全部不打农药、不施化肥、不用除草剂，游客非常喜欢。""云上平田"民宿项目联合创始人叶大宝告诉我们，"大荒田"里的蔬菜目前供不应求，除了供应村里的餐厅，还受到松阳县城酒店、市民的追捧。

每年冬天，吃过平田萝卜的各地游客，都会把村民制作的萝卜干一并带走。叶大宝想着，村里200多亩荒地可以开垦出来种植生态农产品，便发起成立"大荒田合作社"的倡议。这样，村民的收入能增加，游客也能吃上放心优质的蔬菜。倡议很快得到实施，村民信任这个回乡创业、充满干劲的"80后"女孩。

是呵，4年多后，"云上平田"已发展到第三期，形成一个集住宿、餐饮以及农产品生产、加工、销售于一体的民宿综合体，叶大宝与之一起成长。人们笑称：大宝已不是原来的大宝。的确，大宝现在的目标不仅是经营好民宿，更多的是通过民宿，为平田村开创一个更美好的未来。最近，平田村在修建农产品展示厅，叶大宝与县供销社合作，要将全县的农产品在"云上平田"做一个大集合，除了展示产品，还能让游客体验农事活动，并完成"一站式购物"。

在"云上平田"，不经意间还能看到一片片在风中摇曳的蓼蓝。这不是普通的观赏花种，而是制作植物扎染的原料。2017 年，"云上平田"引进了扎染项目"云缬坊"，游客可以体验手工扎染的乐趣，也能购买到由松阳本土绿茶、红茶等作为扎染染料制成的伴手礼。

同样，距平田村不远处的西坑村，老照片博物馆、乡村小剧场、乡村集市等一系列公共场所都在建设中，西坑村将不仅仅是"民宿村"，还是乡村文化的展示平台。帮助村里做规划的谷增辉是"云端觅境"的投资人之一，作为松阳本地人，他说："新的村庄规划，与其说是修复一个古村，不如说是修复一种生活方式，通过重现乡土社会的传统民俗、传统生活，唤起人们的乡愁记忆。"

令人惊叹的是，在陈家铺村，南京先锋书店将"平民书局"开到了这里，由知名建筑师张雷设计的两层木结构书局精致优雅，吸引众多游客前来"打卡"。不定期举办的文学、访学活动，更吸引了国内外文人墨客到访，在松阳乡村开展新的文化、经济交流。陈家铺村党支部书记鲍朝火已经离不开村子了：村里的项目多，为此他暂停了服装和物流生意，乐此不疲地忙活着大小项目。"如果山村能发展，我也算没白费工夫。"

村里人回来了，四都乡更有活力了。从 2017 年开始，西坑村统一向村民流转一批老宅。听闻这一消息后，41 岁的西坑村村民丁朝来主动找上门，租下村里老宅进行改建，租期 20 年。

"村里这两年的变化，是我想也想不到的。"丁朝来 10 多年前通过下山移民，搬到了县城的小区。后来，看到来村里的游客越来越多，便和妻子商量回村经营农家乐。

现在，他家的"云里听蛙"农家乐生意相当不错。他正增加营业面积，并跟上村里中高端民宿的脚步，提升了就餐环境。

之前在外地做厨师的"80 后"村民丁坚根，2016 年回来做民宿"观云阁"；在外地做生意的江永东 2017 年回归村庄，成为"大荒田"合作社社长；小时候在西坑村长大、外出求学 10 余年的丁玲，毕业后回到村里担任民宿管家……一个曾经破败的高山乡，一片沉睡多年的传统村落，就这样有了今非昔比的变化。

"相对于看得见的村庄变化，更重要的是人的变化。"吴海燕说，现在村民有了建设家园的信心和自豪感，传统村民、回归村民、新型村民之间正在形成和谐的双向流动。

可否这么说，松阳的发展始于老屋拯救，而不止于此。绿水青山环抱的松阳，乡村振兴在路上……

顺路我们发现了石仓契约博物馆，也是一个热门旅游景点。这促进了附近村居的翻修，也吸引了外来投资，附近修建了鸣珂里文化民宿，又带动了乡村旅游的发展。

石仓周边的山头村新建的白老酒工坊和蔡宅村新建的豆腐工坊，更促进了文化传承和经济发展。白老酒和豆腐产业知名度和美誉度的提升，也带动了当地村民自发种植水稻和黄豆，推动了种植业和养殖业的发展。

松阳还围绕松阴溪和 8 条艺术创造路线，布局了平田农耕馆、大木山竹亭和茶室、红糖工坊、王景纪念馆，以及松阴溪沿途休闲驿站、独山驿站等不同大小和功能的建筑，它们是当地人文特色、生产生活形态的展示空间，当地居民和外来游客开展社交娱乐活动的公共文化空间，当地传统农特产品、传统手工展示售卖的发展空间。这些集功能性、艺术性、思想性于一体的建筑，成为引导一种业态发展、激活一个片区复兴的良好载体。

松阳利用建筑凝聚人心，让百姓树立了文化自信、经济自信、产业自信，也让乡村建立了新自信。年轻一代开始从城市回流乡村，并通过他们的创意创新思维，对乡村的各类资源进行改造和利用，带动了具有乡村特色的新型经济发展。这片江南秘境，正涌动着蓬勃的生命力。

文化礼堂，老百姓的乐园

礼堂是场所，文化才是内涵。重视历史文化特色、古村落文化遗存、乡风民俗传承，融入道德建设、科学普及、继续教育、生活娱乐。一座座高水平文化礼堂已成为村庄文化新地标。

这是一座宽敞大气的农村文化大礼堂。说其"宽敞大气"，不仅指大礼堂的占地面积达到了900平方米，且内部没有一根立柱；还指礼堂室内外装修用材都是最常见、实在的，地面上也只是铺了最普通的大地砖，但气质简约、质朴、淳厚，极接地气，让人感到舒坦。悬挂在礼堂内各面墙壁上的，是村规村训和中国传统文化要略，每块展板同样简洁、生动。

"摆上乒乓球桌，这里就是乒乓球场；支好羽毛球网，这里就是羽毛球场；清空了场地，这里可以跳排舞、打腰鼓……它还是一个非常适合农村举办喜宴的好地方，结婚酒、新屋上梁酒、年酒等都适合，可大可小。"嘉兴市南湖区余新镇普光村党委书记施招霖介绍,凡是在此办过喜宴的村民都很赞许,说城里的五星级大酒店都拿不出这样宽敞大气的大厅,家中老人还能就近赴宴,不仅可充分按乡俗民风举办宴席,而且只需邀请酒店厨师上门服务,其他费用都大大降低……这好处实在太多了,惹得周围各村的村民也纷纷要求借此场地。

笔者打开村委会特地制作的喜宴预订册,每个月至少有十来场,结婚的旺季如5月、10月,几个吉祥日子更是被预订一空,有村民甚至还预订了次年的喜宴日子。这架势,与城里最热门的大酒店宴会厅有得一拼。

当然不只是锻炼身体、办喜宴,或者来此诵读村规村训,更重要的是,普光村所有大型、重要的文化活动都在这里举办,乡贤文化、礼仪文化、孝亲文化、民俗文化都在这里展示和传播。"送戏下乡活动、电影进礼堂、365天天欢乐大舞台文艺会演、节庆礼俗、青少年夏令营、儿童开蒙礼,还有专门向村民传授法律知识、农技知识、传统礼仪知识的各类讲座……丰富多彩的文化活动安排得特别紧凑,都忙不过来!"施招霖介绍。为此,大礼堂还专设了理事会和文化专职管理员,理事会制度十分详细完善。

2018年1月28日晚上,嘉兴市农村文化礼堂2018"我们的村晚"就在这座文化礼堂举行。那可是市级的文化活动,场地却选择了这座村级的大礼堂,足见它的不凡。普光村村民特别开心,因为普光村文化礼堂和越发红火的乡村文化活动,已成了村里的骄傲。

那晚的"村晚"活动开锣之前,书法爱好者写起了春联和"福"字,免费赠送给现场村民,旁侧还设置有全家福合影项目。晚会正式开场,舞蹈、杂技、民歌表演……14个精彩节目次第上演,皆由嘉兴各地文化礼堂选送,每个节目都很吸引人眼球。其中,普光村的歌舞《普光,我的家园》说的就是自己村里的事,自然引发了阵阵喝彩。在这里看节目，虽没有皮质的剧院椅可坐，但人们围坐在一张张大红圆桌旁，随意且温馨，像是大家族坐在家里一起看戏，有一种其乐融融之感，与过大年的气氛十分相配。

普光村同样拥有悠久历史，村名即源自村内那座始建于公元936年的普光禅寺。明洪武元年，朝廷赐匾，普光寺名动四方。村庄的村形地貌也颇有特点，整个村子依水而建，布局犹如一个葫芦瓶，"口朝东方底坐西，普光古寺在中央"便是描述该村形貌的民谣。当然，农耕文化底蕴尤其深厚，这也是普光村文化礼堂中传统文化方面的重点展示内容。

大礼堂旁边，专设有一处"农耕记忆文化展示馆"，是普光村文化礼堂的一部分。外表看上去，这是一座白墙黛瓦的农居房，入得门去，就发现里面大有文章。这里陈列展示着200多件清朝至新中国成立之初不同年代的家具、日用品和农具，还以这些展品的使用功能，区分为宴饮区、织布区、养蚕区、缝衣区、童趣区、耕作区、织布区、缝衣区、磨粉区等，向人们展示昔日的生活场景。在缝衣区参观，不可漏看那件民国风的锦衣，整件衣服都是一针一线纯手工制作，盘扣精美无比。这件衣服是村里一位90多岁老人捐献的。而在养蚕区参观，又不可漏下余新的非物质文化遗产泥猫，这种彩塑的泥猫从前是放在蚕室里镇吓老鼠、祈盼丰年的，故又名"蚕猫"。从那些由村民送来的蚕蔟、蚕茧等用具上，亦可一睹当年的养蚕技艺、蚕农之艰辛……若想"回到从前"，这里无疑是个好去处。

精心打造一座乡村文化礼堂，被普光村"两委"列为美丽乡村建设的重要任务之一。大礼堂原是一处废弃不用的厂房，里面堆满杂物。村"两委"认为该厂房虽年久失修，但建筑主体尚好，结构上也符合文化礼堂改造所需，便拍板定下，使其重生。"始终按照'文化礼堂、精神家园'这个目标定位来打造。有了它，村里赌博的人少了，参与文化娱乐的人多了；待在家里的人少了，走出来活动的人多了。村民们身心健康了，矛盾纠纷少了，左邻右舍和谐相处，自觉形成了共同致富的良好氛围。文化礼堂真的功劳不小！"施招霖反复对笔者说，应该给村文化礼堂点个大大的赞。

2013年，南湖区启动农村文化礼堂建设工作。至2018年5月，累计建成文化礼堂44家，实现了全覆盖。2017年以来，南湖区农村文化礼堂不断加快"提档升级"步伐，余新镇金星村、新丰镇镇北村等的7家文化礼堂全面完成提档升级，文化礼堂"一堂一品"培育步伐也随之加快，各个文化礼堂都有了自己的"独门秘籍"。如凤桥镇三星村文化礼堂内的家风馆，陈列了三星村村民高万林、卢山观提供的家谱。几本珍贵的家谱记录了家族世代迁徙过程和家族成员口耳相传的家风家训。礼堂内还陈列展示了三星村独具特色的陶笛文化、竹刻文化以及其他非物质文化遗产等。

新丰镇横港村文化礼堂内，则经常传出女老师温柔的解说声和悦耳的电钢琴声，这是镇文化站老师在给大家上电钢琴课。2016年下半年，镇文化站副站长陈红桔在横港发现：乡村的小学生接触乐器的机会较少，大多缺少音乐素养的培养。于是陈红桔就与村里商量开设音乐课堂。村党委书记吴水华拍板决定购买25架电钢琴，开设一个电钢琴公益班。从此，每周一下午的乡村钢琴课堂成了横港村文化礼堂的特色，被吸引的除了孩子们，当然还有众多爱好音乐的年轻村民。

"我们这里的文化礼堂，最拿手的是舞龙！"来到泰顺县仕阳镇溪东村文化礼堂，人们会热情地向你介绍。的确，溪东村的特色舞龙表演节目"碇步龙"，那可是国家级的非物质文化遗产项目，其代表性传承人为年近八旬的村民林实乐。虽已至耄耋之年，身板硬朗的他依然能削毛竹、拗龙身、画龙鳞，还教出了一批又一批"舞龙传人"。步入溪东村文化礼堂，只见一群10岁出头的孩子正有模有样地练习舞龙，不少村民在旁驻足，兴奋地指指点点，还不时发出喝彩。

"去文化礼堂看看。"在浙南山区县泰顺，这句话已经成为农民们的口头禅。正如溪东村那样，泰顺县的农村文化礼堂建设围绕恢复重现历史文化特色、保护古村落文化遗存、传承乡风民俗等方面实施，本土特色文化通过文化礼堂这一平台得以挖掘、展示和提升。据悉，县级经济并不宽裕的泰顺县，2013年以来，通过县、镇、村三级联动，多部门联合发力，先后统筹资金达1.5亿元投入乡村文化礼堂建设，这可是一个不小的数字！如今，左溪"畲族"、下桥"廊桥"、竹里"读经"、百福岩"农耕"、万排"茶文化"、龟湖"泰顺石"等特色文化礼堂已经建成，115家文化礼堂遍布全县，常住人口千人以上的行政村实现了文化礼堂全覆盖。

每天上午10时多，浦江县仙华街道方宅村村民方永统总会来到村文化礼堂，在这里下棋、聊天，几乎雷打不动。他说特别喜欢这里的环境，礼堂外有绿草、流水，礼堂内安静、明亮，略含一丝古朴，还有一缕文化的醇香。

但外人不会想到，这处幽雅恬静的文化礼堂，在2016年前，竟是污水横流的水晶加工小作坊聚集地，很多村民经过时都是捏着鼻子躲着走。深入实施"千万工程"后，大规模的环境整治让它获得重生。结合仙华街道文化中心和历史建筑存雅堂的恢复提升，这里被改建为文化礼堂。乡村记忆馆、农家书屋、"非遗"展示馆、书画创作室、乒乓球室等特色场所在此应有尽有，古老的建筑重新焕发活力，村民们也拥有了这处学习、娱乐、休闲、健身的综合性场所。

在台州市黄岩区高桥街道八份村文化礼堂，年近七旬的台州市"非遗"评书传承人胡从德成了这里的红人。他不仅对当地的风土人情、历史典故、经济文化了如指掌，而且能用"三句半""顺口溜"

"唱道情"等形式，讲述发生在身边的故事。在黄岩区，有268位与胡从德一样的"乡村大使"，他们活跃在各个文化礼堂，如同一支新型乡土文化宣传队，传承弘扬传统文化，推进农村精神文明建设。

"现在村里最漂亮的建筑是文化礼堂，最热闹的地方是文化礼堂。你要享受文化、寻找乡愁，去文化礼堂准没错！"这是广大群众对农村文化礼堂的一致赞誉。

浙江省的农村文化礼堂建设始于2013年，与全面实施"千万工程"升级版几乎同时。省委、省政府始终把农村文化礼堂建设摆在重要位置，省政府连续5年将文化礼堂建设纳入全省十大民生实事项目，以每年规划新增1000个的速度推进。至2018年9月，全省农村文化礼堂数量已达1万家。作为全国10个公共文化服务标准化试点之一，浙江省在公共文化服务方面一直走在全国前列。如今，农村文化礼堂已从单一的文化活动载体向综合的精神文化家园转变。

文化如水，滋润万物悄然无声；礼堂有形，搭载文化丰润民心。美丽乡村建设中不断矗立起的一座座乡村文化礼堂，大大提升了广大群众精神层面上的获得感、幸福感，实现了"身有所栖、心有所寄"。

10 公共服务深入百姓心坎

让村里人像城里人一样全面享受公共服务和生活便利，要把这个朴素的要求化为现实并非易事。然而从2003年开始，由于花了大力气，下了苦功夫，一直困扰浙江人的城乡差别问题终于得以逐步化解。毫不夸张地说，在积极打造"美丽乡村"的同时，浙江已经摸索出了一条独具特色的城乡均衡发展的幸福之道。

全面形成以县城为龙头、中心镇为节点、中心村为基础的公共服务体系；运用信息化技术手段，打破信息孤岛，推动教育培训、劳动就业、医疗卫生、社会保障、文化娱乐、商贸金融等服务在服务中心延伸集成，基本形成农村30分钟公共服务圈、20分钟医疗卫生服务圈；让建设"四好农村路"、打造万里清水河道、保护农民饮用水水源、打造小康体育村、完善现代商贸服务、推进农村土地综合整治、加快农村危旧房和电气化改造、推进水电路气网等基础设施建设同时发力，形成城乡全面覆盖、全线贯通的基础设施网络。这些，需要舍得投入的决心，需要热情和毅力，需要必备的经济实力。

"天心自为民心动，多谢诸贤举贺杯。"自"千万工程"全面实施以来，针对农村基础设施落后等情况，浙江始终把工业与农业、城市与农村、城镇居民和农村居民的发展作为一个整体来统筹，始终坚持新型工业化、信息化、城镇化、农业现代化"四化同步"发展，加快补齐农村公共服务基础设施短板，大力提升农村社会保障水平、推进城市基础设施向农村延伸，有效提高农村基本公共服务水平。广大农民的种种负担逐步得以缓解直至解除，乡村的好日子越过越快乐、越过越自在。

让"城市包围农村"

人口集聚、技能培训、充分就业、小额贴息贷款、义务教育均衡……明显缩减城乡基本公共服务差别，显著提升均等化水平，就是要让广大百姓受益，让他们有一种明显的获得感。

"城市基础设施向农村延伸，城市公共服务向农村覆盖，城市现代文明向农村辐射。"言简意赅的排比式句子，已把城乡基本公共服务均等化的要求和路径，大概说明白了。

嘉兴市海盐县位于杭州湾北岸，经济发达，城镇建设粗具规模，各项公共服务事业也已基本具备。然而，全县近8万户农户，一直分散居住在近4000个自然村，不仅土地利用低效、人员居住分散，更导致公共服务难以均衡、有效配置。"这几年来，海盐一直在努力推进城乡一体化，但农民居住分散的情况，成了这项工作的难点。这个难点不攻克，农村基本公共服务这一块就无法跟上。"海盐县副县长陈建平坦言，"要让城乡、区域和群体之间基本公共服务差别明显缩减，均等化水平显著提升，首先要解决的，是人口集聚问题。"

这正是近年来海盐县大力实施的农村土地综合整治的主要目的之一。为此，海盐县出台多项宅基地收储、置换政策，盘活农村土地资源，持续推进土地综合整治，基本实现"耕地数量不减、农民住房改善、农村环境美化、农业生产提升、城乡人口集聚"的目标。全县各乡镇人口的加速集聚，为公共服务城乡均等化奠定了基础。

在秦山街道新区，幢幢花园洋房特别亮眼，造型漂亮、模样敦实，既有现代感，又糅合了中国江南民宅的诸多元素。据了解，至2018年底，附近新联村、落塘村等11个村的农民都已搬进了这处规模不小的农村居民社区，聚居起2000多户、7000多农村人口。这里也很快汇集了居民所需的各类生活设施和文化体育设施，俨然成了一个城市社区。"很多农村居民都羡慕住在这里的人，很想搬进来，因为这里生活配套应有尽有，可以享受到城里的一切。这说明，农村人口集聚很得人心。"秦山街道新区工作人员周翔羚介绍，这里所集聚的农村人口，已占全街道农村人口的1/3。

如今，海盐已把近4000个自然村规划成了9个新市镇，引导农村人口逐步向城镇、社区集聚，全县已有1.9万户农民搬进城乡一体新社区。因为具备了这一人口集聚条件，半小时基本公共服务圈得以实打实地形成。"2015年，海盐县成为全省基本公共服务均等化改革唯一的试点县。我们以此为契机，确定了教育、养老等11个方面38项改革，在2015年至2018年3年中，投入32亿元，完成了35项重点建设项目，城乡、区域和群体之间基本公共服务差别明显缩减，均等化水平显著提升。"海盐县县长王碎社说。统筹一体，实现公共服务城乡均等，让城乡居民都能享有品质生活，这是实施"千万工程"不可忽视的硬性目标。

一系列准确的数据，已经清晰地表明海盐县实现城乡基本公共服务均等化的不俗成果：至2018年底，全县城乡总体就业率超95%；养老参保覆盖率超98%；城乡居民住院报销比例差别低于10%；义务教育公办学校全部达到省级标准化要求，新居民子女在公办学校就学率超96%；全县9个镇（街道）综合文化站均达省一级以上标准，省级体育小康村创建率达100%……除此之外，海盐县还制定了全国首个《就地城镇化评价指标体系》，城乡之间享受同一个标准、同一套评价体系。

民生无小事，枝叶总关情。自全面实施并不断深入"千万工程"以来，全省各级部门和广大党员干部心怀人民对美好生活的向往，始终以改善人民生活为工作出发点和落脚点，抓好民生关键之事，保基本、兜底线，撑起厚实的保护伞，在提供优质的公共服务方面，普惠群众，情暖基层，确保一个都不少。

在整个浙江，景宁畲族自治县并不是经济发达县，单从地区生产总值来考察，该县在全省的排名显然是靠后的。然而，这个浙江唯一的民族自治县，由于始终抓住让百姓脱贫致富并享有品质生活这一工作的"牛鼻子"，毫不松懈地推进"千万工程"，全县城乡居民公共服务均等化水平与省内其他县（市、区）相比毫不逊色，群众生活安定，幸福感不断上升。

到了景宁，你首先会被此地城乡居民的安逸生活所吸引。居民们早上可迎着晨曦在鹤溪河畔晨练，也可在畲乡绿道享受惬意的慢生活；外出办事，城乡巴士四通八达；村民可以在纯净无污染的11万亩耕地和100多万亩山林里劳作，也可以守着家门口的民宿赚钱；越来越丰富的群众文化服务，几乎在每个村子里都能享受。"青山绿水，环境一流；保障齐全，吃穿不愁。日子能过得这么好，以前绝对没想到！"畲民蓝李平说起眼下的生活状态，笑得合不拢嘴。

蓝李平说，他们一家原先居住在地质灾害点东坑镇平桥村。是地质灾害"大搬快治"和下山移民工程，帮助他家解决了最大的安居难题，全家人再也用不着担惊受怕。"从山上搬下来之后，我们夫妻俩就在家门口打工，收入也相当稳定。"蓝李平说。平安人居和脱贫致富，也是"千万工程"重要的实施内容。

蓝李平的故事，在景宁县并非孤例。近几年来，占景宁全县总人口7.7%的偏远山区农民群众，已基本完成了向县城、中心镇、中心村"梯度转移"，新型城镇化进程不断加快，半小时公共服务圈已经形成。对于一个山区县来说，这殊为不易。

为了解决搬迁群众的增收问题，在距景宁县城关西南8000米的地方，一座以密集型生态工业为特色的农民创业园已经形成，凡搬迁下山的农村居民，都能在此找到新的工作岗位。"2013—2018年，全县城镇常住居民人均可支配收入年均增长9.8%；农村常住居民人均可支配收入年均增长11.5%，这个成绩，在全国120个民族自治县中，已排在了第5位。"景宁县发改局局长沈才忠介绍说。

为了让广大农村居民获得必要的创业资金，景宁县还专门创新推出了"政银保"小额贴息贷款体系。至2018年6月，政府仅支出贷款贴息和保险费用2819万元，但让低收入农村居民获得免息、免担保创业贷款5.3亿元，受益低收入农村居民达11672人次，贷款不良率为零、保险理赔为零，扶贫资金效益放大了近15倍。

把奶瓶在开水里烫3分钟，再向奶瓶里加入40℃左右的温水，倒入奶粉摇匀……"常山阿姨"陈舍苏香为雇主家的新生儿冲泡奶粉的动作十分娴熟，专业水平不容置疑。成为专职保姆还不到一年，陈舍苏香就以"常山阿姨"特有的"三心"——安心、称心、贴心，让这家雇主放了心。陈舍苏香说，45岁的她此前已在杭州打了3年工，但都十分短暂，正是在当地县政府及有关部门的帮助下成为专职保姆，她的职业才稳定下来，干得也愈发顺手，因为这正是她所擅长的。

在浙江省内，常山同样是个经济不发达县，却拥有丰富的劳动力资源，尤其是农村妇女，赋闲人员较多。发展保姆服务行业，输出劳动力资源，打响"常山阿姨"品牌，显然符合常山实际，也是实施"千万工程"过程中实现基本公共服务均等化的内容之一。"由政府出面，提供必要的技能培训和指导，提供岗位信息，就是加快农村人口就业、缩小城乡就业差距的有效举措。"常山县委书记叶美峰说。政府精准化技能培训，能使富余劳动力充分就业，而只有充分就业，百姓才能改善生活，社会才能安定，方方面面进入良性循环状态。

2017年，常山县成立了常山保姆行业转型升级领导小组，县委书记担任组长，并协调了18个部门共同参与，专门设立"常山阿姨"事业发展服务中心，全面负责"常山阿姨"的市场对接、培训组织、标准制定等工作。

听说县里搞了专门打造"常山阿姨"的培训班，很多赋闲在家的农村妇女来了，同时，一些在外打工的常山妇女也纷纷返乡参加培训。月薪已达4500元的陈舍苏香也在这个时候回了常山，参加母婴护理培训。"以前带孩子，以为吃饱穿暖就行了，但做得越久，就越觉得自己还不够专业。"21天的系统培训后，陈舍苏香拿到了育婴师证，来到杭州成了专业保姆后，她的专业技能得以发挥，薪酬一下子涨了2000元，让她非常开心。

常山县还出台了关于推动"常山阿姨"产业发展的若干政策、"常山阿姨"家政服务品牌管理规范、"阿姨之乡""阿姨集中村"创建办法等一系列配套政策，设立"常山阿姨"发展专项基金，每年投入500万元用于保障事业发展。"改革后，效益马上出来了。""常山阿姨"事业发展服务中心主任张秀珍介绍，"常山阿姨"品牌一打出去，市场反应热烈，各地都抢着要人，"阿姨"们的收入也涨了不少。截至2018年底，"常山阿姨"已经带来超过1.5亿元的增收。

"目前，我们正在规范职业技能培训，计划对从事家政业的妇女进一步实施分类精准培训。还将开发'常山阿姨'信息管理系统，建设'常山阿姨'网站，与知名家政公司合作开展客户满意度评价、阿姨级别晋升等专业工作。"常山县妇联主席邱雪芳自信满满地说，到2019年底，累计完成"常山阿姨"培训1万人次以上，全行业年经营收入超过10亿元。

在湖州市长兴县，通过近7年的"补短板、提品质"，除了中小学教育设施的持续投入，至2018年底，对幼儿园的投入也已超过了6.36亿元，共新建、改扩建幼儿园项目42个。地处城郊的长兴县龙山街道中心幼儿园内，宽敞明亮的教室里建有活动室、午睡室、男女分开的厕所。这么好条件的幼儿园，一学期的保教费与餐费等加起来只要2000多元，这是因为幼儿园建设已被列入政府为民办实事工程，学前教育相关指标列入了小康社会建设的考核内容。在浙江，学前教育已经成为城乡基本公共服务均等化的项目之一，受益的孩子越来越多。

从2.31∶1缩小到2.05∶1，大部分市县缩小到2∶1以下，为中国各省区最低，这是2003年"千万工程"实施至2017年，浙江城乡居民人均可支配收入比的指数变化。毫无疑问，浙江的城乡协调发展始终走在全国前列。"浙江把城与乡作为一个整体来谋划，统筹推进人居环境、公共服务、基础设施，还有城乡相关配套改革。所以我们浙江也成为城乡收入差距最小、农村面貌变化最快、公共服务质量最优的省份之一。"浙江省农村工作领导小组办公室副主任蒋伟峰自豪地说。

突破"就医难"

　　构建基层医疗卫生保健服务网点体系、开展"零距离"医疗上门服务、出台全民医疗保险政策、推行低收入农户补充医保、政府购买养老服务……公共卫生服务充分实现全覆盖。

　　一大早，绍兴市越城区马山镇世纪街社区卫生服务站里，医护人员就已忙个不停。好几名患者是从距此相对较远的村庄过来的，各种医嘱自然就更细致了。对不少前来复诊的老患者，医生在予以诊治的同时，也细致地问及眼下的饮食起居，以便判断患者生活方式的改变是否对根治疾病有效。"我们这里有3名全科医生，医疗设施相对较完备，连数字X光检测设备也都有。"该社区卫生服务站负责人介绍，整个服务站总面积800多平方米，除了门诊、药房、输液室外，还设有检验科、放射科等，俨然是一所综合性的小医院。

　　马山镇位于越城区北首，常住人口约5.3万，加上外来人口，全镇人口总数10万左右，相当于一座小城市。然而以前，按照传统的医疗卫生机构设置方法，全镇只有一所马山镇人民医院。由于马山镇在20世纪90年代兼并了两个乡，全镇面积达42.2平方千米，这么大个区域内只有一所医院，无疑造成了一定的"就医难"。

　　传统的医疗网点布局难以满足人民医疗卫生保健需求，急需改变，省里有关基本公共服务均等化的实施要求，也促使了越城区卫生保健管理等部门积极调整基层医疗服务网点布局，积极打造"20分钟医疗卫生服务圈"。"这几年，马山镇一带还有一个特殊情况，就是辖区内不少村庄拆迁征地比较多，农村人口的居住更为分散。针对这一实情，我们在调整基层医疗服务网点时，以建设为主，在辖区内设置了安城社区、世纪街社区、直乐施村等9个标准化村（居）社区卫生服务站，实现了公共卫生服务全覆盖，并下沉优秀医疗资源，配足全科医生和设备，尽最大可能让农村居民就地解除病患，获得各类卫生保健服务。"马山镇人民医院副院长单江平说。

"千万工程"中要求建成"20分钟医疗卫生服务圈"，马山镇结合经济发展状况和当地居民实际需求，努力打造"15分钟卫生服务医疗圈"。别看只有5分钟之差，马山镇全镇人口众多，要达到这一高标准并非易事。而且，这个"15分钟卫生服务医疗圈"必须是有效的医疗圈，如果居民群众不愿前来就诊，这样的服务网点又有何意义？因此，马山镇在医疗服务网点合理布局的同时，着重抓好医疗资源的科学配置。

如今，马山镇已经形成以马山镇人民医院为中心，依托各医疗卫生保健服务网点，并充分利用各方资源的格局。马山镇人民医院推行了一院多站点、统分结合的办院方法，实行药物器械资源共享、医务人员统一调配、经济收支统一结算。同时，镇里还引进多元化医疗和健康管理机构入驻，如：引进了民营医院——袍江医院，该院建筑面积达6万平方米，硬性设施优良；个体诊所（点）等医疗机构也逐渐增多，目前已增至近10家。

现在，马山镇每个社区卫生服务站一天的接诊量都在百人以上，世纪街社区卫生服务站承担着周边6个小区的居民医疗卫生保健任务，量就更大了。有了完善的社区卫生服务网络，基层卫生服务能力大大提高，很多常见病患者已习惯在当地就诊。"马山镇当地医疗卫生保健机构一年接诊病人数已达45万人次，居民们的就医难问题已经解决。"单江平介绍，各医疗卫生保健机构还推行了"零距离"上门服务，包括上门随访、家庭出诊等内容，深受群众欢迎。

杭州市余杭区地处城郊接合部，各街道已经构建起社区卫生服务网络。社区卫生服务中心的医生除了完成日常门诊外，还每周一次来到各个居民小区和行政村巡回坐诊。闲林街道万景社区卫生服务站站长孙士明，分管着该社区和睦片308户、1207名常住居民，还有近千名流动人口的卫生服务工作。为了方便群众就医，他经常骑着摩托车满村转悠，前往重点病人和老年人家中巡诊，心中的那本"账"十分清晰：所分管的片区里，有180多个高血压病人、60多个糖尿病病人。按照高血压分级管理的原则，一类病人一个月随访一次；二类病人两个月随访一次；三类病人三个月随访一次。他的工作手机24小时开着，以便第一时间出现在病人面前。

事实上，以前的孙士明是一名普通的乡村医生，开着村卫生室，收入不错。实行医改后，政府部门陆续把村卫生室并入社区卫生服务中心，他开始每年接受培训，走村串巷的时间也越来越多。"起初只是负责给村民做体检，政府购买服务后，所有记录都要上网，任务更多了。"孙士明说，社区卫生服务中心还为每户居民发放了责任医师联系卡，上面印有社区医生的照片、手机号码等，电话一拨就通。迄今，社区卫生服务中心已为4万多名居民建立了健康档案；高血压、糖尿病人群，随访率达到100%；社区内所有孩子，不论是常住儿童还是流动儿童，疫苗接种率都达到了100%；近七成育龄妇女，免费接受了乳腺癌和宫颈癌筛查；5000多名60岁以上的老年人，每年都可以接受一次免费体检，其余居民则可以每两年接受一次免费体检……所有居住在闲林地区的居民，都能在20分钟内，步行找到自己的家庭医生。

作为这一片区医疗卫生保健服务中枢的闲林街道社区卫生服务中心，总建筑面积超过8000平方米，拥有10位全科医生，两台彩色B超机、两台 X 光机以及心电图仪、心电监护仪等一批社区"标配"的大件设备。这一切，全由政府出资建设、购买服务。

缙云县前路村七旬老人王葛仙在家中慢慢练习迈步，已能蹒跚地行走。这令她十分欣慰。2017 年 12 月 27 日，她不慎摔断了股骨，被送进县人民医院住院治疗。入院时，子女们帮她预缴了两万元医疗费，没想到，出院时预缴的钱竟然还略有结余，已经备下的另一笔钱便用不着了。拿着各种费用单，一家人坐下来算了算，手术、住院、药费等住院就诊总费用，共计 6 万多元，其中，60% 已由医保基金支付，还有 5500 多元则由低收入农户补充医疗保险支付。这份账单让王葛仙和子女们颇感意外。

这份意外的来源，是从 2017 年起，丽水市出台了全民医疗保险办法，减轻农村参保对象就医负担。作为重要补充，丽水市又建立了全市统一的低收入农户补充医疗保险，以避免农村居民因病致贫、因病返贫。缙云县人力资源和社会保障局局长朱斌为王葛仙老人细算："根据低收入农户补充医疗保险，王葛仙个人只需负担在 2000 元以上部分的医疗费，且这部分费用又由低收入农户补充保险基金按 50% 的比例支付。这样一来，老人应该承担的费用已大大降低。"

王葛仙老人仅是享受这项全民医疗保险政策的一名普通村民。在缙云县，自从实行了低收入农户补充医疗保险政策以来，每年有近千人享有这份福利，人均报销金额在千元上下，住院治疗者报销金额自然更高。

事实上，在浙江，除了出台并实施全民医疗保险相关政策，为困难群众撑开保基本、救急难、兜底线的生活保护伞，城乡居民基本养老保险等也已全面推行。2017 年，浙江省如期完成"本省户籍法定人员基本养老保险参保率达 80% 以上，基本医疗保险参保率达到 98%"的目标。从这一年起，全省城乡居民基本养老保险基础养老金最低标准由每人每月120元调整为135元。迄今，浙江已建立起了较为完善的被征地农民基本生活保障、农村合作医疗、贫困家庭子女入学资助、孤寡老人集中供养等为主要内容的新型社会救助体系。

杭州城北的皋亭山，如今已建成草树繁茂的国家森林公园了。尽管爬上皋亭山顶，可以居高临下俯瞰不远处的城区景色，但遁入山中，依旧能获得世外桃源般的宁静、恬然，炎夏时山里的气温能比山下的城区低好几度。绿康皋亭山养老院就隐没在这片浓密的翠绿之中，500多位老人在此享有各类养老服务。

作为浙江最早实行"公建民营、医养结合"的养老机构，绿康皋亭山养老院通过实行绿康养老院、绿康老年康复医院"院中院"模式，正在探索一条"社会福利社会化"的新路子，其主要模式是：民营养老院依托公建的老年康复医院，充分利用民营资本；医疗与休养融为一体，提高养老服务质量。该养老院开办时在此养老的不足100位老人，如今已有超过500人；院内养老服务更显精细化，阿尔茨海默病、长期照护与临终关怀、老年慢病综合康复、精神心理康复等各种医养结合的服务类型一应俱全。

八旬老人徐学林在绿康皋亭山养老院里已经住了好几年，习惯了这里的生活，回家休养早已不再是他的选择项。"这里的照看护理很专业，解除了我的后顾之忧。住在这里，身体有了一点小毛病也能马上就医，在家怎么可能得到这样及时的医治？"说话时，徐学林老人正有滋有味地享用着护理员送来的午饭，杭三鲜、肉末粉丝和蚝油生菜等菜肴都是老人喜爱的。老人床头的信息卡上，详细地写有他的年龄、入院时间、护理级别以及饮食和风险提示，准确而细致。在这里，康复治疗师、养老护理员均全程参与每位入院老人的护理，为老人制订全方位综合照护计划，一点也不含糊。

"千万工程"的实施，大大推进了城乡养老服务体系建设，尤其是在广大农村，已普遍构建起以公办和民营养老院及居家养老为基础、社区为依托、机构为补充、医养相结合的养老服务体系，老年人实现了老有所养、老有所医、老有所教、老有所为、老有所乐。与此同时，很多农村老年人已和城市老年居民一样有了养老服务补贴。截至2017年底，浙江省享受政府购买养老服务的老年人超过33万，各级政府补贴总额达3亿多元。全省有各类养老机构超2000家，浙江老年人的幸福指数节节攀升。

乡村康庄工程

大山深处的小村庄驶入了客运班车，村邮站的公共服务项目应有尽有、乡镇以上地区实现网络深度覆盖和100%的行政村4G覆盖，乡村的好日子绝不逊色于城市生活。

"梁苑城西二十里，一渠春水柳千条。若为此路今重过，十五年前旧板桥。"白居易这首节奏明快的古诗《板桥路》，描写的是在美好的季节里故地重游，道路的通畅、路边的美景令人着迷，仿佛已在预示即将再次遇上一场不失浪漫的故事。是的，道路，通畅的道路，不仅能让人安全快捷地到达目的地，还能给人以非凡的愉悦感，激发人对幸福的无限憧憬。

2003年，"千万工程"在浙江开始全面实施。也就是在这一年，浙江开启了"乡村康庄工程"，计划让所有乡镇都通上等级公路。这项工程于2006年完成，即便是最偏僻的乡镇，也有了平坦宽阔的等级公路与外界相连。随之，浙江又开始了大规模的交通基础设施建设，2010年实现了"农村公路村村通"。按照习近平总书记提出的农村公路"建好、管好、护好、运营好"这"四好"要求，从2014年3月起，全省范围内的"美丽交通"建设再次拉开序幕，2016年后"四好农村路"建设成果卓著，2017年还实现了农村客车"村村通"。

临近2018年的一个深冬早上，3辆9座的康庄巴士沿着山路，分别开进了淳安县金峰乡百照村、王阜乡胡家坪村、梓桐乡富石村，标志着这3个建制村的客运班线正式通车。由此，2017年初省政府确定的"今年底，村村通"目标画上了圆满的句号。

这3个建制村通上了客运班线，也意味着浙江全省有通达任务的建制村已全部实现了客车通达，提前3年完成了交通运输部提出的2020年底实现建制村客车村村通的目标，乡村交通建设成果走在了全国前列。

由于村庄海拔高、山路险峻，尽管有了简易道路，但一直以来淳安县金峰乡百照村等3个建制村的村民仍需靠步行或简单的交通工具出行。因原先进百照村的道路仅3.5米宽，且未加装护栏，若两车交会，其中一辆必须倒车一两百米，才能有合适的位置让另一辆车先行通过，这样狭窄、弯急、坡陡的道路显然不符客车通行条件。又如磐安县仁川镇下余村，地处偏僻的大山深处，常年居住人口不足60人，未通客运班车前村民要外出办事，往往得先步行4千米山路，方能坐上班车。据统计，截至2016年底，全省仍有温州、丽水、台州、金华、衢州、杭州、绍兴、湖州等8个市的960个建制村未通客车。这样的状况自然不能再延续下去。

2017年4月，省政府在磐安县专门召开了全省建制村客车"村村通"工作现场会，定下"今年底，村村通"的目标，原本4年完成的任务要求在1年内完成。省交通运输厅及相关运管部门把"村村通"客车作为2017年的头号任务，创新运营方式、完善审查机制、加强财政保障，确保客车"真正通""安全通"和"长久通"。

武义县柳城畲族镇上黄村位于武义、遂昌、松阳交界处，小小的村庄蹲踞于海拔850米的半山腰，距武义县城有60多千米。在未通客车之前，村里人哪怕要去柳城镇，也得在崎岖的山路上花去大半天时间。2016年，武义县有关部门花大力气，对通往该村的农村公路进行提升改造，又在2017年开通了公交客运。一条平坦、安全便捷的道路，一辆能抵达村口的班车，让长久居住在大山里的村民与外面的世界更加紧密地相连。

同样，当盼望已久的客运班车缓缓驶入东阳市千祥镇光周村时，万分喜悦的村民们自发组成锣鼓队，敲锣打鼓地迎上前去，围着客运班车载歌载舞。"谢谢你们，我们终于可以在村里坐上公交车了！"村民们对交通运输和运管部门的同志竖起大拇指，称赞政府帮他们解决了大难题，从此他们外出赶集、探亲访友、求学就医等就方便多了。

"仅在2017年全年，我省累计投入9.5亿元，改造提升农村公路5300多千米，设置错车道4400余个，新购客车435辆，开通、延伸客运线路925条，新建农村港湾式停靠站3875个，直接惠及97万多偏远乡村的群众。通过这一年的客车'村村通'攻坚行动，全省实现了农村客运基本公共服务全覆盖，打通了绿水青山转化为金山银山的畅途，有力促进了'三农'发展；提升了公共服务均等化水平，有效提升广大农民群众的获得感和幸福感；支撑了农村地区'两个高水平'建设；其意义极其深远。"时任浙江省交通运输厅厅长郭剑彪说。

"客车通了、信息灵了、脑瓜活了、收入多了、讲文明了。"农村公路建设和客车"村村通"，进一步促进了农村社会事业的快速发展。与此同时，从2013年起延续5年的"四好"（建好、管好、护好、运营好）农村路建设，在浙江取得了重大成果，包括加快《浙江省公路条例》立法进程、出台农村公路建设管理办法、完善公路安全设施、改造危桥病隧、实施路面维修、创建美丽经济交通走廊、打造百条精品示范线和千个高品质公路服务站、全面打通"断头路、盲肠路、梗阻路"……

三门县珠岙镇吴岙村村民吴东凤，先前听说网上购物既方便又实惠，但她不擅长电脑操作，一直未能单独网购。2014年，吴岙村的村邮站开通了网购服务，她在网上购物的愿望得以实现。"在网上买东西，还能在家里接到货后再付钱，这太方便了，少了我很多麻烦！"吴东凤说，不仅是购物，村邮站还能帮村民缴电费、代售车票、办理小额取款，这实在让人想不到！

这一系列让人想不到的村邮站服务，是浙江省2012年开始实施的全省"基本实现村村建邮站"建设工程的成果。村邮站向来是重要的邮政基层服务网点，遍及各乡镇和重点建制村是它的一大优势，但以往它的功能仅是邮政业务，网点的分布也不够密匝。浙江省不仅把"基本实现村村建邮站"纳入2012年省政府工作报告，其建设力度和速度等方面的要求也超过了以往其他工程。"不断地充实为民服务项目，除了不断增加常规的服务功能，还将结合社会发展和村民需求，开通诸如数字电视费收缴、普惠金融服务等方面的内容，让群众无须出村，就能办理各类生活事务，让广大农村百姓享受到方便、快捷的现代化服务，打响浙江村邮品牌。"时任副省长王建满指出，要完善功能，就必须建立保障经费、队伍、管理的长效机制，充分发挥村邮站便民、利民、惠民、富民的功能，这样才能使村邮站具有生命力。

2008年10月至2009年6月，浙江实施并完成了全省"广播电视低保"工程，使得所有"低保户"群众都能享受到丰富多彩的广播电视节目，所需费用均由省财政专项补助资金解决，受惠群众达24万户67万人。"广播电视低保"工程是浙江省继广播电视"村村通""村村响"

之后，又一项大规模的广播电视公共基础设施建设。

尔后，在"十二五"期间，浙江又大规模实施广播电视"户户通、优质通、长期通"，并在5000艘渔船上安装了移动卫星电视接收设备。由此，"村村通""户户通"覆盖了包括海上渔船在内的各个区域。

2015年5月，杭州移动实现了所有行政村4G网络全覆盖，标志着杭州成为全国首批从"语音村村通"跨入"信息高速公路村村通"的城市。这条"信息高速公路"如今已串联起全省近3万个行政村，完成了全省农村全覆盖。

衢州市衢江区湖南镇朝书村坛宅潭自然村是一个典型的浙西山村。这里群山环绕，村民居住分散，互相联络往往得靠打电话，若要见面，从一个山脚到另一个山脚常常需步行一个多小时。为了能让这里的人们凭借山水资源和互联网改变生活，衢州移动公司准备在此建造基站。然而，在这高山小村落建造基站，不仅造价高，维护也是一个大难题。"村里的人口不足200人，经济状况也不好，要回收投资成本很困难。"但衢州移动相关负责人表示，"我们最终决定在该村新增移动设备，不为经济效益，只为社会责任。"

"问君西游何时还？畏途巉岩不可攀。"但这样的相见之难在如今的浙江已经消弭。截至2016年底，浙江移动4G基站已超7万个，实现乡镇以上地区网络深度覆盖和100%的行政村4G覆盖。移动信息化的推广让大山深处的人们随时可以互闻他声、互睹他人。

打造万里清水河道、保护农民饮用水水源、打建小康体育村、完善现代商贸服务、推进农村土地综合整治、加快农村危旧房等基础设施建设，当然还有统筹推进水电路气网、农村用电"户户通"、农村电气化改造……城市基础设施向农村的快速延伸，使全省的基本公共服务均等化工作落到了实处、见到了实效。

11 为了山河更好造福于民

"屋是墙壁与梁所组合，家是爱与梦所构成。"这是印度诗人泰戈尔的名言。对于每个人来说，一个安稳幸福的家，是多么的重要。家园，是一个特别温馨的词语，它是心灵的绿洲和安憩之地，庇护着人们的柴米油盐和精神生活，寄托着浓浓的乡愁。让我们的家园始终不受各种灾害侵袭，使每个人安宁快乐地生活，该是多么的重要。

浙江是各类自然灾害易发、多发省份之一，做好各类灾害防治工作，防患于未然，迟干不如早干，被动干不如主动干。全面实施"千万工程"的进程中，全省各级各地有关部门和广大党员干部，始终坚持以人民为中心的发展思想，把地质、水文、气象等方面的自然灾害隐患综合治理摆在重要位置；积极减灾、主动防灾，坚决打赢自然灾害隐患综合治理攻坚战，确保人民群众始终享有安居之乐；把安全理念和防灾减灾要求全面融入农村人居环境建设，开展"除险安居"三年行动、城乡危旧房治理专项行动，构筑和完善农村消防、防汛防台、应急救援、气象为农服务等安全体系，成果卓著。

在这一过程中，浙江人还探索出了诸多独特而行之有效的工作方法，引导乡村居民搬迁到县城、中心镇，积极推行公寓式安置、货币化补助安置、公租房安置；对治理技术可行、经济合理、风险可控的隐患点，分类治理到位；既做好重点地区、重点时段、重点人群防治工作，又统筹推进各类隐患点治理，确保隐患治理无盲区、无死角；紧密结合抗台风、危旧房整治、美丽乡村建设，高效配置资源，努力实现一策多用、一举多得……广大人民群众发自内心地赞道：这件民生实事办得漂亮！

请自然灾害隐患走开

享有安全、安稳、安心的居所是最基本的生活需求。消除地质灾害隐患点，完成综合治理，保障群众始终居住在安全可靠的房子里，"除险安居"行动正在进行中。

浙江南部泰顺县，其地理风貌的最大特点，是"九山半水半分田"，田地和水域的面积加起来仅有1/10，可见这里的山地之多！可以说，进入泰顺地界，你看到的基本就是峰峦迭起、坡陡壁立，只有在河流的转弯处、山谷的底部，方有若干狭窄的平地。

以山地为主的地区，免不了受地震、山体滑坡、台风等自然灾害的袭击。据统计，泰顺县的地质灾害易发区占全县总面积的96%以上。近年来，泰顺遭受了多次较为严重的自然灾害，大多与地质突变有关。

在地质灾害易发区生活、劳动，这安全问题就特别要紧。除险加固之外，"让老百姓从危险的地方搬出来，在安全的地方居住，这是造福一方的民生工程"。泰顺县生态搬迁工程建设指挥部办公室副主任刘录之介绍，从2016年起，该县大规模进行"生态大搬迁"，实现了避灾安置、生态保护、山区城镇化的统一，构建了山区"除险安居"的升级版。这项工程让广大群众在住得安稳、住得舒心的同时，还能享受优美整洁的生活环境，改变生活状态，甚至依托生态资源重新就业，在家门口实现增收。

农民黄世表曾经住在大山边，"有时连野猪都会扑上来。如果刮台风、发洪水，那个破旧的房子就根本没法住，每次都被政府接到山下临时住几天。这样的事每年都要碰到四五回。"黄世表说，长期住在那样的房子里，自然向往住进坚固、安心的房子。然而，当泰顺县政府有关部门向他宣传"搬迁"政策、动员搬离地质灾害易发区时，黄世表却没有痛快答应。他的顾虑是搬家就要盖新房，而自己家比较贫困，虽说有政府补贴，但还可能还不起贷款。

对于农村居民的这些担忧，泰顺县政府及相关部门早有考虑。泰顺并非经济强县，但在让群众搬离地质灾害易发区的过程中，为了尽最大可能减轻他们的负担，泰顺县想方设法筹措资金，给搬迁农民的补偿额度在全省是最高的。同时，县里还给搬迁农民配套提供贷款贴息政策和水电、通信、电视等费用的减免政策。

真诚的关怀、悉心的帮助，逐渐使这些村民意识到，充分利用这些好政策，及时从地质灾害易发区搬到地质稳定、人口集聚的地方去，是最佳选择。于是，他们中的绝大多数搬到了建制镇、建制村的集聚中心。"为了让更多的农村居民享有'优品质'的生活，确保搬迁居民使用的每幢新楼都是优质可靠的建筑，我们还特意引入专业房企和物业公司，代建代管生态移民安置小区，从规划设计、监理施工、物业管理全过程代理，此举彻底改变了以往安置小区低端、无序，以及无人管理的状况。"刘录之认为，用最好的地方、最优质的企业建高端的安置小区，才能谈得上"安全""可靠"。

泰顺县的这轮"生态大搬迁"共涉及三大"1.5万"平台：一是以乌岩岭自然保护区、地震灾区、偏远山区整村搬迁安置的1.5万人口；二是15个抗震安居安置点的1.5万名群众；三是地质灾害和D级危房户的1.59万人。三大平台的安居工程均已在2018年竣工，4.5万余名异地安置农民陆续入住。在选择安居工程的地块时，泰顺县改变了以往从行政村到乡镇再到县城的逐级安置模式，直接在中心镇、县城择优选取地块，实现一步到位、集中搬迁安置。无疑，这些地块也是地质条件好、不易发生各类地质灾害的区域。

"'生态大搬迁'把随时可能遭受地质灾害影响的群众，从灾难中撤离出来，也把基层干部从汛期24小时盯防地质灾害隐患点中解放出来。同时，'生态大搬迁'减少了农民对周边森林、溪流等生态资源的依赖性破坏，有效减轻生态环境压力，减少生态治理投入，能腾出更多生态环境容量。"泰顺县委书记董旭斌感慨地说。

为了给搬迁集聚的群众建设安全放心的住房，泰顺县还在安置小区附近建设学校、体育馆、医院等公共配套设施，就近布局占地800多亩的小微创业园、竹木产业加工园和来料加工点。为了打消农民群众下山后无田可种的后顾之忧，泰顺县还推出"搬家不搬田"的政策，如竹里畲族乡村民搬迁后，土地山林权实现整乡流转，规模化发展猕猴桃种植等生态高效农业，为群众拓宽就业增收之路。

消除地质灾害隐患点，完成综合治理，保护人民群众生命财产安全，是浙江省委、省政府地质灾害隐患综合治理"除险安居"三年行动的主要目的。该三年行动的总体要求，是到2017年底减少地质灾害隐患点1000处以上；到2019年底，全省基本消除威胁30人以上的重大地质灾害隐患点，减少隐患点数量3000处以上；受地质灾害威胁人数减少10万人以上，进一步健全地质灾害防治长效机制，全面提高地质灾害防治水平。

受复杂的地质、水文、气象等因素影响，近年来，全球自然灾害呈增多趋势，浙江的地质等自然灾害也呈多发、群发态势，防治形势严峻。开展地质灾害隐患综合治理，让广大人民群众住得安全、生活得安心，事关高水平全面建成小康社会大局，也是全面实施"千万工程"主要任务之一。迟干不如早干、被动干不如主动干、出事后干不如未出事前干，这是浙江省委、省政府对落实"除险安居"三年行动发出的号召。

2017年5月25日，省政府在遂昌县召开全省地质灾害隐患综合治理"除险安居"三年行动现场推进会。时任省委书记车俊，时任省委副书记、代省长袁家军分别作出批示，希望各级各部门认真践行以人民为中心的发展思想，以更加坚决的态度、更加有力的措施、更加扎实的作风，深入推进"搬、治、防"各项工作。

"地质灾害防治是一项长期任务，也是一项系统工程，要遵循规律、讲究方法、综合施策、标本兼治。夏、秋两季是台风多发季节，地质灾害防治形势尤为严峻。地质灾害隐患综合治理工作是一项与时间赛跑的'生命'工程，迟缓不得，也马虎不得。要切实强化汛期地质灾害防治，确保全省人民安全、幸福，让浙江山河更好造福于民。"时任副省长、"除险安居"三年行动召集人孙景淼指出。

作为"千万工程"的有机组成部分，"除险安居"三年行动很快在全省铺开。结合当地实际，丽水市集中财力物力对地质灾害隐患点进行综合治理，实施"大搬快治"；温州市把地质灾害综合治理作为当前防灾减灾的头号工程，列入党委、政府重要目标责任制和当年度十大为民办实事的头号工程。

为了解决搬迁集聚所需用地，按照人均80平方米用地标准，省政府有关部门下达避让搬迁建设用地指标，如2017年安置用地新增指标2331亩。省级财政对淳安等29个县地质灾害避让搬迁按照每人1.5万元给予补助，仅此一项，省级财政即拿出补助资金1.95亿元。与此同时，对治理技术可行、经济合理、风险可控的地质灾害隐患点，分类进行工程治理以消除隐患。仅在2017年，全省启动工程治理项目1804个，完成1230个，减少受威胁群众5893户、24536人。

2017年至2018年，浙江连续下达《各市2017年地质灾害隐患综合治理"除险安居"任务书》《2018年浙江省地质灾害防治方案》，出台了《浙江省地质灾害隐患综合治理"除险安居"三年行动考核办法》。各地又纷纷自加压力，拉高工作标杆。舟山市提出地质灾害隐患点"存量一年清零、增量即查即消"，杭州市、宁波市、湖州市、衢州市、台州市等地则提出"三年任务、两年完成"的工作目标。

2019年5月8日，浙江省又出台《2019年浙江省地质灾害防治方案》。明确提出2019年是全省地质灾害隐患综合治理"除险安居"三年行动的收官年，全省77个突发性地质灾害防治任务县（市、区），特别是50个重点防治县（市、区）的山区人口集聚区、交通沿线、旅游景区和低丘缓坡开发区是地质灾害重点防范区域；已知隐患点、重点巡查区、在建治理工程、易发区内在建工程、农村房前屋后高陡边坡和小流域沟谷等是地质灾害重点防范地段，必须加以重点防治。

2016年9月28日，受台风"鲇鱼"影响，丽水市遂昌县北界镇苏村发生山体滑坡，造成重大人员和财产损失，其中约20幢居民楼被泥石流冲毁。据官方通报的消息，截至10月9日，共搜救出19名被埋人员，确认死亡19人，失联8人。苏村山体滑坡事件再次敲响了地质灾害之警钟。在丽水，消除地质、水文、气象等因素带来的自然灾害隐患，成为确保人民群众生活安全的主要工作任务之一。

2017年初，遂昌县就确定地质灾害避让搬迁安置政策，明确公寓安置、迁建安置、货币安置、其他安置4种方式，避让搬迁对象可自行选择其中一种方式安置。其中，重点引导群众向县城转移安置，给予异地转移补助奖励、购房贷款贴息、过渡期临时安置费用补贴等政策扶持，选择县城购买安置房的三口之家，最高可拿16万余元的补助。至当年底，遂昌县完成47处地质灾害隐患点的避险任务，撤离群众669户，为2000多人消除了地质灾害隐患的威胁。全县地质灾害隐患点实施避让搬迁的人员撤离率、协议签约率、住房腾空率和房屋拆除率均达到100%。

在天台县白鹤镇苍蒲坑村的东北侧，有一体量高达16万立方米的滑坡体，直接危及全村1000多名群众的生命财产安全。排除苍蒲坑村地质灾害隐患，采取的是整村搬迁的办法，是全省迄今规模最大的地质灾害隐患点避让搬迁项目。该县利用当地群众春节返乡过年之际，于2017年春节前完成搬迁协议的签订，随即对涉及的约500宗房屋启动腾空工作。原苍蒲坑村的村民将被安置在地理位置较为优越的白鹤中学南边地块新建小区居住，2018年内安置完毕。

"在全省开展的地质灾害隐患综合治理'除险安居'三年行动中，衢江区的目标是三年任务两年完成，并承诺对15处重大地质灾害隐患点的受威胁群众，在6月底前做到人员撤离到位、房屋腾空到位，确保汛期群众生命安全。"衢州市国土资源局衢江分局局长何亚明介绍，同为全省地质灾害防治重点地区，衢江区已对全区受威胁的78处地质灾害隐患点重新进行评估，对涉及搬迁安置的农户情况进行全面摸排，做到底数摸清、摸透、摸实，并针对每个地质灾害隐患点的不同情况，制订"一点一方案"，明确搬迁、治理或搬迁加治理相结合的方式进行。

2015年9月底，受"杜鹃"台风影响，宁波市北仑区小港街道建设村羊角山出现滑坡险情，主要为土质滑坡，滑坡面积约3500平方米，总方量三四万立方米，威胁江南华庭小区2号楼和4号楼约24户100人。当地随即对滑坡隐患点开展了工程治理，并在2017年8月完成。

享有安全、安稳、安心的居所，是最基本的生活需求之一。为确保广大群众享有这一基本生活保障，在浙江，截至目前，消除地质灾害隐患工作仍在深入进行中。作为一件实打实的民生实事，只有往细里做、往深处推进、与群众的愿望相一致，百姓的获得感和幸福感才会更多、更满、更久。

"各安其居而乐其业"

签订"军令状"，倒排时间表，挂好作战图、明确责任人……全力治理城乡危旧房的目标，是做到不让一幢房子倒塌，让困难群众的安居梦化为现实，确保平安人居。

正是阖家团圆、欢度春节之际，2017年2月2日，温州市文成县百丈漈镇外大会村4间四层半民房突然发生坍塌，共两户9人被埋。其中，2人成功获救，7人死亡。事件发生后，温州市和文成县有关部门组成的现场救援组对周边群众进行安全疏散转移，共转移21间房屋、58人。

据悉，这幢倒塌的民房修建于2001年，非属混凝土框架结构。并不可靠的建造质量、房主未能及时发现隐患，都是导致事件发生的主要原因。

而在此前的2016年10月10日凌晨,同在温州,鹿城区双屿街道4间建于20世纪七八十年代的农民自建房倒塌,造成22人死亡、6人受伤。经核实,该房此前已被定为危旧房,死伤者多为租住其中的外来务工者。

类似的事件一次次提醒人们:在城乡各地,尤其在农村,危旧房的治理不可松懈,稍有疏失,即有发生重大事故之虞!

事实上,浙江的城乡危旧房治理工作起步较早,日常检查、监管、治理等也都抓得较严。2014年,宁波奉化市曾发生住宅楼坍塌事件。事件发生后,住房和城乡建设部发出通知,在全国范围内组织开展老楼危楼安全排查工作。浙江在这方面全力作为,如温州不但进行了危旧房的普查,还出台了《城镇危旧住宅房屋治理改造工作实施细则》,加以规范和推进。

2019年的这个春节,东阳市巍山镇同乐村乃更自然村村民吴跃其搬进了漂亮的新房,他抚摸着坚固的屋墙,兴奋得合不拢嘴。他怎么也想不到自己的住房这个"心腹大患",在镇、村两级的关心下,被消除得如此干净,而新建的房屋又是那么让自己满意。"今年春节,我们村里一共有14户危房户入住了新房。在危旧房拆后重建的过程中,我们还趁机改造了绿化,美化了环境,大家住得既安心、又舒心!"同乐村党支部书记吴荣正说,房屋质量提高了,居住环境改善了,心情都愉快了不少。2018年以来,随着危旧房治理工作的陆续推进,同乐村还被评为东阳市的"十美村"。

全力治理危旧房,让困难群众的"安居梦"化为现实,2017年后,东阳市以"零增地"为总原则,切实做好"拆危"大文章,90%以上的自然村的危旧房都已得以治理。数字表明,截至2019年3月,东阳市已在1300余个村开展危旧房拆除,累计拆除危旧房4.8万多户、拆除危旧房建筑占地面积330余万平方米，其中D级危房2.3万多户；累计安置农户2.7万多户，包括宅基地安置1.7万余户，集聚安置1万余户，安置率为93%。

没错，危旧房治理改造并非简单的拆除和重建。注重村庄规划和设施配套，改善人居环境，充分挖掘村庄文化底蕴，保障民生和保护历史文化遗产，守护乡愁的有机统一才是根本。针对古民居分布众多的特点，东阳市通过"名人指点、村民参与"形式，在征求各村村民意见建议的基础上，邀请专业设计单位参与，以"拆保结合"的方式，保留下有保护价值的古建筑1500余处（幢）。

"采用原拆原建、调剂置换、待安置凭证、宅基地安置、村集体回购、'立改套'安置以及集聚安置等多种安置途径，根据轻重缓急，实行分类安置，分期分批地解决好危房户的住房问题。"东阳市住房和城乡建设局局长陈建强说，改变以往摊大饼用地模式，确保在"零增地"前提下，尽可能让更多无房户、危房户得到安置，这是危旧房治理的主要原则，"2018年我们启动了农房集聚区建设工作，再安排土地建设城区（上卢）、横店、南马、巍山4个集聚区。这样一来，总体占用的土地面积没有增加，危房治理安置户的住房面积反而增加了。"

在农村全面开展"三改一拆"的过程中，治危拆违成了一大重点。杭州市把2017年确定为城镇危旧住房治理改造工作的收官之年、农村危旧房治理工作的攻坚之年，这意味着全市正在对所有危旧房发起强攻。

农村的危旧房数量大、改造难度大，是杭州市2017年度危旧房整治的重点。根据《浙江省农村危旧房结构安全排查技术导则》要求，质量差、主体结构破坏严重、超负荷使用和位于山边、水边、地质灾害易发点的房屋，以及农村三层以上（含三层）砖混多孔板结构和私加层的房屋，尤其是农村出租房、农家乐、民宿以及文化礼堂、养老设施等所有涉及公共安全的房屋，作为排查建档的重中之重。在细致排查的基础上，对自住D级危险房屋尽快采取腾空、拆除等方式消除隐患；对已经列入农村困难家庭危房改造"十三五"规划的，分年度有序实施；位于山边、水边、地质灾害易发点的危险房屋优先治理改造。

2017年初夏，针对汛期来临的实情，衢州江山市全面行动，开展除险安居"半月清零"行动，10天时间实现了418栋危旧房全部腾空，成功撤离1365人。"'治危拆违'是省委、省政府审时度势作出的一项重要决策部署，江山市的'三改一拆'工作已进入深水区和攻坚期，推进除险安居'半月清零'行动，正是全面消除汛期农村房屋安全隐患，切实加快农村危旧房治理的具体举措。"江山市委副书记、市长舒畅说。市委、市政府现场召开除险安居"半月清零"行动部署推进会，与各责任单位、乡镇（街道）集体签订"军令状"，倒排时间表、挂好作战图、明确责任人，其目的是为了增强广大党员干部对人民生命财产高度负责的政治责任感和使命感，合力攻坚农村危旧房解危工作。

在这次除险安居"半月清零"行动中，江山市的主要做法包括：

一是妥善安置。及时制订搬迁困难户周转房安置方案，组织党员干部、青年志愿者协助困难危房户搬离；发挥社会慈善、居家养老等机构功能，利用闲置校舍、村居祠堂、文化礼堂进行临时过渡，储备床铺、被褥、应急药品等各类应急物资。二是跟进治理。做到"不让一幢房子倒塌"，结合汛期地质灾害治理，最快速度跟进已腾空危旧房的拆除、维修和加固，对一户多宅、应拆未拆和处在容易发生地质灾害区域的危旧房，列入"治危拆违"清单，立即拆除。三是公正施策。按照"绝不让一个弱势群众吃亏"原则，认真核查农村危房搬迁对象信息，及时梳理出特困户（残疾户、低保户）、老龄户、空房户、租赁户4类并进行公示。对特困户危房改造，在国家或省专项补助资金的基础上，维修加固每户增加补助 2000 元，拆除重建每户增加补助 3000 元；残疾户拆除重建可通过残联扶持资金，每户补助 3 万元；老龄户由地方政府动员子女出资出劳，协调银行贷款，结合惠农补贴资金等方式共同解决。

而在绍兴诸暨市，在农村危旧房改造领域集中性引入"地票"政策可是一桩新鲜事。所谓"地票"政策，是指原危旧房所有者可采取流通交易、抵扣商品房购房款、置换年度建房指标 3 种方式使用所持"地票"。拿到"地票"的置换户，可以在诸暨市内符合要求的房地产开发楼盘购置商品住宅，抵扣商品房购房款。

2017 年下半年，该市草塔镇龙珠里村启动农村危旧房改造试点工作，当时排查鉴定为 D 级危房的 213 户，达成治理改造意向 178 户。至 2019 年 6 月，草塔镇龙珠里村已有 14 户村民，用老旧危房成功置换 14 张"地票"，总面积达 895 平方米。据草塔镇村镇建设办副主任邱碧荷介绍，第二批等待核发"地票"的危房户有 35 户。"老房子又旧又破，里面只是放杂物，用处不大了。"龙珠里村村民饶女士通过置换村里的那套危旧房，获得了 87 平方米的"地票"。饶女士准备把拿到的"地票"交易给其他村民。引入"地票"政策，农村危旧房改造这盘棋显然更活。

"各安其居而乐其业，甘其食而美其服。"是的，让广大人民群众安居乐业，过上安康和谐的日子，正是一切工作的出发点和最终目标。浙江省建设厅有关负责人表示，2019 年之后，在推进农村危房治理改造的同时，浙江各地还积极开展农村危房治理改造的绩效评价，加强危房治理改造质量、日常监督管理、风险防范和应急处置措施落实情况检查，确保农村危房治理改造的各项措施落到实处，扎实做好除险安居工作。

给农民兄弟一根保险带

> 防汛防台、农村消防、应急救援、气象为农服务、植物保护……每一项贴心的服务，都是为农民兄弟提供了安全锁、保险带。乡村振兴各类保障服务之完善，契合所需，前所未有。

2013年10月7日，受第23号台风"菲特"影响，浙东名邑余姚市遭遇了新中国成立以来最严重水灾。雨情大、水情险、灾情重，是这次水灾的最主要特点。截至2013年10月8日，余姚全市21个乡镇、街道均受灾，受灾人口达超过83万人，城区大面积受淹，主城区城市交通瘫痪，大部分住宅小区低层进水，主城区全线停水、停电，商贸业损失严重。

之所以出现如此严重的水灾，其主要原因即为强降雨。尽管台风"菲特"的登陆地点是在福建省福鼎市，但雨区主要集中在浙江东部一带。台风带来的强降雨使甬江流域在4天时间内的平均降雨量达到440毫米左右，超过2012年正面登陆的"海葵"台风，甬江流域出现历史罕见的特大流域性洪水。加之余姚所遭受的降雨为百年一遇，总降雨量之高，相当于68个西湖的总水量。上游来水，叠加本地强降雨，使得余姚在短时间内发生严重内涝。

余姚水灾是浙江人民深受洪涝之苦的一个缩影。然而，伴海而生的浙江，并没有在强大的自然灾害面前表现出丝毫退缩，数千年来，与大自然抗争、保卫家园，贯穿了浙江整部社会发展史。新中国成立以来，尤其是改革开放以来，浙江的防汛防台工作取得了堪称辉煌的成果。进一步深化实施"千万工程"进程中，完善防汛防台、农村消防、应急救援、气象为农服务等安全体系，浙江上下达成了高度共识，千百座乡镇、上万个村落都把防汛防台列入重要的工作内容，不麻痹、不侥幸、不轻敌，努力不让任何一份劳动成果被风雨洪水毁弃。

2018年5月中旬，宁波余姚市四明湖水库传来一个好消息：水库下游河道整治工程余姚段顺利通过了完工验收，河道过流能力从每秒20立方米提升到每秒80立方米。这一工程的完工，打通了四明湖水库至上姚江的排水瓶颈，缓解下游河道两岸经常受淹的实际困难，减轻余姚城区的防洪压力。可以想见，随着一项项水利工程的完成，数年前的余姚水灾惨相不会再重现。

不仅是"硬件"的改造，"软件"的提升又增加了另一道"保险"。按照"三项重点措施、三个责任人"工作要求，四明湖水库管理局绷紧防汛安全这根弦，因地制宜，落实安全度汛行政、技术和巡查"三个责任人"，修订完善了各类应急预案；同时对洪水预报、水雨情测报、大坝监测系统和标准化管理平台进行升级改造，水雨情测报和洪水预报能力得到进一步提高。

2018年7月10日，强台风"玛莉亚"登陆前一晚，浙江省丽水市莲都区峰源乡"四个平台"（即综治工作、市场监管、综合执法、便民服务）综合指挥室接到信息："巡查发现，毛山村叶山头自然村村民方忠道现住房屋存在倒塌风险。方忠道下肢瘫痪，无法自行转移！"闻此消息，乡党委书记在第一时间即通知乡防汛防台应急小组、毛山村网格长和村委、村转移工作组，组织应急小组，连夜赶赴处置。

毛山村叶山头自然村是莲都区最偏远的村庄。应急小组星夜兼程，驱车到达毛山村后，就着手电筒的光亮，攀爬了一段崎岖的乡间小道后，终于到达。11日凌晨4时30分左右，在基层防汛责任人的配合下，应急小组终于成功地将方忠道转移到毛山村一户居民家中安置。不多久，天空便下起了大雨。当天下午，叶山头村巡查员发现方忠道原住房已倒塌。

从方忠道及时转移到房屋倒塌仅仅间隔8小时，一起因台风可能引发的人员伤亡事件，在乡、村两级防汛责任人的尽职履责下得以幸免。这则故事，便是2018年浙江基层防汛防台风体系发挥有力作用的一个典型实例。

防汛防台风工作基础在基层，主体是群众，特别是乡镇、村一级如何发挥好组织的作用，切实做到"乡自为战、村自为战"。这是习近平同志当年在浙江的嘱托，一直深深地嵌入浙江防汛防台风实践之中。围绕"不死人、少伤人、少损失"这一防汛防台风总目标，浙江人始终抓早抓实防汛防台工作，不断摸索建立起一张覆盖城乡的安全网。在浙江，针对任何一场台风，各级党委、政府都高度警惕，做最坏的打算，做最充分的准备。

全面开展基层防汛防台风体系建设，这是浙江防汛防台的工作特色。按照"网格化、清单式"管理，定格、定人、定责和"纵向到底、横向到边、不留死角"的要求，近年来，浙江各地对自然村、居民区、企事业单位及各类危险区、保护对象等责任网格重新进行了梳理、核对，更新了各乡（镇、街道）、村（社区）30余万名基层防汛责任人和近25万个危险点、96万余名受影响人员的信息。以乡（镇、街道）为单位，以村（社区）防汛防台风工作组为单元，以自然村、企事业单位等责任区为网格的基层防汛防台风组织体系业已完善。

2018年汛期，依靠这张不断成长的安全网，浙江交上了一张优异的防汛防台成绩单：经历多达8个台风的接连考验，无一人因洪涝台风灾害伤亡，直接经济损失仅为近15年平均值的10%，为2003年以来最少……

2019年春节过后，一支装备齐全的志愿消防队伍在龙泉市八都镇一村、四村组建，这是该市深入开展"农村火灾防控三年行动计划"，密织农村消防平安网络，确保农村生产、生活基本消防安全的一大举措。把农村消防安全提升工程纳入2018年十件民生实事之一，发挥乡村民间消防保障能力，开启农村消防安全新格局，这一惠民行动自然得到了群众的广泛认可和积极配合。

一支支消防志愿队伍建成到位，一个个室外消火栓扎根乡村，一批批木结构老旧房屋电气线路改造完成，一枚枚先进的独立烟感报警器相继投入使用……龙泉市农村基层的消防面貌焕然一新，村民消防意识不断增强，抗御火灾的综合能力全力提升，平安幸福感明显增强。

"工作开展得好不好，群众最有发言权；农村火灾防控改造扎实不扎实，群众感受最深切。"龙泉市消防大队负责人如是说。针对农村木结构老旧房屋较多的现状，消防部门主动实施电气线路改造，完成了数千户农村木结构老旧房屋独立烟感报警器的安装，在各行政村设置消防设施和消防水源，还为广大农村群众科普了一连串的消防安全知识，农村消防安全"防火墙"愈见稳固。

在湖州市长兴县夹浦镇，同样有一支消防综合应急救援队。除了扑灭农房火灾、厂房火灾等，在社会救援、防火巡查、宣传培训等方面，他们也是重要力量，当地的老百姓称救援队是"家门口的消防队"。

夹浦镇是轻纺印染大镇，轻纺印染是长兴县的支柱产业之一。随着改革开放的深入和招商引资力度的不断加大，夹浦愈发成为投资热土。但在繁荣的背后，夹浦镇派出所所长陈健坦言，每年夹浦镇发生的火灾事故数在长兴所有乡镇中也是最多的，加上产业结构具有高危性特点，工业园区内的企业多数都曾发生过或大或小的火灾。

"本来我们夹浦10家规模以上企业准备出资购置一辆消防车，没想到政府比我们先走一步，直接建起了消防队，有了这支队伍，我们放心多了！"夹浦镇建起了消防综合应急救援队，让诚鑫纺织印染有限公司老总王利春十分高兴。

2016年2月26日下午，正在企业进行消防知识宣传的队员们接到出警指令，夹浦镇环沉村一废品收购点发生火灾。队员们迅速赶往现场，路上只花了短短3分钟。现场浓烟滚滚、火光冲天、火苗四蹿，嚣张的火焰已蹿出两三米高，周边堆放了许多可燃物，凶猛的火势还在向四周民房蔓延。代理队长雷强命令队员分为3个战斗小组进行扑救：第一战斗小组出两支水枪从正面直攻火点；第二战斗小组一人出一支水枪占据有利位置，控制火势，防止火势向周围邻房蔓延；其余人员在做好供水的同时负责疏散四周围观群众进行现场警戒。在长兴县消防大队到场前，火势已被基本控制。20分钟后，在救援队和消防官兵奋力扑救下，明火被成功扑灭，火灾损失降到了最低限度。

如今，整个长兴县共有类似夹浦镇消防综合应急救援队那样的消防救援队伍5支，高效、快捷的消防专业应急救援网络基本形成，确保消防专业应急力量能在15分钟内到达灾害现场处置。

六成火灾发生在乡镇，这是浙江消防形势的一大特点。针对全省乡镇火灾频发，占火灾总量比例高的现状，浙江省进一步加强乡镇专职消防队建设，避免小火酿成大灾。"建立乡镇专职消防队和农村志愿消防队后，就能在火灾初期起到较好的灭火作用，起到'救早、灭小'的效果。"省消防总队有关负责人说，浙江省同时坚持"职业化、专业化、社会化"发展理念，从提高专职消防队待遇等方面入手，让专职消防队员更加安心工作，在灭火救援中发挥更好的作用。

2004年5月，浙江省委十一届六次全会作出建设平安浙江的重大战略决策，这既对消防工作提出了新的更高的要求，也为消防事业的发展带来了新的机遇。消防工作作为建设平安浙江、维护社会和谐稳定的重要内容，坚持发展创新、与时俱进。2016年9月1日，浙江省全面实施《浙江省民宿（农家乐）治安消防管理暂行规定》，首次将民宿（农家乐）消防安全纳入管理。由此表明，浙江省的治安消防管理网已日益密匝，基层消防事业正在向纵深处推进。

2019年6月8日，在宁波市人才培训中心安全技能实训基地，一场应急救援高手技能大比拼正在举行。参赛的选手既有来自专职消防救援机构的身经百战之士，也有活跃在乡镇街道的基层专职救援人员，还有一批企业专职救援队伍参赛。同时，海燕户外救援队等志愿救援力量也作为民间救援代表队上台竞技。

"相对于目前的城乡安全建设需求，我们的专业救援人才数量还有很大缺口。此前，在发生灾害后，很多社会救援队伍主动投入抢险救援，但不少救援队伍凭的往往是一腔热血，专业技能不足，因此在救援中经常心有余而力不足。"宁波市人社局有关负责人介绍这场活动的缘由。正是基于上述现状，应急救援技能比拼被推上职业技能领域的最高级赛事——"技能之星"比赛的舞台。

此前一个月，全国首届社会应急力量技能竞赛在重庆龙湾森林公园举行。在三大类12个竞赛项目中，参赛的4支浙江队均表现出色。其中：公羊会公益救援促进会获得水域类竞赛冠军，队员蒋天盛获得个人排名第一；仙居县红十字应急搜救队获得绳索竞赛的第二名；另外两支浙江队伍——富阳区狼群应急救援服务中心和永康市红十字应急救援队也均有不错的发挥。

在举行的水中翻船自救比赛中，模拟场景为洪水发生，救援人员需要采用人工划桨的方式驾驶橡皮艇前往现场，但由于水流较大及操作不当，橡皮艇翻覆。公羊会公益救援促进会的6位队员仅用41秒就完成了救援，成绩排在各队之首。"这次竞赛从一个侧面体现了这些年浙江社会应急力量的发展成果。由于经济水平较高、人民群众公益意识较强等原因，浙江的社会应急力量走在全国前列，目前全省有超过150支救援队伍，大多发展得不错，很多经验也值得向全国更多地方推广。"在现场，浙江省地震局应急救援处处长叶建青不无自豪地说。

2018年5月，浙江省气象局出台"乡村振兴气象保障服务行动计划（2018—2022年）"，明确五大重点任务、13项具体抓手，着力构建有效联动的农村气象灾害防御体系和智慧精准的气象为农服务体系。这五大气象保障服务重点任务为：围绕乡村气象防灾减灾标准化行动，全面提高农村气象灾害监测预警能力，推进气象防灾减灾标准化乡村建设；围绕"大花园"生态气象服务行动，开展生态服务型人工影响天气保障工作；围绕气象科技惠农富农行动，开展以茶叶为特色的农业品质提升气象服务，大力发展乡村旅游气象服务；围绕海洋气象保障行动，加强海洋气象监测预报能力建设；围绕农村气象防灾减灾科普行动，开展农村文化礼堂气象科普点建设，广开渠道推动气象科普进农村。

"喂，请问是气象台吗？我们田里的晚稻叶子起白点了，病恹恹的，是不是阴雨天的关系？麻烦服务人员过来看看。"一大早，嘉兴市嘉善县大云镇缪家村丰乐农技服务合作社的王四根就打电话给县气象局，说村里的晚稻出现了病情。接到电话后，农业气象服务人员立即联系县农业经济局植物保护站专家和大云镇气象协理员，"组团"下乡服务。专家们很快就查明水稻出现了稻纵卷叶螟病害。这是因为当时正值水稻易感病的生育期，连续阴雨天气使得稻纵卷叶螟的发病蔓延，需要及时喷洒农药予以防治。

病症搞清了，接着便是诊治。植物保护专家和农业气象服务人员向老王递上了农事专题分析材料和最新的《气象信息内参》，建议紧抓后期降水间隙，做好开沟排水，保持良好的土壤墒情。专家们离开时，气象协理员又专门提醒老王，应及时查看由气象台为农业大户发布的灾害天气预警短信和农技指导专题材料，时时关注最新的天气信息和专业的农技指导，科学做好晚稻田的田间管理。"天气预报准确，农技指导有方，植保服务和气象服务真是做到家了！"王四根连声称赞。

12 融入乡土，长于乡村

规划设计弱、环境卫生差、交通秩序乱、企业多是低、小、散……全省千余座小城镇一度被种种乱象纠缠着，让人感觉在这里生活，有说不尽的烦恼。然而，实施"千万工程"以来，这一切已渐渐成为历史。小城镇环境综合整治行动拉开序幕后，在全省千余座小城镇、上万个行政村，以规划设计引领、卫生乡镇创建、道乱占治理、车乱开治理、线乱拉治理和低散乱治理等六大专项行动为内容的综合整治全面展开，彻底改变了小城镇和广大乡村面临的环境问题。尤其是2016—2018年的集中整治，使得小城镇实现了华丽转身。

"人民对美好生活的向往，就是我们的奋斗目标。"小城镇环境综合整治始终坚持民生为先，将百姓的幸福感高高托起。整治过程中，各地突出强调了基础设施优先、公共服务优先、民生保障优先，按照先规划、再设计、后建设的要求，在环境卫生、市政管道、停车场所、园林绿化、公共照明、沿街建（构）筑物、集贸市场等相关整治上科学发力，补齐了民生短板。顺应城乡产业聚合、三次产业融合的新趋势，积极发展新产业新业态，培育和发展块状经济，打造乡镇产业新高地。

如今，浙江的无数个镇村迎来环境蜕变，描绘出一幅天然的画卷；产业的转型升级，使得小镇经济发展更富活力；小镇管理高效有序，种种乱象已经不再……由于实现了"街长制"全覆盖，推广了"最多跑一次"治理集成化，社会参与的可持续治理模式有效保障了小城镇和广大乡村的长效治理。让人民群众在小城镇生活得更方便、更舒心、更美好，这已不是梦想，而是现实。

完成"城"的蜕变

以规划设计引领小城镇整治和建设，全局谋划、合理定位，全域提升、全面发展、高品质打造，一座座美丽舒适、温馨和谐、焕然一新的小城镇令人眼亮。

2019年3月，2019海宁·中国家用纺织品（春季）博览会在海宁市许村镇举行。会期3天，前来参会的有5万多位客商，实现意向交易额近24亿元。与此同时，"海宁家纺杯"2019中国国际家用纺织品创意设计大赛也在这里拉开帷幕。作为中国家纺产业的重镇，小小的许村镇已然成为国内外家纺产业发展关注的焦点。

许村镇何以拥有如此强大的经济发展活力？小城镇何以拥有办大展、办大事的能力？这与许村镇独特的地理优势、科学合理的发展定位和蓄积多年的经济实力等有关，也与成功的小城镇建设和治理有关。许村镇位于杭州、上海之间，紧靠杭州市余杭区，是嘉兴市融杭发展的"桥头堡"；辖区内有高铁和多条高速公路与沪、杭两地相连。全镇传统的家纺布艺业在近几十年间发展迅速，迄今已发展成为国内首屈一指的中国布艺名镇，且仍具进一步发展之潜能。

长三角一体化进程正在加速，浙江"大湾区、大花园、大通道、大都市区"建设已经大力推进，杭州都市圈发展即将全面落地实施。面临这样的大好发展时机，许村镇该如何抢抓机遇，再次获得腾飞之力？没错，全局谋划、全域提升、全面发展、高品质打造"融杭第一城"，已成许村镇今后的发展主题。

2018年初，海宁市正式提出，要导入杭州的发展理念与规划，加快临杭的许村、长安两镇与杭州市余杭、下沙的同城化，以城市的崭新姿态融入杭州。随之，海宁市结合新一轮市域总规编制，全面导入杭州规划，把西部许村、长安两镇总面积达183平方千米的区域作为"杭州第11区"加以规划。在许村镇，以高铁站为核心，谋划打造"杭海新城"，定位接轨沪杭科创新区、拥湾发展产业高地、深度融杭品质新城。许村镇由此正式叫响"不是杭州，就在杭州"的发展口号。

一座镇，要谋求大发展，就必须敢破敢立，完成"城"的蜕变。融入杭州，不能再以镇村的形态融入、以低散乱业态融入，而必须以城市姿态、高质量的状态相融。从2018年3月起，一场以拆违为重点的"全域提升、全面发展"专项行动在许村镇展开，新一轮的小城镇整治正在重塑这座古镇。

许村镇的历史可以追溯到北宋年间。据载，宋尚书左丞相许景衡死后赐葬海宁盐官安义里，许氏家族遂定居于此，渐成村落，俗名为"许坟村"，后被称作"许村"。清乾隆年间（1736—1795年）发展成集市，民国36年（1947年）列为乙级镇。新中国成立后相继被称作许村乡、许村人民公社和许村镇。改革开放以来，许村开始大力发展集体企业和个私企业，1989年被省人民政府列为重点工业卫星镇。1992年，全国最大的被面市场——浙江许村被面装饰布市场建成开业，许村镇的发展由此进入了一个新时期。

按三星级标准建设的公厕落成；配套公共停车场投入使用；镇中路等一批"上改下"工程铺开，消灭了"空中蜘蛛网"；结合当地传统历史文化特点，沿街立面改造营造出布艺名镇的别样风情……本轮小城镇改造共完成工程项目43个，累计完成投资额3.62亿元。"这一轮的小城镇整治，以许村老镇区为核心区域。我们从拆、建、管三方面入手，全力打造品质生活，创造了小城镇整治的'许村速度'，曾经脏、乱、破的许村老集镇已不复存在。经过9个多月的克难攻坚，至2019年3月，已提前完成原定两年的整治任务。"许村镇党委书记杜莹池介绍，推进新城品质建设攻坚战、美丽乡村建设大会战、重点基础设施提升战、园区提档提质决胜战和"两违"长效管控持久战等五大战役，引领许村城乡面貌从"一处美"走向"一片美"，奔向"全域美"将是下一步的重点。

在整治过程中，许村镇始终不忘发挥规划设计的引领作用。2016年9月29日，海宁市与杭州市余杭区签订了区域战略合作开发协议，规划在许村镇西部合作开发总面积达2200亩的区块，发展定位为：推动产业互联网、时尚、电商产业的发展，建设成为省都市经济区合作开发的样板和典范。以此为契机，许村镇以项目为龙头，带动该区域的深度开发，形成以沪杭高铁、老沪杭铁路为分割线的"一心两翼"城市发展格局，打造一座融杭新城。

在融杭新城内，一条人民大道将龙渡湖区块和余杭主城区临平紧紧相连。龙渡湖区域内各高档小区、龙渡湖公园、海宁五中、万朵城、艺创中心等一批商业和其他配套设施已经建成，龙渡湖景观绿化三期工程、龙渡湖现代滨水商业街区环境景观一期工程、黄安桥港西延工程、市民公园等项目已在2019年开工。未来5年内，以高端服务产业、信息化产业为产业特色的融杭宜居新城将在此崛起。

"小城镇规划让我们明确了发展方向，也让小城镇发展显得更加有序。为承接杭州都市区高端产业转移，我们规划了'两创中心'和工业园区建设，进展顺利；为了实现家纺转型梦，我们规划了布艺小镇'艺创中心'项目，总投资8.5亿元，将以产业为核心，以艺术、创意为主线，打造家纺流行趋势发布中心、家纺时尚文化传播中心、家纺综合性人才集成中心以及软装家居产业链的集成中心。"杜莹池说，通过规划引领，开展小城镇整治，优化空间布局，依托区位优势，主动承接杭州都市区的辐射效应、带动效应和溢出效应，如是，许村经济才会获得更多的新动能。

从2016年起，根据"一加强三整治"的要求，绍兴市越城区所辖皋埠镇、陶堰镇、富盛镇、东浦街道、鉴湖街道、上蒋村、坡塘村等7个镇村，全面开展了为期3年的小城镇环境综合整治。整治行动以七大专项行动为重点，实施了越城区自选动作"五个一"标配工程，即一个小镇客厅、一个健身公园、一条美丽示范街、一条生态河道和一个主要入镇口。各个镇村结合自身规划推进"五个一"建设，小城镇整治和建设成效明显。2018年初，在上年度小城镇环境综合整治省级考核中，越城区以100%的合格率、50%的优秀率顺利通过验收，并被评为全省整治工作优秀县（市、区），其中，皋埠镇、东浦街道被评为小城镇环境综合整治行动省级样板。

坚持突出规划引领，特色与实用兼顾，是越城区小城镇整治的主要做法之一。在制订整治规划时，越城区各镇村注意处理好面子与里子、产业与环境、特色与功能、集中整治与长效管理这4对关系，既注重挖掘内涵和特色，又注重体现功能和实效；既注重环境和配套等硬件的改善，也注重管理和文化等软件的提升。7个整治规划中，东浦街道、坡塘村的整治规划被评为省级优秀规划，皋埠镇、陶堰镇等4个整治规划被评为市级优秀规划。

2016年底，东浦街道启动小城镇环境综合整治工作，首先把街道形象定位为"黄酒发祥之地，醉美水乡古镇"，以此作为规划和实施的出发点。"我们根据现有东浦的黄酒历史文化，规划设计了5条特色街，建设了面积约为8000平方米的'小镇客厅'，修建了黄酒小镇东浦片区民俗文化街区内的黄酒小镇展示馆，展示酒乡历史文化，尤其是酒乡民俗文化。"东浦街道相关负责人介绍，以"小镇治理，规划先行"为原则，街道特邀专业的设计团队来对"黄酒小镇"进行了整体、统一的设计和规划，并聘请专业的"黄酒小镇"管理团队，专项管理小城镇综合整治施工项目实施。

如今，以东浦老街为核心区块的"黄酒小镇"建设已经完成，黄酒文化、滨水风情、东浦名仕等特色街让人眼亮。走在东浦的街头，感受着焕然一新的小镇新颜，很难想象昔日的东浦各种"飞线"乱拉、环境破旧、秩序杂乱的模样。

坚持突出样板培育，示范与引领共行。2017年以来，富盛镇依托"抹茶小镇"建设，投资1.6亿元，规划建设御茶村抹茶特色园、托斯卡纳风情园和花田·美宿等重点项目。同时实施平陶公路—西上线—徐攒线沿线道路景观提升改造、诸葛仙山景区广场提升改造工程，全力打造环镇抹茶景观带。一条全长26千米的环线景观带把御茶村、由由嘉园、托斯卡纳风情园、上旺岩里、诸葛仙山等镇内主要景点有效串联，全面提升特色小镇视觉形象效果。

皋埠镇启动小城镇环境综合整治以来，对集镇区域内的6个城中村开展"围剿战"，累计拆除违章建筑30万平方米，为下一步发展腾出了

1250亩的发展用地。他们请来专业团队进行整体规划，在镇域中心2平方千米范围内，组织实施了60个环境综合整治项目，提出了"美丽银皋埠、活力新东城"的整治定位。通过立面改造、管线入地、雨污分流改造、市政设施提升、停车场配建、智能设施安装、美化亮化改造等项目的实施，皋埠的美丽、智慧、文明元素得以充分展现。

陶堰镇综合运用彩色稻田、百家湖等水乡元素，打造"东鉴湖、水陶堰"风情的美丽入镇口；坡塘村通过拆除老街两侧违建营业房，启动江南民居特色的整体立面改造；鉴湖街道整治"一河"（生态河道）、"两区"（健身公园、小镇客厅）、"两街"（文教风情—鉴湖大道、休闲风情—栖凫路）、"两点"（北入口、南入口）……各个镇街都有自己的拿手好戏，都有足以炫人的亮眼风景。

"稽山罢雾郁嵯峨，镜水无风也自波。莫言春度芳菲尽，别有中流采芰荷。"由于始终突出生态城市建设理念，以规划引领小城镇整治高起点、高标准、高品位推进，展现厚重的历史和人文情怀，并把整治工作融入小城市培育的大格局，越城区的小城镇整治走出了新路子。

佛堂小镇故事多

集聚各方社会力量，同心共向、勠力攻坚，除"乱"、治"堵"、促"疏"，"道乱占""车乱开""线乱拉"之类的乱象逐渐消除，每座小城镇都是那么的美丽宜居。

佛堂镇城管中队长傅月娥，据说还是这里首支女子城管队的负责人，这引起了笔者的关注。笔者不禁好奇地问："为什么要建立女子城管队？"

傅月娥笑嘻嘻的，她说当时对小城镇环境综合整治的提法，不少人有疑虑，觉得难把握，还怕被人说搞整治是做形象工程。"如果说解决车乱开、道乱占、摊乱设、线乱拉、垃圾乱倒等百姓深恶痛绝的突出问题是形象工程，那我们就理直气壮地去做这个'形象'。我相信，把这些'形象'真正做好了，就会变为一个民心工程、德政工程。城镇管理一方面要有很强的专业性，又要有扎实的作风，敢打、善打、能打硬仗，要有一支高素质铁军队伍抓好落实，走在前列、勇当标尖。"

为何要建立巾帼城管队？到这个时候，傅月娥才实话实说，"往年，面对一些'刚性事件'，男队员管理劝导时，常常吃到'闭门羹'。我们这支女子城管队通过'柔性管理'，劝阻不文明行为，商家和游客全都主动配合。女子城管队，在文明执法、微笑服务等方面发挥优势，秉承柔性执法理念，既提高了佛堂镇文明城市建设水平，本身又成了佛堂景区的靓丽风景线。"

傅月娥的话一下把人逗乐了，后来笔者还曾尾随这支巾帼城管队执法，眼见为实。6个女孩子，排成笔直的一列，头戴黑色贝雷帽，身着统一服装，外形高挑靓丽，丝毫不输T台模特。她们巡视整条老街，文明劝导街上占道经营商户，帮助店主撤除占道经营的物品，还为游客提供咨询服务等，所经之处，经常可以听到她们一句句温馨的提醒。一名游客和10岁的女儿走散，着急地向女子城管队队员求助。队员们迅速反应，很快解决问题，赢得了游客的赞美……

看来，佛堂小城镇的环境综合整治没有停留在浅表层，而是向实处深处突破了。

"佛堂镇面积134平方千米，户籍人口8万多，常住人口超过了20万。原来随着经济红利和集聚效应不断放大，尤其外来人口大量涌入，日均车流在3万辆以上，佛堂镇的资源环境已不堪重负，本该美丽安宁的小城镇遭遇到了脏、乱、差的集镇病。"佛堂镇党委书记吴贵伦介绍。

于是，自2016年10月开展环境综合整治以来，佛堂以壮士断腕的决心，快、狠、准打响"五大攻坚战"，吴贵伦将其总结为拆、改、建、管、用"五字经"。

首先，"拆"字当头，以拆开道。这个拆，可不是盲目乱拆，而是建立在城镇承载与引导能级提升的基础上，通过梳理城镇肌理，把城镇建设与发展的空间从过去粗放型、放任型、数量型，转向精细化、集约化、品质化。2017年，小城镇整治行动初期，佛堂镇规划启动了江滨一期、江滨二期等六大老旧区块的拆建改造。

最典型的是佛堂老工业区江滨一期区块。这是一个形成于20世纪90年代初期的工业开发区，总面积124亩，集聚着300多家企业。这些企业大多生产工艺不先进、生产效率也不高，而且，由于污水处理、水电管网等基础设施落后，废水处理存在较多难题。另一方面，近年来随着镇区面积不断扩大，它几乎已经被各类新生区域包围。对这个有着"江南名镇数佛堂"之誉的现代化城镇，这样一个"低散乱王国"简直就像个毒瘤。

于是，佛堂镇借助小城镇整治行动契机，于2017年启动了江滨一期区块原老工业园区的拆迁工作。这里的300余家企业合理转移一批、整合入园一批、关停淘汰一批，实现规范管理。搬入小微产业园的企业，依靠专业的厂房、设备和专门的污水处理中心，大幅节省了污染处理成本，企业经营蒸蒸日上。

叶荣伟经营着一家纸盒厂。20世纪90年代工业开发区启动初期，他在区内受让了4.5亩土地，成为佛堂镇工业开发区最早的投资者。当时由于缺乏经验，建造的厂房是早期流行的砖混加人字架结构单层厂房，土地利用率低，而且供水、排水、供热等设施也落后。随着厂子里生意越来越好，叶荣伟说："我非常期待拆除重建。但是，整个江滨一期连成一片，共有70多宗工业用地，我们一家一户无法开展拆除重建。现在，党委、政府统一规划，机会来了。"

叶荣伟带头签字拆除了老旧的厂房。在新的工业区，政府配备了统一的供热系统，标准厂房整洁明亮。叶荣伟告诉笔者，"新的厂房是2017年底移入启用的。厂房脱胎换骨了，我还更新了设备，提高了自动化生产程度。过去在老厂区，在那样的环境里，我的客户来厂里参观，我都不好意思。如果是外商，我都千方百计不让他们到厂里来。现在，我大大方方陪他们逛。厂房形象好，我信心十足。"。

提起江滨一期拆建改造，浙江省特聘专家、2012年入选国家"千人计划"的郭振荣最为兴奋："我终于有了更广阔的平台！"他说："原先我们的厂房是租的，现在，我们搬了新'家'，有了属于自己的厂房，有了自己的平台。"2017年底，佛堂镇在佛堂工业区给他的公司提供了50亩土地。

郭振荣是江苏无锡人，2001年复旦大学高分子系研究生毕业，2005年获美国威廉玛丽学院应用科学系博士学位，曾在美国从事纺织数码印花技术研究及产品开发。2010年底，他租了佛堂镇江滨一期厂房，创办了浙江蓝宇数码科技有限公司，为十字绣、箱包、泳衣、内衣、墙布、纺织等众多行业产品提供高科技服务。

这些年来，他公司的业务量每年以20%～30%的速度增长，年销售额达到了一亿元。但是，义乌土地供应十分紧张，佛堂土地供应更紧张。浙江蓝宇数码科技有限公司只能"螺蛳壳里做道场"。

现在，有了新的平台，郭振荣做起了更宏伟的梦想：打造一个"数码印花王国"。他介绍说，传统印花不但污染严重，且对面料的限制很大，而他主导研发的400多种墨水，适合化纤、棉、丝绸等不同的材料。他说："数码印花不需要制版，通过电脑制图，再打印到面料上，具有小批量、多品种、多花色、低成本、绿色环保等特点。可以形成从一滴墨水到设备、成品等一条产业链生产。"

江滨一期区块的地理位置十分特殊，是金华方向进入义乌市的入口，可谓是门户。佛堂镇统一规划，将一期区块统一规划为佛堂镇新的商业、休闲、娱乐中心，从而提升城镇能级，也让门户靓丽起来。这里的124亩土地顿时成为香饽饽，最终被宝龙集团"抢"走，成为该集团投资开发项目中唯一在城镇级地域的项目。

就这样，佛堂以城镇有机更新为手段，想清楚、干到底。6个区块开展大拆大整，为佛堂的未来发展腾挪出一大片新空间。

讲起"改"，不能不说佛堂大道。这条大道以前被称为"稠佛路"，是义乌主城区稠城通往佛堂、赤岸的主干道，也是义乌通往金华的过境道路。该路建成于20世纪90年代中期，在当年，这条路的建设的确已经高标准高等级，可谓标杆。

然而，20多年过去了，道路两旁的绿化景观、路灯设施、交通标识等，都已经不适应佛堂小城市能级增长的要求，更不用说适应金华—义乌都市区建设的要求。还是以小城镇环境综合整治为契机，佛堂围绕新型城镇建设要求，坚持"精品示范""标杆引领"要求，统筹提升城市整体环境，目标是将这条道路打造成佛堂的"迎宾大道"，为义乌市穿镇公路改造提供示范样板。该工程改造道路全长3000多米，包括道路拓宽、非机动车道建设和排水管道、绿化工程、公交站点、道路照明、监控系统以及交通标志标线等附属工程。项目于2017年5月底开始实施，2018年春节前完工通车。项目完工后，极大地提升了交通通行能力，进一步连接了佛堂镇南、北两大区块，沟通义南工业区与佛堂镇区，实现了区域融合……

我们边走边看，马路上车水马龙，人声潮杂。《义乌商报》记者方星梁欣喜地对笔者说："佛堂大道精品工程已经实现了城市道路向城市空间的转化，突破以往传统思路，统筹谋划，注重建设、管理、整治三位一体，让交通更便捷、基础设施更完善，品质大幅提升。"

吴贵伦说：要按照规划拆，该拆的不拆是不担当、不作为，不该拆的拆了就会成为历史的罪人。要坚决拆除违法建筑，拆除破破烂烂。马铃薯再打扮还是土豆，违法建筑再涂脂抹粉还是违法建筑。千万不能通过这次整治把违法建筑合法化了，否则，既违背了法治，又失去了公平、失去了民心。违法建筑和破破烂烂形成有其历史原因，但是这里隐藏的是落后的生产力、群众的不满意、基层工作的不落实。为什么佛堂拆违改建势如破竹？这是因为它占领了道德高地、法治高地、人民利益的高地。一个历史阶段有一个历史阶段的任务。当年村村点火、户户冒烟发展经济，解决的是温饱这个主要问题，是那个阶段的历史任务。今天富裕起来的百姓盼望更富，同时，也更关注水、空气和居住环境。我们的任务就是要积极回应百姓的期盼，解决当前的主要矛盾。

正在我们听得津津有味时，有一个人跑进来，俯到吴书记耳边不知说了什么。吴书记抬头对我们连连说："对不起，我现在有急事要处理。"

望着吴书记匆忙离去的身影，笔者更深切地理解了中国基层乡镇干部的工作状态和精气神。吴贵伦书记的"五字经"，笔者理解为：这既是科学的世界观，帮助我们正确认识小城镇发展的阶段性特点和规律；又是科学的方法论，指导我们抓住关键问题，釜底抽薪，推动经济社会转型发展，干在实处走在前列。

拆掉"低散乱"，"腾笼换鸟"新业态。在提升原有工业企业能级的同时，佛堂还建造了文创产业梦工厂、时尚产业园等多个产业创新综合体，年总税收千万元以上的企业也从原来的4家增加到了10家。素有"千年古镇、清风商埠"美誉的佛堂在大规模环境整治后，还把古镇保护工作作为发展第三产业的抓手，文化旅游产业已具相当规模，成为一大发展亮点。2017年，佛堂被列入中国第二批特色小镇。

"东西水栅市声闹，小镇千家抱水圆。"初春的佛堂古镇，人商两旺，火热依旧。关于佛堂的未来，熟稔"勤耕好学、刚正勇为、诚信包容"12字义乌精神的佛堂人，有了更多自信和期待。

一镇一品特色强

花大力气治理工业化生态环境，有序发展块状行业，重新唤回青山绿水。

作为中国经济最活跃的省份之一，浙江发达的乡镇企业，曾是推动经济发展的强大动力。然而，当年在谋求发展时，因为急于丢掉"穷帽子"，于是"村村点火、户户冒烟"，散乱的小企业一哄而上，尽管短期内促进了工业化、市场化、城镇化，使得经济发展水平跃居全国前列，但也留下了诸多弊端。电镀、造纸、印染、制革、化工、铅蓄电池等重污染高耗能产业，都曾是浙江乡镇的龙头产业，不少企业还以低、小、散的形式存在着，在小城镇尤为常见。由于环保一时没有跟上，乡村和小城镇的水脏了、山秃了，垃圾成堆，农村环境问题严峻，百姓健康受到威胁。

花大力气治理工业化生态环境，在有序发展块状行业的同时，开展清除低、小、散企业专项行动，重点整治小城镇环境，重新唤回青山绿水，正是当初实施"千万工程"的主要缘起之一。

淳安县姜家镇的"十里水果长廊"迎来了又一群采摘客，他们是冲着"千岛方盛有机猕猴桃采摘节"而来的：观看有机猕猴桃生长环境、入园采摘、品猕猴桃酒、看果园演出……不时，欢声笑语在这个600亩面积的猕猴桃园上空飘荡。

在现场，该"十里水果长廊"的园主方建胜正忙个不停。"没想到大家如此认可有机产品的品质！我们是国家级和省级农业龙头企业，园内产品直销大超市，采摘游也搞得不错，不少产品还通过网络销往北京、上海等地，年产值已近1000万元。"

这只是淳安县进一步调整经济发展战略，打造"康美千岛湖"项目，并取得成效的一个镜头。这个项目的建设，是为实现"秀水富民"，抓手是推进康美产业发展。"度假千岛湖""有机千岛湖""养生千岛湖""智造千岛湖"和"创意千岛湖"，这5个康美产业品牌的精心打造，将是淳安今后一个时期振兴地域经济的重中之重。

彻底摒弃低、小、散，通过小城镇整治，集中精力抓好生态农业、观光农业和康美农业，淳安县深入实施"千万工程"的目标任务十分明确。2017年1月，淳安县成功获得了国家有机产品认证示范区称号，成为全省第三个有机产品认证示范区。同时，淳安县重点启动了"百源经济"工程，以境内百条溪源为依托，把"源"打造成农村产业发展的新平台和有机产品的"孵化池"，为"有机千岛湖"建设提供了源源活力。至2017年9月，淳安县有机产品基地总面积63万亩，年产值5亿余元，有机企业认证数67家，认证证书88张，认证证书数量占杭州地区40%以上，占全省10%以上，是杭州地区有机认证数量最多、产值最高、面积最大、产业最全的县。

淳安县向来尊重小城镇的各自个性，鼓励小城镇打造各自品牌，形成各自特色。如今，石林港湾小镇入选国家体育总局首批运动休闲特色小镇试点，姜家乐水小镇列入省第三批特色小镇创建序列，文化大观园、大白鲸主题乐园、玉郎文创园等项目开工建设，伯瑞特酒店、西坡千岛湖精品民宿、生态放流基地、安阳国家登山健身步道等项目建成开放，已建成的325千米环湖、城市和乡村绿道，串联了沿线26个景区景点、5个风情小镇、近百个现代农业采摘园、数十家精品民宿民居、200余家宾馆饭店和数百家民宿农家乐。

关闭小企业，腾出大空间。在淳安，投资30亿元的修正健康产业园已成功签约落地，阳光大厦总部经济园启动运营，微贷网、吉利康迪电动汽车研究院、天天快递、中南影视等总部运营状况良好，百源经济10条县级示范源建设进入实质性建设阶段，省级农产品质量安全追溯体系建设高分通过验收，成功举办中国浙西中药材交易博览会等品牌宣传和农事节庆活动，茶叶、水果、中药材等产业效益明显提升……5个产业品牌互促互融，已经在县域内"全面开花"。

无污染、资源型、高科技、小空间、大产出。"千万工程"中的小城镇环境综合整治已让淳安人尝到了甜头。根据淳安县康美产业发展规划，以生态、绿色为特征的康美产业将真正成为富民强县的主支撑。

以凸显山区特征、畲族特性和乡愁特味为目标，专门成立特色文化打造专项组，在19个小城镇建立驻镇规划师，指导各乡镇从本地风俗、生活习惯中挖掘文化符号和文化素材，着力打造有记忆的街区、有故事的小镇，推动文化与旅游产业融合发展……在实施"千万工程"小城镇整治活动中，景宁畲族自治县在不断加大低、小、散企业整治专项行动力度的同时，突出特色打造，彰显一镇一品，小城镇块状经济得以健康有序地发展。

大均乡围绕"千年山哈·和美大均"主题，创建畲族文化创意产业街区，擦亮全域旅游"畲"字招牌，那些有损生态环境的小作坊、小企业一律关停并转。

大漈乡做足"初心"和"情怀"文章，修复历史古建筑古民居，全力彰显"宋韵古风"特色，守住美丽乡愁。

而在素有"桥乡"之称的东坑镇，以"保护中开发，开发中保护"为理念，全面加强古建筑、古廊桥保护和修复，翻修、加固国宝级古廊桥12座（次）。在做好保护的基础上，深挖廊桥、爱情、民族等特色文化，建成廊桥文化带、廊桥文化公园、"廊桥驿梦"等项目，朝着开放式的廊桥博物馆方向迈进，以此振兴地域经济。

通过小城镇整治，各个乡镇都有了自己发展经济的"拳头产品""带头行业"，畲乡小城镇的山区特征、畲族特性和乡愁特味更加凸显，城镇秩序实现常态化管理，建设和美家园、打造民族风情特色园的蓝图正在一步步化为现实。

同属丽水山区县的云和，小城镇整治成果则体现在该县形成了"六镇六景"、各具特色的发展格局。在特色规划引领下，整治交通乱象、"赤膊墙"、"蓝色屋面"和低、小、散企业等各项行动进展顺利，小烟囱、小作坊、小厂房等散乱的小企业被拆除，符合当地发展实际的行业，以工业园区的形式，把相关企业集中在一起，既便于排污处理，更便于抱团发展。这其中，发展乡村旅游经济无疑是出"重头戏"。为了不造成乡镇之间的发展项目重复上马、无序竞争，导致优势互相抵消，云和县有关部门科学合理地协调、安排、调整各乡镇的特色经济项目，既互有联系，又各有个性，以此形成各个行业块状。

崇头镇以云和梯田创AAAAA级景区为总抓手，以全球梯田发展与保护联盟为依托，大力发展梯田观光游、山野探险游和农耕体验游，突出农耕故事，打造"梯田农耕小镇"；石塘镇唤醒瓯江记忆，突出渔村故事，打造"帆影渔歌小镇"；紧水滩镇发展生态云湖游，突出仙宫故事，打造"仙宫金水小镇"。

在赤石乡赤石村，上千种玫瑰月季遍地开，引得八方游客驻足观赏。已有越来越多的人知道了这座"爱情圣岛·玫瑰小镇"。如今，上万株玫瑰月季点缀了这个浪漫婚纱风景线，已是AAA级景区村的小村处处体现爱情元素，成为年轻人向往的美丽婚纱摄影基地。仅2017年国庆期间，该村就接待游客1万多人次，农家乐接待食宿游客7000多人，旅游总收入100多万元。

"胜日寻芳泗水滨，无边光景一时新。等闲识得东风面，万紫千红总是春。"有人认为，朱熹这首家喻户晓的《春日》，写的就是丽水的景色。姑且不论此诗究竟写的是哪里，但诗中所描绘的山水景致的确与江南的秀山丽水有着诸多神似，尤为当今之美景。是的，坚持全域统筹与注重个性差异并举，按照"一镇一景"规划综合整治小城镇环境，以此作为绿水青山向金山银山转换的重要通道、"千万工程"实施的重要环节，"浮云野鹤悠闲境，绿水青山香渺间"的"丽水大花园"建设轮廓初现。

13　令城里人羡慕的农村新社区

"绿桑高下映平川，赛罢田神笑语喧。林外鸣鸠春雨歇，屋头初日杏花繁。"这是一幅清丽迷人的春天乡村图景，绿油油的桑树丛正在一片平畴里生长，祭祀田神的赛会之后，人们笑语喧哗。春雨停了，树林外斑鸠鸣叫。屋边，初升的太阳照着，杏花开得正繁盛。欧阳修这一首梦境般的田园诗，寄寓的无疑是古人一份朴素而真挚的向往。

2010年，浙江省委、省政府发出《关于加快培育建设中心村的若干意见》，在全省范围内深入开展农村土地综合整治、合理调整村庄土地利用结构和空间布局，科学安排农业生产、农民生活和农村基础设施建设等各类用地，加快建设农民集中居住区，逐步减缩自然村点数量，力争到2012年培育建设1200个中心村，2013年至2020年每年按县（市）域总体规划确定的中心村总量的10%进行培育建设。从此，在"千万工程"整体框架下，结合农村土地综合整治、农民异地搬迁工作，采取村庄搬迁、宅基地互换置换、经济补偿等办法，中心村培育和建设全面展开，全省建制村数量从21世纪初的3.5万个减少到目前的2.7万个，占建制镇总数30%的中心镇集聚了50%以上的城镇人口，占建制村总数12%的中心村居住了28%的农村人口。

当然不是简单的撤并和集中，在实施进程中，全省各地党员干部和广大群众群策群力、发挥各类资源优势，以打造美丽家园、"强村富民"为宗旨，大胆探索和有效运用各种方法措施，依法调整和完善县（市）域村庄布局规划，形成县城、中心镇、一般乡镇、中心村、一般村、特色自然村相结合，重点突出、梯次合理、特色鲜明、相互衔接的村庄布局规划体系，建成了一批环境整洁、服务完善、管理有序、文明和谐的农村新型社区。村庄，不再是零散、偏僻、落后的代名词，"温馨""富足""便捷"等词语已无法概括我们的村庄之魅。

新型农村社区的变革

缩减自然村、拆除"空心村"、改造城中村、搬迁高山村、保护文化村、培育中心村，完善居住点基础设施配套，一座座宜居的农村新社区，让住在农村比住在城里更具吸引力。

"整个浙江省，陆域面积只有10万多平方千米，却有着4万个行政村，还有更大数量的自然村。有的行政村只有两三百户人家，七八百位村民。有的自然村就更小了，一个行政村有好几个甚至十来个自然村。在有的村里，不少村民早已进城，农居房闲置不用，年久失修快要倒塌。真正住在农村务农的人数已大大减少，只有以往的1/3，有的还更少。那么，我们还需要那么多村庄吗？村庄过于分散，究竟会带来哪些弊端，该如何调整？"在浙江省农业和农村工作领导小组办公室，时任副主任余振波回忆，上述这些问题很早就被提出来，并在他的同事之间，在省级相关决策部门反复讨论。

的确，村庄布局如此分散，各项公共服务怎么进得去？而公共服务进不去，农民的生活品质又怎么提高？余振波回忆，在广大浙江农村，随着经济不断发展，农民对生活品质的要求越来越高，这些问题迫切需要破解。

最有效的破解之法，是对村镇进行重新规划布局，该撤并的撤并，该搬迁的搬迁，打造农村新社区；同时，也要对农房实施改造，提高其质量，使之符合当今农民品质生活所需。

这自然是最理想的做法。可是，设想是好的，实现起来并不容易。一是因为浙江各地社会经济发展和自然条件差异较大，村庄的撤并搬迁必须考虑各地实情，不能搞"一刀切"；二是工作量大，任务繁重，且涉及方方面面，需要协调处置；三是此事尚无前例可援，浙江想先行先试，只能边干边摸索，同时又因事关重大，只能成功不能失败。

就在"千万工程"第一次现场会上，省领导和相关部门负责人就吸收多方意见，提出在实施"千万工程"、建设农村新社区时，既不搞大拆大建，也不搞"一刀切"，强调规划引领，分类指导；因地制宜，量力而行。经过调研、论证，尤其是对浙江当前农村的几种情况进行摸排后，提出了"缩减自然村、拆除"空心村"、改造城中村、搬迁高山村、保护文化村、培育中心村"的思路，对村镇布局进行优化。这一思路后来就成为"千万工程"农村新社区建设的基本目标和衡量标准。

很快，由省农办等单位牵头，在全省范围内确定了200个中心镇、4000个中心村、1.6万个保留村和971个历史文化村落，以形成一个比较科学的城乡空间布局规划。

在这个规划中，对中心村、一般村、城中村、城郊村等还提出了建设要求，即：对于中心村，主要是建设"五位一体"的公共服务中心，集聚人口，辐射周边；对于一般村，主要实行环境整治，改善村容村貌；城中村、城郊村则要推进"三改一拆"，将其改造成为城市新社区；对于高山偏远村、"空心村"，主要实行异地搬迁，搬到县城或者中心镇；对于历史文化村落，则实行保护修建，力求将历史古迹和村庄环境融为一体。

这一规划的最亮眼之处，是实事求是、因地制宜、分类实施，是强化中心村培育和人口集聚，是保证农村社区整治的科学推进。

一幢幢联排房和公寓房整齐漂亮，道路宽敞、绿化带嵌入其中；建筑结构坚固、形制大气、采光充足；整个小区布局合理、融入城市和田园气息，不远处还有一口水井，那可是从前留下来的取水处，能让人回忆起乡愁……海宁市斜桥镇华丰村是嘉兴市第一批上报的省级重点培育中心村，2011年11月即已顺利通过省级验收。它的一条有效做法，就是把周边的几个自然村予以撤并，统一集聚至某个村，并培育其成为中心村。

"在中心村建设过程中，在市和镇有关部门帮助下，华丰村积极营造创建氛围，合理规划，突出重点，把原有人口近4000人、居住在28个自然村里的村民，通过农房改造，集聚到一个居住点上，改善了村民的居住环境。"斜桥镇华丰村党委书记朱张金介绍，由于集聚政策合理、配套设施齐全、公共服务很快跟上，且尽量不给村民带来经济负担，村民们搬迁的积极性很高，首轮农居房改造时，签约率就达到了95.8%，周边的村庄都很羡慕华丰村。

在海宁，不仅是华丰村，盐官镇桃园村、红友村，马桥街道先锋村，许村镇南联村等省级重点培育中心村，都采用了"人口集中、产业集聚、要素集约、功能集成"的方法措施，完善居住点基础设施配套建设，提升环境综合整治，完善公共服务体系和健全民主管理模式，达到了示范性城乡一体新社区（中心村）的要求。最重要的是，广大村民的生活品质得到有力提升，高水平全面小康建设得到了实质性进展。

当然，农村新社区建设不能操之过急，更不能简单草率，倾听百姓呼声、尊重百姓意见建议十分重要。本来就是为群众谋利益的，那就更应该贯彻"从群众中来，到群众中去"的方针，把工作的出发点和落脚点都放在"群众"这两字之上。

宁波市鄞州区地域经济发达，广大村民的文明素质高，对品质生活有着自觉追求，这使得旧村改造、新村建设具备了必要的基础和可能。然而，鄞州区并没有盲目地全面铺开，对各乡镇街道的农居房改造也不列入年度考核内容，只是确定了这项工作的5年目标。每年年底，各乡镇街道上报改造计划，由鄞州区新村建设办公室统一协调。不符合规划的不批，农户只要有一户不签字同意，改造方案也就不予通过。

事实上，早在2006年，鄞州区就出台过《旧村改造新村建设暂行办法》，首次就此项工作所涉及的内容、目的、实质、主体等做出界定，确立了"尊重民意、维护民利、依靠民资、强化民管"的"四民"原则，这一办法在"千万工程"农村新社区建设过程中得以继续推行，并逐步完善。

"在鄞州区，政府和农民之间职责定位十分清楚。政府管的是规划引领、指导服务和监督管理，要求新村建设中的选址、土地使用、购买主体必须符合有关规定，而具体操作过程中的一系列问题，如改不改、怎么改、选择何种房屋套型等，则由村民自己决定。"时任鄞州区新村建设办公室主任钱孝平介绍，在改造资金的投入上，政府负责水电、道路、电信等基础设施建设，其他由村集体和村民共同解决。如果改造中有土地指标结余，则由政府挂牌出让，出让金全额返还村里，作为旧村改造资金。

这样的办法使得鄞州区的旧村改造、新村建设走上了良性循环的轨道。经过多年摸索，鄞州区因地制宜，形成了全村拆建、整体改建、异地新建和安居保障4种模式。区内有56个村采用了全村拆建方式，形成了一批都市型村庄；42个村采用整体改建方式，注重自然风貌的保护和特色民风民俗的传承。至2016年，农村新社区建设工作初步告一段落之时，全区已有近1/3的农居房完成了改造，改造面积达1200多万平方米，约80%的农村地区赶上了城市发展的步伐。

在鄞州区龙观乡李岙村，一片崭新的浙派民居群出现在山沟沟里，一律三层的联排住宅整齐铺陈，深灰的瓦片、浅黄的墙面，颇具民族风的飞檐翘角和雕花窗格，显得十分精细雅致。与鄞州区别的地方不同，处在四明山浙东革命老区里的李岙村，集体经济较为薄弱，村民主要以种植桂树为生，也并不很富裕。那么，这些新房又是怎么建起来的呢？

"是的，如果按照成本计算，建一幢210平方米左右的房屋，至少要四五十万元，但因为采用了'四统一联'方式，建房成本压缩到了20来万元，再加上区里下拨的拆迁与装修补贴约10万元，每户村民建房实际要掏的钱也就10万元出头。"李岙村党支部书记洪国年介绍，"四统一联"方法就是全村实施联户自建的方式，采用统一规划、统一拆迁、统一配套和实施统一管理的方式，对自建工程实施公开招标，由村民自主决定中标单位和房形设计，各项配套设施也由村里统一管理实施。这种方式可以略过一些不必要的中间环节，既能保证房屋的基本质量，亦省下了一笔不小的建房开支。

新社区的建设过程中，李岙村还引入了光伏发电项目。除去政府补贴外，村集体逐步拿出360多万元用于建设光伏发电项目。"村民盖房子本来也是要购买砖瓦的，现在用光伏板替代了这部分瓦片，从某种程度上说，也节省了盖房成本。"洪国年认为，农村新社区建设同时还是一个发展村级经济的好时机，若能借着农居房改造的东风，把村民们逐步引导到发展绿色生态农业上来，那就太好了，"在山上种桂花、卖桂树，经济效益毕竟太低了"。

不得不提的是，鄞州区所确立的"尊重民意、维护民利、依靠民资、强化民管"的"四民原则"，在农居房改造、新社区建设过程中，还极大地激发了村民们参与村务的积极性和智慧。在人口集聚、新社区建设的具体操作过程中，如何择地建新村，如何确定旧房补偿和新房购置标准，选择何种改造模式、请谁规划、让谁施工、由谁质检等，都由村民自行决定。为此，改造之前，村里专门召开了一次特别的村民代表大会，还请来几位专业的规划师，与大家共同商讨新村的建设方案。

金红芬是年逾六旬的李岙村村民。通过各种途径，她明白了人口集聚、农居房改造、新社区建设的必要性，也理解了村庄规划、新房设计、公共服务配套的重要性以及村民参与村务的方式，参与热情越发高涨。在村民代表大会上，不善言辞的金红芬头一次主动表达了对于未来村庄的构想，比如村里的道路要像城里那样平整，家门口最好能种些花草和蔬菜，尊重农民的耕种习惯，等等，得到了其他村民的认同。村民代表大会上气氛热烈，七嘴八舌的众人，在认识上高度一致：我们自己的新家园，必须多花点心思把它建设好。

数字显示，2010年以来，浙江坚持规划引领，城乡一体编制村庄布局规划，形成了以"中心城市—县城—中心镇—中心村"为骨架的城乡空间布局体系。至2016年，先后开展6批259个重点村、1284个一般村的保护利用。在项目实施过程中，结合农村土地综合整治、农民异地搬迁，引导撤并村、小型村农民向中心镇中心村集聚，加快村庄整治建设由治脏治乱向合理布局转变，所有省重点培育示范中心村项目已全部通过验收，成绩不俗。

集聚的力量

推动资源要素向农村特别是中心村配置，促进城乡融合，延伸下沉公共服务，让乡村更宜居，让农村的生活便利、服务周全堪比城区，这才是打造农村新社区的目的所在。

中心村不是一个"空心村"，必须是个兼有生活劳动、统筹协调、科学发展的实体，产业布局合理、人口居住集中和公共服务均等是它的基本要求。

嘉兴市嘉善县在推进中心村建设方面，突出城乡统筹先行区建设，率先基本实现城乡融合发展和农业农村现代化。

2013年7月，按照经国务院同意、国家发改委批复的《浙江嘉善县域科学发展示范点建设方案》提出的建设"三区一园"（产业转型升级引领区、城乡统筹先行区、开放合作先导区、民生幸福新家园）的目标要求，嘉善县突出"民生幸福新家园"建设，重点针对农民建房刚性需求和新农村社区启动难的现状，与乡镇街道共同分析农民建房问题的症结所在，提出加强农房管理、有序推进农房改造集聚的建议意见，畅通农民建房的渠道。同时，依托小城市、工业平台建设，农村土地整治项目及少量农民自然集聚，有序推进农房改造建设。在此基础上，重点指导推进干窑村、枫南村创建省级重点培育示范中心村；大云村、干窑村、翠南村创建省农房改造建设示范村；干窑村、翠南村、库浜村创建市级城乡一体新社区。

在嘉善县惠民街道枫南村，在撤并自然村、建设新社区的过程中，各类资源要素向中心村集聚配置，"富民强村"落到了实处，农村居民的生活质量骤升。

"在全力打造'幸福枫南新家园'的过程中，在有关部门的扶持下，我们的步子跨得比较大。如充分借助嘉善县开发区东区开发建设的有利契机，对3000亩预征地进行土地流转，对2000平方米老旧厂房进行回购改造，实施总投资2500万元的枫南新区商业用房及农贸市场建设；如根据枫南老集镇和拆迁安置区现状，全面实施基础设施改造、服务功能提升、宜居环境整治'三大工程'，全面完成总投资约150万元的'五化'环境建设，全力创建省重点培育示范中心村。"枫南村党委书记盛丽霞介绍说，中心村建设吸引了各类资源要素，村级经济发展进入了良性循环的轨道，"强村计划"的每一步进展，都让百姓尝到了甜头。

为推动资源要素向农村特别是中心村配置，促进产业布局合理化、人口居住集中化和公共服务均等化，嘉善县还确定了6个重点体制机制创新课题，并在实际推进中积极探索：一是以姚庄"两分两换"为样本的宅基地空间置换试点课题；二是以"强村计划"为载体的探索村集体经济有效实现形式课题；三是以村经济合作社股份制改革为主的农村集体产权制度课题；四是以"两新工程"为载体的农房集聚改造课题；五是以农村新社区管理模式为切入点的涉农管理体制改革课题；六是以户籍制度改革为主要内容的农民市民化课题。毫无疑问，这些创新课题针对的都是推进中心村建设和加快资源集聚配置的重要关节点。

　　"丽水区域面积占全省的1/6，山多地广人稀，如何走好集聚集中集约发展，打造空间集聚大平台至关重要。"这是丽水市对自身实际做出的客观分析和发展思考，走独具特色的山区新型城市化和集聚发展道路，是丽水市经多年探索、不断尝试后得出的基本发展路向。2017年之后，丽水市委提出了"小县大城、小县名城、组团发展""小乡大村"统筹建设目标。在提升空间集聚平台和推进人口转移集聚两个方面发力，建设宜居宜业大花园，便是让这一目标化为现实的主要措施。

　　构建和优化1个中心城市、10个小城市、20个中心镇的"112"城镇空间布局，将其打造成为资金、土地、信息、基础设施等要素集聚主阵地，建设成为"依山傍水、三生融合"特色优势的人口集聚主平台。在推动区域统筹、城乡一体的协调发展进程中，丽水市探索"多规合一"，做大"112"发展能级，在加快集聚中稳步提升中心城市经济首位度，并在培育中心镇、加快推进人口向"112"集聚集中的同时，发展中心村、控制一般村、搬迁高山村、萎缩"空心村"，推进农民分层次、渐进式转移。

　　"当发达地区拥有了金山银山，又修复了绿水青山，而我们仍然只拥有绿水青山的时候，我们情何以堪？当自然禀赋和区位条件差不多的邻居，原先不如我们，现在超过我们，而且很有可能远远超过我们的时候，我们又情何以堪？"这是2017年以来丽水市党员干部自我追问的一个重要话题。"丽水之问"不仅让党员干部们更具发展紧迫感和责任感，也让大家深入思考加快地域发展的路径。

　　的确，近年来，与丽水山水相邻、情况相似的福建宁德，交出了一份生态和发展双赢的亮眼成绩单，为全国后发展地区树立了生动典范。面对差距，丽水市各个行业在开展"学习宁德、实现赶超发展"

大讨论的同时，重点思考如何突破时间和区域的局限，横向与长三角城市群形成联动，紧跟长三角一体化潮流，最大化释放丽水的生态价值，破解这一"丽水之问"。这其中，深入实施"小县大城、组团发展"战略，即是具体举措之一。

"小县大城、组团发展"战略的主要内容，是以整村搬迁为主要形式，推进乡镇撤并、撤村并点，鼓励和引导人口向"112"和中心村集聚，并切实提高省级财政补助标准，推进生态搬迁试点。在撤并搬迁过程中，丽水市还积极创新搬迁安置模式，构建起政府、企业、个人共同承担的农业转移人口市民化成本分担机制。

按照规划，丽水市在2020年基本实现医疗卫生"双下沉、两提升"目标，补齐薄弱乡村公共文化体育服务短板；2016—2020年，完成农民异地搬迁5万人，全市常住人口城市化率达到70%。如今，秀山绿水之间，一幅宏大的"大花园"蓝图已经悄然铺陈。大花园建设是城市发展的外在形式，根本目的是满足人们多样化的物质和精神需求。努力以标准化促进基本公共服务均等化，消弭发展中的不平衡和不充分问题，"百花盛放的大花园"将成为丽水市实践"两山"重要思念的生动样本。

九峰山片区距宁波市北仑中心城区约6千米，附近零星分布着9个行政村。由于资源要素分散，各个村的基础设施均较落后，公共服务不全，人居环境不佳，不少当地居民因此选择搬至城区居住。由此一来，这一带的村庄更显落后。

2017年，结合太河路和九峰山景区建设这一有利契机，北仑区调整了这一带的资源要素分配，设立了九峰山农村社区，让这9个村庄"抱团"共建，形成新型的城郊农村社区，尤其是兴建了一批公共服务基础设施，如建起了占地2500平方米的社区服务中心，还配建了农贸市场、村民广场、幼儿园等一应生活、教育设施等。"环境好了，服务多了。社区医院可看病，服务中心可缴费，一辆公交车可进城。住在村里，也能享受城里的生活，不用再搬到城里去住。"村民贝彩萍高兴地说，住在这个农村社区里的很多好处，住在城里是享受不到的，不少村民便又搬回九峰山来住了。

九峰山片区被打造成城乡融合、基础设施和公共服务等互联互通的九峰山社区，这只是北仑区打造品质乡村、合理集聚各类公共服务资源要素的实例之一，瑞岩片区、三山片区等城郊农村社区，也都按此模式予以科学调整、合理集聚。至2018年5月，北仑区已明确了统筹谋划建设24个中心片区和16个基层村的"2416"村庄空间布局，制订了水电、道路、信息、排污、绿化等城乡融合专项规划。"下一步，我们还将继续完善文化教育、医疗卫生、社区服务等社会事业发展相关政策，促进乡村教育、医疗卫生优质均衡，让北仑农民享受与城区居民同等的公共服务。"北仑区农办相关负责人表示，促进产、城、乡融合，延伸下沉公共服务，让乡村更宜居，是打造这一社区模式的目的所在。

一大早，北仑区柴桥街道瑞岩社区的服务中心，已有不少村民在这里办事。因为在这里办完事情后，他们还要去田里或企业里忙碌，所以早上的服务中心特别热闹。瑞岩社区是一个成立不久的农村新社区，由河头村、岭下村联合设立。这里较为偏僻，距柴桥街道办事处所在的中心集镇还有4.5千米。

"因为离街道办事处相对较远，以往村民缴费、看病、办证，都要坐公交车来回，花上两三个小时是常事，免不了影响正常的工作。瑞岩社区成立后做的第一件大事，就是建起了这个一站式公共服务大厅，由街道统一协调，安排了11个政府部门和服务单位进驻，把社保办理、水电缴纳、公交充值等30多项民生服务引入大厅，服务清单还一一上墙，一目了然。为了节省村民们的时间，这里还推出了代办服务，即能在社区办理的，一站式解决；不能办理的，由社工全程代办。"瑞岩社区负责人李碧雅介绍，社区服务中心的服务项目十分齐全，村民们在这里办事，一般都能立等办毕。

除了能在这里办妥数十项民生服务项目，社区服务中心还成了村民文化休闲活动的主要场所，几乎所有社区居民都喜欢到这里来。在服务中心三楼的书法活动室，60多岁的村民林岳才正兴致勃勃地挥毫泼墨，好几位村民在旁观赏。林岳才是社区书法社的骨干，有了这间书法活动室，他基本上每天都在这里以字会友。"以前我最爱打麻将，可自从有了书法社，再也不去碰麻将了，生活很充实。"林岳才说。社区服务中心不但有书法社，还办起了戏曲社、二胡社、歌舞队等10多个文化社团，村民们都能在这里找到自己的兴趣所在，业余生活越发丰富。

在北仑区梅山岛，一座新建成的中心幼儿园十分引人注目，那崭新的教学楼、宽敞的教室、完善的运动器材，毫不逊于中心城区的幼儿园，而它的师资配备、课程设置等软件条件也都是一流的。碑塔村距此不远，村民王媛媛每天都来这里接送孩子，对幼儿园赞不绝口。她说以前的梅山岛，各项基础配套设施较弱，教育资源少，为此她和家人曾多次考虑搬离梅山。"没想到现在就在我们家门口，就有这么好的幼儿园，孩子能享受到这优质的教育，我们搬家的念头就打消了。"王媛媛感叹。

梅山岛加快资源集聚、统筹发展的动因之一，是宁波市近年来正在大力推进梅山保税港区和滨海新城开发建设，抓住这一时机，北仑区随即投入巨资，提升乡村基础设施配套，在较短的时间里形成了"到市区40分钟，到北仑多通道"的交通网络，还把原本星星点点的渔家集聚起来，建成干净整洁的新社区。新社区内，中心幼儿园、梅山学校、环卫站、污水处理厂等生活配套设施一应俱全，生活的便利、服务的周全堪比城区。

据统计，至2018年5月，北仑全区已建起了82个农村社区服务中心，平均面积达到800余平方米，不仅配备了多功能活动场所、健身设备，还引入了居家养老、爱心送餐等公益服务项目，从而最大限度地消弭城乡差别。

村民富，村庄美，村风好

通过一二三产并举、功能与品位并重、精神与物质齐抓，优化村庄功能，改善农村环境，提升人居条件，促进农民增收，中心村建设切实达到了务实、有效、群众满意的应有效果。

建设和整治中心村是农村向城市发展的必由之路，然而，中心村的打造和管理并非易事。一是因为中心村处于城镇与农村之间，被称为"乡镇中的夹缝地"，人员集聚多、涉及领域杂、牵涉面较广，却仍属农村社区范畴，不少运用于城市的建设和管理手段难以适用；二是中心村的建设和管理资金投入大，尤其是在刚起步阶段，需要多方筹资才能解决问题，所遇上的困难可想而知；三是不少居住在中心村的居民，思想观念尚需统一，文明素质尚需提高，否则中心村建设就不可能达到应有目的。

丽水市景宁畲族自治县在打造鸬鹚乡中心村的过程中，立足于为广大农民提供周到服务，实现幸福生活，从难处入手，在实处着力，克服了资金、人手、经验等方面不足的困难，中心村建设和管理工作顺利推进，其在乡镇中的带头作用日益体现，畲族人民的生活质量也得以逐步提高。

"拆偏远、建鸬鹚"，是鸬鹚乡中心村改造的总体思路。鸬鹚乡紧紧抓住"千万工程"中心村培育建设项目契机，深化培育中心村"家"的建设理念。为了吸引分散居住在山里的农民下山，住进移民小区，乡里创新方法，推广城市公寓套房的居住形式，让农民实实在在地感受到"套房"的舒适、卫生。移民小区的公共服务设施配套齐全，也促进了中心村的人口集聚。

鸬鹚村是鸬鹚乡政府所在地。"千万工程"全面实施以来，鸬鹚村按照中心村布局合理化、产业规模化、人口集聚化、设施配套化、服务社区化、环境生态化"六个化"的项目建设要求，有序实施各个改造项目，接纳大量下山移民，成为全乡最重要的中心村，也是省级中心村培育点。用了5年时间，鸬鹚村征用土地约1.6万平方米，建设下山移民小区，其中套房4幢共56套。建设套房能让土地得到集约利用，不但节省了农民建房资金，而且改善了农户居住环境，这一好做法很快在全乡乃至全省得以推行。

中心村建起来了，日常管理也是个大问题。鸬鹚乡未雨绸缪，制订并落实农村垃圾"户集、村收、乡运"的运行机制，配备保洁员，还推出了长效保洁制度，农民爱护环境的自觉性不断增强。为改善鸬鹚中心村基础设施，鸬鹚乡又集中资金，投资120多万元用于路面硬化、农厕改造等，并完善建设了排污管道及生态处理池。与此同时，完善与改进村务活动室，引进与提升卫生室设备，改善幼儿园教学设备，推进安全饮用水工程、河沟池塘治理、无线网络工程和信息化视频监控系统建设等。

经过几年的建设和管理，鸬鹚中心村已经换了模样。"现在，村里的垃圾山没了，路边杂草铲除了，路面硬化了，下水管道也在改造，垃圾箱装到了路边，还有了专门的保洁员，村貌和以前大不一样了，村庄干净卫生，我们也过上城里人生活了。"鸬鹚村的村民自豪地说。在广大村民心目中，鸬鹚村俨然已是一座"美丽小城市"。

"三万六千顷，湖侵海内田。逢山方得地，见月始知天。南国吞将尽，东溟势欲连。何当洒为雨，无处不丰年。"这是一首描绘浩渺太湖的名诗，写的是太湖的阔大和太湖畔丰饶的生活。

太湖的丰饶的确古已有之，然如今的人们又在谱写太湖更新更美的诗篇。湖州市长兴县是浙江最北的一个县份，紧依宽如大海的太湖。来到该县和平镇毛家店村，用"旧貌换新颜"来概括它的今昔变化，既简洁又准确。这是一座已经建成的可谓典范的中心村，道路宽阔、绿树成荫，白墙蓝瓦的新房与周边的青绿茶山相映成趣，与以往混乱斑杂的难堪不可同日而语。村党支部书记徐建国向笔者介绍说，已有近300户家庭迁入这里的新居，家家户户的房子都非常舒适，新建中心村的环境也特别优美。而随着居住区域的集中，全村已腾出1000多亩土地，全都用于发展现代效益农业。村里的花红和猕猴桃基地已基本建成，将成为村里发展生态农业、村民致富的重要支撑。

中心村建设是长兴县社会主义新农村建设的主要内容，是该村全面深入实施"千万工程"的重要抓手。早在2011年，经反复酝酿，长兴县委、县政府出台了《关于加快中心村培育建设的实施意见（试行）》，把全县249个行政村规划成92个中心村（含92个集中居住区和150个居住点），引导农村人口、产业、公共服务集聚，配套建设农村基础设施和公共服务设施，加快进度，建设中心村。

也是从这一年开始，长兴县启动了林城镇北汤村、虹星桥镇港口村等18个试点村的建设工作，2012年起，又对部分试点村进行调整，并在此基础上新增8个重点培育村。林城镇北汤中心村的居住区，采用了徽派建筑风格，远远看去像一幅雅致的水墨画，近处则可发现即便是建筑细节都很讲究。确保建筑质量，让村民们住得满意，让村民享有城里人一样的居住条件、居住环境，甚至超过城里人，是这个中心村建设的基本要求。

环境整洁、服务完善、管理有序、文明和谐，同样是长兴县中心村建设的基本要义。结合"千万工程"实施而推出的新农村建设十大工程、中心村培育、魅力乡村创建等，就围绕上述这些基本要求展开，力求绘就长兴新农村版图。数字表明，2012年以来，在新农村十大工程建设的过程中，长兴县每年统筹10多亿元资金，协调交通、建设、国土、教育、文化、卫生、环保、农业、林业、水利等县级有关部门，通过农村联网公路建设工程、农村社区服务中心建设、农村环境卫生整治等各项工作的开展，确保政府公共资源向中心村倾斜，统筹城乡发展步伐，建立健全农村尤其是中心村公共服务体系。

"由于前几年的中心村建设成果不错，2012年之后又启动了洪桥镇金星村、虹星桥镇后羊村、煤山镇新安村、泗安镇管埭村、吕山乡吕山村等23个村的中心村和魅力乡村创建。近年来，我们花大力气全面提升中心村个性特色和魅力乡村建设品位，为全力争创'浙江省美丽乡村创建先进县'做好保障。"长兴县发改局局长陈剑峰说，通过一二三产并举、功能与品位并重、精神与物质齐抓，优化村庄功能，改善农村环境，提升人居条件，促进农民增收，中心村建设切实达到了务实、有效、群众满意的应有效果，呈现出"村民富、村庄美、村风好"的美好景象。

"予独爱莲之出淤泥而不染，濯清涟而不妖，中通外直，不蔓不枝，香远益清，亭亭净植，可远观而不可亵玩焉……"这篇出自北宋大哲学家周敦颐之手的《爱莲说》，被工工整整地书写在杭州市桐庐县江南街道环溪村的爱莲堂内。经常充当导游的环溪村村委会主任周忠莲介绍说，环溪村住的都是周敦颐的后裔，村子迄今已有620余年的历史，历代乡贤名士辈出，是国家级历史文化名村。

不单是历史文化名村，还是一座文明和谐的中心村。"为了实实在在地打造一座中心村，我们村投入的整治费用达到2500万元，不仅将河道、街面统统整治了一遍，实现了"三线"（电线、宽带、数字电视）入地，还建起了9个生活污水处理池，全村600多户的污水全部纳入了管道。池上面种着花，铺着草，要不是有人指点，根本看不出是个污水处理池。"周忠莲介绍，对环溪村来说，最重要的改变，是村庄的定位、个性的开发和历史文化资源的充分利用。

2003年开始，"千万工程"在全省拉开序幕。那时的环溪村还不是第一批待改造整治的中心村，但在村党支部书记周忠平和村"两委"的带领下，大规模的规划、改造和提升工程还是在环溪村展开了。党员干部和广大村民们已在思考：环溪村的老房子、古树木以及纵横全村的发达水系，都有很大的历史价值和利用价值，为什么不对它们进行保护和整治？村里的历史文化资源这么丰富，为什么不突出它的个性，把村庄打造成一座以休闲旅游文化为特色的中心村？

环溪村的想法很快得到了江南镇（现为江南街道）和桐庐县的支持，水利、农业、城建各部门专家相继来到环溪村考察，改造和整治计划也有了眉目。但是难题接踵而至，尤其是旧村改造，涉及不少村民的利益，先前的纠葛重新翻了出来，新的矛盾又在滋生。该怎么办？周忠平便首先从自家亲戚"开刀"，给大家立个榜样。就这样，村民们越来越主动地配合村里的各项工程。至环溪村延续5年的改造整治工程结束，全村共拆除建筑近万平方米，且没有发生一起信访事件。

2012年之后，环溪村成为一座以"莲文化"为休闲旅游主打产品的美丽村庄，村"两委"又在思索一个新的问题：在拆除猪栏、关停小作坊后，村民的生计该如何保障？这一片绿水青山，怎样才能真正变成带动百姓增收致富的金山银山？显然，做大做强"莲文化"这篇文章是最稳妥、"最靠谱"的。经过村"两委"反复研究，在上级部门的支持下，环溪村以村集体的名义，将全村原本分散经营的约600亩土地统一流转过来种植莲花，进一步扩大开发以赏莲花、摘莲蓬、挖莲藕为主题的农业观光游，得到了全村的认同和支持。

这一年，环溪村又把环溪的村标注册成为商标，莲花田进一步扩大，休闲旅游业产值持续上升。新发展的"清莲文化"又打出了"清正廉洁"这个牌子，引得更多人在此驻足，深悟古风高洁的优良传统。而始建于明嘉靖年间的周氏宗祠"爱莲堂"几经修缮，如今早已成为四邻八乡人们的聚集场所与精神家园。环溪村不仅已成为一座环境整洁、服务完善、管理有序、文明和谐的中心村，更是江南一带新时代新农村建设的典型样本。

14 全域美丽的诗意与远方

"绿树村边合，青山郭外斜。"近几年来，随着"千万工程"全面而深入的实施，美丽乡村、风景田园、美丽公路、美丽城镇、清洁家园、城乡管理、"三改一拆""四边三化"等乡村全域美丽专项行动在全省展开，农村人居环境有效提升，高水平大花园建设方兴未艾，以美丽公路为骨架的"美丽城市＋美丽乡村＋美丽田园"空间形态得以架构，乡村全域大绿大美格局基本形成。

在深化实施"千万工程"的各大项目中，开展美丽乡村示范创建无疑是个重点。乡村全域美丽包含推进美丽庭院、特色精品村、小城镇、风景线、示范县联建联创建设等内容，"一户一处景、一村一幅画、一镇一天地、一线一风光、一县一品牌"从设想和规划化为现实。令人欣喜的是，开展美丽庭院建设之际，"洁、齐、绿、美、景、韵"六字标准始终毫不含糊；建设2500多个特色精品村过程中，风貌优美、特色鲜明、产业兴旺、民风淳朴的要求始终坚守；而在打造500多条美丽乡村风景线时，全省各地立足当地资源优势，大力扶持、重点发展，打造"一县一品牌"，并将此作为当地农业结构调整的主导品种来抓，逐县推进，以星火燎原之势推进全省乡村振兴事业。

整洁的公路两旁屋舍俨然，庭院中花草丛生；溪涧潺潺，农田里各式蔬菜如沐春雨；小巧玲珑的村落公园、整齐的停车场和简洁大方的各类公建设施，都让人仿佛置身于精雕细琢的景区之中。随着"千万工程"的不断深化，一座座各显神通、村强民富的美丽乡村如期而至。既有全域大美的风骨，又有亮点出彩的精致，由此缀成一道道环境优美、特色鲜明、产业发展的美丽乡村风景带。

不负美丽不负卿

把庭院打造成一个个景点，整个村就是一个景区。对各个庭院进行净化、绿化、美化，实现庭院的深度"美颜"，让庭院由外而内地美丽起来。村民们首先受益，岂能不积极响应？

来到宁波市宁海县大佳何镇葛家村，刚进入村道，你就会被两边特有的景致所吸引：路的左边是一堵由竹子编成的"鱼墙"，右边则是由废旧布料制作的"花草树木"，不时还能在石墙缝里发现各种小工艺品，而在那漂亮的庭院里，村民们正坐在石头砌成的凳子上做事、拉家常。不夸张地说，眼前所见，美得像一个梦。

葛家村的美丽庭院建设起步较早，但开始那几年，都以村民自发为主，缺乏整体设计，不少庭院景观设置也不够美观。"千万工程"全面实施后，美丽庭院、景区村庄和特色精品村建设在葛家村搞得红红火火。2014年，有4位专家被请到了村里。他们到了村里后四处走访，细致打量每个庭院以及路边、屋旁的花花草草、景观设置，还时不时互相商量着。他们是中国人民大学艺术学院的副教授丛志强和他的几位研究生。一开始村民有些不解：大学里真还有专门研究和设计美化庭园和村庄的教授？不久后，大家便都服了，这些以往闻所未闻的景观设计专家，真可谓出手不凡。

丛志强副教授领衔的团队，只在葛家村工作了短短12天，但他们走后，葛家村村民的审美和艺术创造力就被极大地激发出来：后山毛竹被削成一只只竹筒，成为庭院里、村道边的天然花盆；村口石门溪的小石块被捡来，堆成了各种石凳石椅，供人休憩，成了一道独特风景；各个庭院里原有的花草树木，经过重新摆布置放，散逸出浓烈的艺术气息，且又不失纯朴的乡野味。"把艺术家请进村里，让他们为美丽庭院建设把脉，提供智慧和灵感，这是'艺术＋'的思维，也是我们镇美丽庭院创建的新举措。"大佳何镇党委书记李文斌说。

当然不只是葛家村。在大佳何镇滨海村，布置精美、设计精巧的美丽庭院同样不少，不少村民还给自家庭院取了雅致的院名。名为"酒香别院"的院落里，摆放着不少用酒坛子改制的花盆，还有一座用上百只造型各异的酒坛搭成的凉亭，很是吸睛。主人刘云通介绍说，2014年3月，滨海村倡导村民打造主题美丽庭院，他就在思考该怎样打造自己家这光秃秃的水泥地院子，该选择什么样的主题。有一天，他偶然看到路边堆放着的酒缸，灵感一下子来了。花了快一个月时间，走村串户，他捡来了村民们扔掉的100多个酒坛子并亲手设计、切割，然后一一种上各式各样的花草。刘云通是个来料加工小作坊业主，他利用专长，又把较大的酒缸集中起来，切割制作一番，搭起了那座酒坛凉亭，搭好后，连他自己都觉得很吃惊。

"现在，我一有空就会思考该怎样把院子打造得更漂亮，不仅要把院子里的花盆、水缸全部换成酒缸，还要不断创新，让庭院越来越美。"刘云通自豪地说。如今，庭院里的花篮、花盆、小船、渔具等，都是酒坛子改制的，连墙上都悬挂着酒坛造型的盆景，"尽管打造这样的庭院花去了我不少时间，但这几年，前来参观的人不少，纷纷对我跷起大拇指，让我很有成就感。"

"匠心小筑"是滨海村另一处美丽庭院，这里散发着浓浓的乡愁味儿，是村民王海峰夫妇的精心之作。在这里，绿草坪代替了水泥地，石板砖铺砌的小径引着你进入庭院深处，恍若走进一座公园。庭院四周，有序种植着花草树木，点缀式的雕塑小品还会让你不时惊喜，比如花草丛中有两只大白鹅朝你做出欢迎的动作，憨态可掬，仔细一看，却是两座精巧的雕像。

"记得2014年4月的一天，村党支部书记吴明辉打电话给我，说村里正准备发动每户人家打造美丽庭院。当时我们夫妻俩正在广西柳州打工，得知这一消息后，尽管回家一趟要花不少时间精力，但我们觉得，建设美丽乡村、打造美丽庭院是一件十分重要的事，不能缺了自己家。虽然在外务工，可支持村庄发展，一点也不能含糊。"王海峰说，回到家里后，夫妻俩就忙着合计自己家的庭院该怎么打造，毕竟院子有100多平方米，想打造好并不是一件简单的事。

王海峰回忆，夫妻俩刚准备敲掉院子里原有的水泥地面时，也有邻居前来劝说，说好好的水泥地面被敲掉，好像蛮可惜，重新打造了也未必漂亮。夫妻俩却确信，凭着自己的聪明才智，亲手打造的庭院肯定能成功。为了给大家一份"大大的惊喜"，那段时间，夫妻俩白天外出采购材料，晚上关起门来敲水泥地面，然后又把采购来的植物、亲手做的一件件庭院小品细心地置放好，足足忙了一个星期，终于大功告成。美丽庭院打造完毕的第一时间，王海峰夫妻敲开了家门。周围的村民一看，果然大吃一惊：没想到庭院还能打造得这样漂亮，真是服了！为了让更多的村民前来参观、休息，王海峰又购置了户外休闲桌椅和秋千，让大家都能来享受一番。

从2016年起，滨海村从整村打造美丽庭院又转至个别提升乡愁庭院，由村民根据个人的爱好打造主题庭院。"酒香别院"的创意源于主人家爱好喝酒的习惯，可继续在酒坛子上做文章，引入酒文化观赏元素；"小桥流水"将庭院改成鱼塘，架桥相连，意境满满；"渔趣人家"以海洋渔业为主题打造庭院；"锋领人家"因全家是党员，便以党建文化引领庭院打造。主题庭院的建设形成了一院一景，人文气息十分浓厚。

在宁海县桃源街道泉水社区西洋村一个名叫"博雅园"的美丽庭院里，吊兰、绿萝、多肉等绿植错落有致地生长着，阳台、楼梯上搭建了"立式花园"，灯笼花缠绕整面围墙、四季海棠娇艳欲滴，设计精妙的迷你喷泉，正发出哗啦啦的流水声，回荡在整个庭院里，也让这里变得更加与众不同。"人养花，花养人。养花以后，我对自己的要求也高了，还教育子女要像养花一样对待自己的学习与生活，要学会坚持。"女主人秦巧莲诉说着她的庭院建设体会。多年如一日精心莳弄花草的同时，她自觉而真诚地传播着绿色、健康、文明的生活理念。

一条特别重要的经验是，宁海全县的"美丽庭院升级版"创建活动，还完美地融合了乡村民宿、农家乐等农旅经营活动，从而进一步激发了村民们投身打造美丽庭院的积极性。如深甽镇和桑洲镇推出庭院饮食、饮茶和文娱活动项目，探索庭院休闲模式，加快民宿经济发展。如今，宁海全县至少有70%的农家乐及民宿与美丽庭院融合在一起，充分展示了庭院创建"发展美"。

快要进入新年的那天上午，湖州市安吉县上墅乡上墅村村民卞善娣收到了一份意外的礼物。鉴于她家在美丽庭院创建中的"美丽"表现，乡里为她家挂上了"五星级庭院"名牌，还送上了鲜花。她家的庭院并不大，但至少有一半已实现了绿化。此时，茶梅正艳、吊兰吐翠，巨大的芭蕉叶子尤显嫩绿，让人看了欣喜不已。

2017年11月，上墅乡启动美丽庭院创建行动，组织乡域内居住在集镇区块、主次干道和背街小巷沿线的村民，对各家的庭院开展净化、绿化、美化，实现庭院的深度"美颜"，得到了村民们的积极响应。"只要花点时间，每家的庭院都会变得很漂亮，村庄和集镇也会美起来。"党员周云琴把全家人都动员起来，仔仔细细地清理庭院，房前屋后也打扫得干干净净。"把庭院弄得干净美观，本来就是自己家的分内事，绝对不能拉美丽乡村建设的后腿。"周云琴说。

把庭院打造成一个个景点，整个村就是一个景区。在美丽庭院建设过程中，上墅乡针对所存在的具体问题，提出明确要求，每条要求都有清晰的标准，让村民们一目了然。如要求村民们做好房前屋后院子的清洁工作，维护好绿化，禁止乱设摊点、乱堆杂物、乱贴广告、乱停车辆等。为确保这项工作落到实处，乡里还在上墅村试点启动了"一户一评、一片一比"美丽庭院创建竞赛机制。

为了确保整治质量，上墅乡的乡村干部还分头入户予以具体指导，如墙体怎样改造，绿化怎么排布，家具物品如何摆放，等等，事无巨细，都主动、细致地向村民提出建议，村民们往往也乐意接受。不到一个月，以往乱堆乱放的柴火，已码得整齐划一；曾经乱涂乱画的墙面，已刷得雪白洁净；以前的那些空地荒地，也都变身为"花园"。由于各个庭院的净化度、绿化度、美化度都已得以提升，村庄整体环境变得整洁亮丽。

为实现庭院的"长效美丽"，上墅乡还推出了门前"三包"承诺，特意邀请妇女小组长组建美丽庭院评审队，对参与创建的120户庭院进行评比打分。"我们每月评比一次，这意味着荣誉也不是一劳永逸。"上墅乡妇联主席马双双介绍，按照10%、30%、50%的比例，评出五星级、四星级及三星级庭院。评比结果既有分数，又有排名，如五星级庭院就必须要达到90分及以上。当然，打分和排名只是一种手段，目的是推动大家保持美丽、制造美丽。

在全面深入实施"千万工程"的进程中，浙江全省各地坚持"洁、齐、绿、美、景、韵"这六字标准，全域推进美丽庭院建设，形成了"一户一处景、一村一幅画、一镇一天地、一线一风光、一县一品牌"的大美格局，美丽庭园建设既有品位，又不失纯朴；既强调基本要求，又不苛求一律，保持个性特色，其整治效果日益明显，也吸引越来越多的农村群众主动投身其中。是啊，推门便见风景，庭院即是花园，群众还会不乐意吗？

一座座花园一处处景

顺应民意，充分挖掘自然资源、乡土文化、民族特色、地域特点，打造"一村一品"格局，实现乡村全域美丽，使每个村成为充满温度、各具韵味、富有活力的大花园。

丽岙，温州市瓯海区的一个街道，总面积只有33平方千米。它的"出名"，是因为这个小小的镇子，在海内外经商、求学、定居者竟有4万多人，还有本籍海外华侨华人3万多人，海外华侨华人加上街道内归侨侨眷占全镇总人口的90%左右！这样一个世所罕见的镇街，其街区的打造自然应有其特色，体现其独有个性。事实上，这几年，在实施

"千万工程"，打造乡村全域美丽的进程中，丽岙街道正是这样做的。

走进丽岙，首先映入眼帘的是"肯恩小镇"入口形象带。整洁有序的沿街建筑、生机盎然的街头绿景，无不显现着丽岙的活力与时尚。"温州肯恩小镇就在丽岙街道辖区内，规划面积约3平方千米，其中建设面积约1平方千米，总投资54亿元。它依托温州肯恩大学引入国际教育交流、异国文化体验、欧美风情休闲等旅游业态，发挥丽岙侨乡、花卉生态等资源，打响休闲旅游品牌，推进学城联动、产城融合，以学带研、以研带游、以游兴城、以城促学。丽岙整个街道突出了异域风情、华侨文化等个性化城镇色彩，有着一番别样的美丽。"丽岙街道党工委书记林益正介绍，如今的丽岙，街容镇貌很有品位，海外华侨华人回到家乡时一致叫好。

为在打造乡村全域美丽进程中，创建"一镇一天地"的精品镇村，2017年，丽岙街道特别编制了《瓯海区丽岙街道小城镇环境综合整治规划》，提出紧抓特色营造，突出整治亮点，将肯恩、侨、花元素融入进去，展现异域风情、四季花城的魅力，最终实现"满城皆绿、是水则清、四季花香、乐活悠游"的创建目标，将"生活的城市"变成真正的"宜居的城市"。在突出"全域美丽"和"一镇一天地"这两个创建主题时，在规划的引领下，重点打造"一区一街一园一村"示范点。

"一区"指核心整治区、以"四路一街"总计约1.7平方千米的范围作为重要节点，对立面、店招进行提升改造；"一街"指温州"肯恩小镇"入口形象带：长约2000米，主要项目是沿街立面改造、绿化、亮化、电力管线和综合管线"上改下"、花卉景点设置，打造具有侨乡风味的特色街区；"一园"指白门溇滨水公园：位于省级示范河道白门河畔，充分利用沿河拆后闲置土地2.8万平方米，对园内绿化、建筑立面进行改造，打造水岸同治的精品公园；"一村"指梓上村：该村已先后建成了文明休闲公园以及曾山路两侧街头绿地，新增绿化总面积

2000平方米，完成了中心路拓宽工程，建设了曾山路健身点以及公共停车场、篮球场。2017年起以打造宜居、宜游的风情特色农村为目标，开展强电、弱电"上改下"工程、乡村客厅建设工程、风情一条街建设工程等。

"可以说，把以上'一区一街一园一村'示范点建设好了，其他各个区域都跟上来，突出街容镇貌的个性，我们丽岙的风情小镇建设肯定与众不同，对街道的经济发展也有很大的带动作用。"林益正说。将丽岙原有的华侨文化、浙南花乡以及温州肯恩大学的美式风情相融，保留美丽的山水田园风光、依山而建的村落，把整个街道打造成集人文、乡情、宜居于一体的全域美丽之地，丽岙这颗浙南明珠将更加名副其实。

泽雅，是瓯海区另一个风景如画的小镇，地处俗称为"西雁荡山"的景区内。泽雅是温州话"寨下"的译音，富有乡野趣味。镇内还有一座泽雅水库，环绕库区的山峦间，有峡谷，有飞瀑。其中，九龙瀑是由三折瀑布连成一体，宛若一幅百余米高的水幕，势如九龙喷水；鳄鱼潭则嵌在石壁之中，水清见底；形状奇妙的珠岩直径达23米，人称"天下第一珠"。泽雅镇的景点自然不止这些，据介绍，仅泽雅主景区即西雁荡山景区，就有龙溪、泽雅湖、西山、五凤、崎云、高山角、金坑峡、七瀑涧等八大景区，全镇共有230多处景点，是温州市郊型省级风景区，吸引了众多游客。

如此秀山丽水，其镇区的打造必须与之相谐。从2018年起，一场以"清垃圾、除破烂"为主要内容的美丽泽雅全域行动展开，努力营造整洁、美观、有序的村容镇貌，不留下任何一个环境死角。为有目标、有重点地精心打造，经反复研究，定下泽雅大道两侧及天长、源口、戈恬等村为示范区域，路边、桥边、墙边、溪边、公共地段、沟渠塘坝、背街小巷的卫生死角、河道垃圾、乱堆乱放等为重点目标。

从事特色产业如造纸、塑料加工等的企业也列入了重塑美丽的重点对象。"发挥自有优势，高标准定位泽雅为'浙江休闲旅游名镇'，从山、水、田、路、庭、人等入手，在全域范围全面打造'千年纸山，诗画泽雅'，这便是我们实施乡村全域美丽工程的任务和追求。"泽雅镇镇长李晓说，这次乡村全域美丽行动是在以往的基础上进行的，软环境整治也是必不可少的内容，包括行车秩序高标准、背街小巷乱堆乱放整治高标准、庭院整治高标准等。

"领得溪风不放回，傍窗缘砌遍庭栽。须招野客为邻住，看引山禽入郭来。幽院独惊秋色异，小门深向绿阴开。谁怜翠色兼寒影，静落茶瓯与酒杯。"这首描写山野村落的古诗，也非常契合泽雅的风情和景致。是的，壮阔的纸山雕塑、充满禅意的泽雅山水园静静地伫立在镇口两侧；秩序井然的迎宾泽雅大道，延伸至远山溪田；穿过景观行道树，是延展近千米的精品园林文化绿廊，漫步其中，移步易景，有种遁入江南园林深处的美妙之感。来到美不胜收的佳丽地，你肯定会爱上它。

蔡庆丰是绍兴市新昌县镜岭镇的居民。为什么他对镇里最偏远的安山村感兴趣，又为什么对安山村的石头特别热衷？"因为安山村的一切都太美了，而且最美的就是石头，所以我不仅想住在那里，还想让更多的人爱上那里，住在那里，游在那里。"尽管镜岭镇与安山村之间，一个来回需要花上一个多小时，但蔡庆丰仍然乐此不疲，那段时间经常奔波于两地。他利用安山村上两间村民闲置的民房，打造出安山村第一家民宿综合体。

的确，不仅是蔡庆丰喜欢上了那里，越来越多的人愿意走上一长段路程，来到安山村游览，呼吸那里的新鲜空气，购买那里的纯天然蔬菜。当然，安山村全域美丽的重头戏，是这里的石头房子。这里的百余栋房子是用一块块就地取材的石头砌筑而成的,看上去普通的石头,到了安山村民的手里,其非凡魅力就体现出来了,敦实、坚固、古雅,散发着一股山民特有的淳朴和执着。在这几年的乡村全域美丽工程实施过程中,安山村首先是保留了这些石头筑成的老房子,同时又寻求让"藏在山中人未识"的它们放出异彩的途径。

安山村党支部书记丁锦伟介绍说,这百余栋传统石头房由来已久,但一直作为普通民居使用,有的因年久失修已经破损,有的则因村民已下山居住而闲置。从2017年开始,村里专门邀请建筑和风景设计专家前来现场指导,规划设计和修缮这些石头房,还用青石铺成村道,用砌石改造新房立面,用鹅卵石垒成花坛与塘岸,使整个安山村的角角落落都渗入了"石头"元素。很快,美丽的安山村成为游客接踵而至的"网红村",甚至引来资本关注。而这一切,都是因为开展乡村全域美丽工程而引发的。

"乡村变美了,才有吸引力,才有竞争力。"镜岭镇镇长吕江介绍说,深化"千万工程"促使该镇充分挖掘自然资源、乡土文化、民族特色、地域特点,打造"一村一品"格局,及时启动乡村旅游三年行动计划,并立足特色发展产业,让每个村庄不仅干净,而且充满温度、各具韵味、富有活力。在镜岭镇,从石头村到民族村,再到"石宕文化"西坑村、"水韵文化"溪西村、"清廉文化"岩泉村等,镇里的每个村都拥有各自的美丽,每个村都有自己的文化品牌和风情特色,镜岭全镇越来越像一个百花齐放的大景区。乡村美了,前来观光的人也多了。数字表明,2018年,全镇已接待游客约46万人次,实现旅游总收入2800余万元,同比增长超过30%。

武义县的牛头山是一个较为著名的景点了。每当深秋,牛头山国家森林公园内层林尽染,桂花飘香,绝对是个休闲和游玩的好地方,然而武义又是一个经济相对薄弱的县域，尤其是在牛头山背后、大山深处的一些村庄，因为地处偏僻，基础设施落后，村民们的生活一直富裕不起来。实施乡村全域美丽工程之后，通过整合梯田、古村资源，打造全域景区，"村景联建"不断推进，"山乡花园梦"渐渐成为现实。各村集体经济收入显著增长，全域旅游发展与美丽乡村建设彼此形成了良性循环。

西联乡大溪口村坐落在牛头山景区入口处，对农居房进行立面改造、铺设游步道、修复古道等村庄景观建设工程，使得村庄一下子变靓了，游客来到这里，也不再甩头就走，而是站下来拍照，大溪口村俨然成了牛头山景区的"配套景点"。缘于此，村集体顺势把闲置房出租给村民，改造成民宿，建成"候鸟式"异地养老服务总部及接待中心，可同时容纳200名游客在村中居住，有意识地打造武义南部山区养生养老旅游示范点。村里的农家乐也已增加到16家。

从西联乡进入牛头山必经的柳四线上，一个以百亩荷塘为主要元素的入城口景观提升工程已经完成；乡政府所在地马口村内，一条200多米长的商业街区和旅游集散中心在2018年开业，正在聚集人气；而在西溪河畔，两岸的景观改造工程以及一条沿西溪而走的新柳四线也已建成。"过去，人们到牛头山旅游的起点，多是从景区大门口开始。我们现在想要把它前移至马口村，从这里开始发展全域旅游，当然，前提是把这一带建成美丽乡村。"西联乡党委书记杨欣说，好在村民们都非常配合，因为这项工程完全符合民意。

2017年8月，乡村全域美丽工程推进正酣。因柳四线拓宽需要拆除道路两侧老房子时，马口村村民陶伟忠不但自觉动手，及时腾空搬迁，还痛快地答应了自家新建农居房时后移3米。"这样一来，我家的住房面积将要减少40多平方米。可只要村庄能变得更美，变成一座大花园，个人这点损失又算得了什么？"陶伟忠已经算过，成了大花园的马口村必将引来很多游人，哪怕是把自己家的房子出租给他人开店，这租金也是蛮可观的。漂亮的村庄，真是一笔无尽的财富啊！

美丽孕育着乡村品牌故事

自信和实力来自得天独厚的产地环境，闪亮的品牌来自精心打造和悉心维护。全域美丽带来了乡村振兴的新机遇，"产业园区化、产品品牌化"让特色农业走上了可持续发展之路。

说起仙居，人们脑海中跳出来的第一个印象，往往是秀美的山川、迷人的景色，神仙居、景星岩、永安溪漂流、石龙霖雨、皤滩古镇……这处被称为"神仙居住的地方"，每一处自然和人文风景都充满诱惑。"经过太匆匆，山行去路通。客衣沾晓露，县陌带春风。沽酒从村市，骑牛任老翁。相逢有吟者，约我醉城中。"这首宋代诗人傅梦得的《仙居县》中所描绘的仙居，俨然一派世外桃源的景象。然而，仙居除了美，还有特有的甜，那就是它闻名于世的杨梅。"世界杨梅在中国，中国杨梅出浙江，浙江杨梅数仙居"的说法由来已久，绝不是一句诳语。

仙居栽培杨梅已有1000多年的历史，300多年前的杨梅树如今依然生长在仙居的土地上。据说宋代大词人苏东坡曾吃过仙居杨梅，并欣然写下了"西凉葡萄，闽广荔枝，未若吴越杨梅"的词句，可见他对长江以南吴越一带的杨梅情有独钟。由于仙居独特的小气候，这里的杨梅6月初就能成熟，比慈溪、余姚等地的要早7～10天上市，晚10～15天落市，即一般能在6月10日上市，7月20日落市。仙居杨梅大多为荸荠种杨梅，富含蛋白质、糖、果酸、钙、铁、葡萄糖、果糖、柠檬酸、苹果酸和多种维生素，具有消暑生津、利尿健脾、解渴止咳、健脾开胃、增进食欲、促进消化等天然医疗保健之功效。

如此好品种、好特产，自然得大力扶持、重点发展，打造"一县一品牌"原本就是实施"千万工程"的工作任务之一。2003年以来，尤其是在近10年中，仙居县立足当地资源优势，把杨梅作为全县农业结构调整的主导品种来抓，相继实施"杨梅梯度栽培""百里杨梅长廊""10万亩杨梅绿色食品基地建设"等重点工程，做活杨梅种植、品牌包装、市场营销及杨梅文化、果园观光旅游等文章，杨梅成了全县百姓的"致富果"，"一县一品"的成效显著。

2017年夏初，正是杨梅采摘季节，从仙居城区通往山地产区的路上，随处可见梅农在兜售自家的杨梅，其中步路乡西炉村人气特别高，这是因为经过培育打造，该村已经成为当地四大杨梅基地之一。

"严格说，今年是杨梅的'小年'，产量相比去年削减了近一半，但因为气候条件特别好，杨梅品质非常高，价格水涨船高，差不多翻了两倍左右。"在仙居县仙梅实业有限公司包装车间里，该公司负责人郑胜华介绍，那些红到发黑的杨梅是经过人工精挑细选出来的，为仙居杨梅中的极品——东魁杨梅，个大如乒乓球，平均单果重21克，最大达54克，且甜度颇高，营养丰富。目前在售的东魁杨梅最高价格是一斤410元左右，一斤杨梅约莫11个，换算下来，单颗杨梅差不多要37元，这一价格让人震惊。

1965年出生的郑胜华是土生土长的步路乡西炉村村民，西炉村向来是仙居荸荠、东魁杨梅的重要产地。近十几年来，身为西炉村村委会主任的他带领村民大力发展杨梅产业，麾下的仙梅实业有限公司也越办越红火。如今，与该公司业务直接关联的杨梅种植户已有5000多户，郑胜华由此也被当地人誉为"杨梅王"。

据介绍，西炉杨梅曾经被送到北京，全国人大常委会原副委员长严济慈品尝后，赞不绝口，欣然题下"仙梅"二字。郑胜华如获至宝，将这两个字刻在了村口崖壁上。西炉杨梅的名声由此更大。当村民的杨梅种植积极性得以充分激发后，西炉村"两委"适时进行了土地流转，对全村的低山矮坡进行统一规划。针对群众缺乏杨梅种植、管理技术的问题，村里积极与县林业特产总站联系，请林技人员来给大家上课。眼下，西炉村共种植杨梅2000多亩，人均近两亩，步路全乡的杨梅种植面积也已发展至1万多亩。

"仙居杨梅"是仙居县历届县委、县政府和广大果农精心打造的一张金名片，是该县打造"一县一品"的重中之重。在仙居，杨梅生产和品牌打造已经提到了相当的高度。"仙居杨梅"品牌来之不易，事关仙居的大形象、大民生、大发展，应该像爱护自己的眼睛一样爱护它，以确保杨梅产业健康持续稳定发展，这已成为全县上下的共识。"让每一颗杨梅都经得起检验，绝不让一颗不合格的杨梅流入市场！"这是2017年5月27日仙居县杨梅质量安全监管工作会议上，县委副书记、县长颜海荣代表51万仙居人对打造高安全、高质量杨梅市场的承诺。

截至2018年底，仙居县已建有1个省级杨梅示范区、25个高标准仙居杨梅示范园区和65个绿色标准化示范基地；建有400多家杨梅专业合作社、杨梅协会等合作经济组织。2018年，推广绿色防控技术的仙居杨梅面积达6万亩，基本实现已投产杨梅园物理防治全覆盖；全县梅农质量安全培训覆盖面达100%，质量安全承诺书签订率达90%以上。

2019年6月11日，"2019仙居杨梅节"拉开帷幕，场面十分热闹，这也是仙居县连续举办的第22届杨梅节。杨梅节上，将有"杨梅仙子"评选、竞吃仙梅、仙梅大擂台、仙梅开采仪式、杨梅管理"十佳能手"评选等活动，吸引各地游客前来，助推杨梅产业发展。据浙大农业品牌研究中心公布的"中国农产品区域品牌"价值评估，"仙居杨梅"品牌价值超过18亿元，在农产品区域公用品牌杨梅类中排名全国第一。

"截至目前，全县建有6个规模较大的批发市场，300多座小型冷藏库，400多家杨梅专业合作社、协会等合作经济组织，注册资金3300万元，入社农户3500多人，带动周边果农1.8万户。"仙居县委书记林虹介绍，通过持续多年的"一县一品"打造，杨梅产业已成为仙居县的一大特色产业和促进农民持续增收的主导产业。据不完全统计，仙居县共有9.4万名农民靠杨梅发家致富，果农称杨梅为"摇钱树""绿色银行"。

"现在除了鲜果的采摘销售，我们还在进一步增加杨梅的附加值。"浙江新地带生态农业发展有限公司的赵江波介绍，2019年起，他们还专门探索了杨梅曲奇产品的市场，取得了一定的进展。据了解，仙居县已拥有两条投资总额近亿元，属国内首创的万吨级杨梅深加工生产线，年加工转化能力4万吨，开发了杨梅干红、杨梅原汁、杨梅浓缩汁、杨梅醋饮等30多款系列产品。

在安吉县递铺街道古城村九龙山的一处山坳，晚间灯火点点，颇为温馨，因为这里有一座宋茗茶博园涵田度假酒店。酒店的特色之一，就是能在这里品尝到最正宗的安吉白茶。在由原木搭建的茶展示空间里，茶艺师正在一招一式地表演；作为酒店配套设施的茶博物馆把茶文化展示和主题茶馆纳为一体；巨大的茶史展墙上，安吉白茶采摘、加工、售卖等场景活灵活现，文化长廊也是茶文化展示的阵地。而在酒店的背后，宋茗白茶有限公司1700亩的茶园郁郁葱葱，更远处，石角自然村一万余亩的茶园更是将酒店"裹"在了一层绿意里……这家

2018年正式开业的高档酒店，以安吉白茶为主题，力求茶旅结合，淋漓尽致地体现了安吉白茶产业的融合发展。

毫无疑问，在安吉，以白茶为主题的文旅设施不止这一处。早在2012年，安吉县溪龙乡就已开始谋划，要进一步打造和利用好白茶品牌，使茶园变景区、茶农变导游。后与上海景域国际旅游运营集团达成合作，溪龙乡以两万亩白茶园区为平台，建设帐篷客度假酒店，并于2014年投入运营，高达数千元一晚的客房常年一房难求。2017年11月，位于黄杜村大山坞自然村的溪龙·CASA庄园项目开工，一个以茶为魂，极具体验性、趣味性、艺术性的茶乡休闲度假综合体在2018年落成。如今，溪龙乡的黄杜村还成了赫赫有名的"中国白茶第一村"。

"没有发展白茶产业之前，村民以传统农业和卖辣椒酱维持生计，收入微薄。但自从大规模种植白茶之后，依托安吉白茶地理标志商标，依托品牌，茶农仅靠种茶一项，每年人均纯收入就已近2万元，村里380户人家拥有小轿车400多辆。"溪龙乡党委书记夏靓说，下一步，溪龙乡将继续深入实施"千万工程"，全面优化茶园基础设施，加强与中茶所、农业部门的合作，不断巩固溪龙乡安吉白茶原产地核心区地位；注重打造安吉白茶全产业链、延伸上下游业态，做精做深做足"一片叶子富了一方百姓"文章。

安吉白茶种植已有近千年的历史，早在宋徽宗赵佶所著《大观茶论》中，就有安吉白茶的记载。民国19年（1930年），安吉农民在孝丰镇马铃冈发现野生白茶树数十棵。1982年，浙江农业资源普查时，人们在安吉天荒坪的高山上发现一株千年老茶树，其嫩叶呈玉白色，后育成"白叶一号"品种。天目山脉自西南入境，分东西两支环抱安吉县境两侧，县域呈三面环山，中间凹陷，东北开口的畚箕形辐聚状盆地地形，适宜种植茶树。安吉白茶其实是绿茶的一种，因特有的绿茶加工工艺能保留安吉白茶白化的独特外观，故称白茶。截至2017年，安吉县白茶种植面积已达17万亩，总产量1860吨，总产值近25亿元，带动种植户达15800余户，产业链从业人员近20万人。

当然，打造和利用安吉白茶这一品牌，不单是茶园嫁接旅游的方式，这几年，在安吉各乡镇、各大茶企，延伸开发安吉白茶产品，努力提升安吉白茶利用率、助推茶农增收的势头极旺。

宋茗白茶有限公司努力扩大安吉白茶月饼的生产销售。2017年中秋节前销售6万多盒，销售额约900万元。2018年开始，该公司又投入抹茶的研发当中，利用安吉白茶做抹茶，2018年已正式开始生产。

龙王山茶叶有限公司也在进行茶月饼的生产销售。2017年该公司的"龙王月"系列安吉白茶月饼在短短一个多月时间里就销售一空，安吉白茶酥饼、茶面膜等已经完成研发。

此外，在安吉县，白茶酒、白茶含片等安吉白茶延伸品正在持续开发，安吉白茶这一品牌的"全价利用、跨界开发"在不断推进。

"打造和利用安吉白茶这一品牌，必须保护和发挥优良的茶园生态。把青山绿水转化为金山银山，这便是我们打造'一县一品'的最大优势。"安吉县农业农村局高级农艺师赖建红说，一直以来，安吉在实施茶园生态化改造，并将白茶园划定为安吉白茶永久保护区、核心保护区和重点保护区，实行分级保护，极其细致地保护和打造安吉白茶这一宝贵品牌。

2018年11月，中国电子商务协会"一县一品"工程办公室主任谭玉明率队来到安吉，考察安吉白茶产业，并与安吉白茶协会等组织进行了交流。谭玉明表示，"一县一品"工程电商平台将通过甄选全国最具特色的地标类产品，把纯正的好产品推向全国市场，同时以地标产品为切入点，能真正带动县区旅游与文化传播，促进当地经济全面发展。显然，安吉白茶将借助于各种平台和媒介，进一步扩大影响，扩大销售，使品牌更靓。

"醉对数丛红芍药，渴尝一碗绿昌明。春归似遣莺留语，好住园林三两声。""一县一品牌"工程正书写着一个又一个乡村品牌的故事，它让农民的"钱袋子"鼓了起来，为美丽乡村建设提供有力支撑，也成为"千万工程"中一道迷人的亮色。

15 "美丽经济"应运而生

"绿波春浪满前陂，极目连云罢亚肥。更被鹭鹚千点雪，破烟来入画屏飞。"（唐·韦庄《稻田》）在乡村，没有比一片成熟的稻田更让人欣慰了。汗水浇灌，毕竟是为了迎来果实；万般希望，不懈的追求最终必定是化梦为实。"千万工程"全面而深入的实施，让乡村处处充满诗意和活力，它的最终指向，依然是改变乡村面貌，发展农村经济，提升农民生活质量。

"美丽经济"，即让美丽乡村建设的成果转化为农民实实在在的物质和精神收益，这正是"千万工程"的题中应有之义。多渠道打开绿水青山向金山银山转化通道，丰富乡村旅游、养生养老、运动健康、电子商务、文化创意等美丽业态；变"种种砍砍"为"走走看看"，变"卖山林"为"卖生态"，田园变公园，农房变客房；转变村庄经营方式，以土地、资产入股等形式发展美丽经济，年收入10万元以下集体经济薄弱村不断下降直至消失；各路人才回家创业，创新共创共富机制，在美丽山水间成就事业，已经成为最近几年一股不可小视的潮流。美丽花朵尽情绽放，才有枝头累累果实。

我们都是奋斗者，我们都是追梦人。如今，乡村振兴战略任务明确，新时代"三农"发展新征程目标清晰，我们要接续努力、持续深化，着力培育农村新型业态，激发农村内生动力，继续向前推进"千万工程"这一乡村振兴龙头工程，把建设美丽乡村与经营美丽乡村统一起来，让生态优势源源不断地转化为产业优势，推动万千乡村走上振兴之路，促进城乡融合，促进社会全面进步。美丽中国的动人画卷已在我们面前徐徐展现。

绿水青山怎样变成金山银山

多渠道打开绿水青山向金山银山转化通道，变"种种砍砍"为"走走看看"，变"卖山林"为"卖生态"，田园变公园，农房变客房，"美丽生财"之路愈见宽广。

杭州市临安区，一个浙江省区域面积名列前茅的县区级行政区，森林覆盖率高达82%，位列杭州各区县（市）首位，其中临安西部地区的森林覆盖率已超过86%。这里还是杭嘉湖地区重要的优质水源供给地，保障着下游200多万百姓的饮水安全。当然，临安更诱人之处，是那份"远处重峦叠嶂，近处碧水盈盈"之美，美得就像一座鲜花烂漫、芳香四溢的大花园，美得就像一幅山清水秀的江南画卷。

正是有了这座大花园，在临安，"以美促富，以富护美，富美并进"才有了基础，才有了巨大可能，才能逐步化为现实。

昌西和昌北地区，位于临安西北部，处于浙皖两省交界地。这里群山连绵，沟壑纵横，又是千年徽杭古道的必经之处，是临安人文历史渊薮发源之地，丰厚而独特的文化底蕴无疑是一份不可多得的宝贵资源。这几年来，临安区不仅修复了两昌地区的美好生态，乡村全域美丽工程还让这里变得魅力十足，引来四方游客，带来了可观的经济效益，乡村发展也进入了良性循环。

如今，清凉峰镇、昌化镇通过小城镇综合整治省级达标考核验收，湍口镇、河桥镇获评省级样板镇，众多小镇成为临安大花园里的重要节点……"千万工程"不断深化，乡村全域美丽工程相继完成，临安区的"美丽生财"之路正愈见宽广。

一头连着黑白徽州，一头连着烟雨杭州的杭徽古道精品线，美丽公路"一线一品、各具特色"的沿线景点，洋溢着浓郁的历史人文气息；省道昌文线上，昌化水灯、放排人家、"馒头迎客"、"狮舞迎丰"、知青桥等文化印记已被"搬"到了公路边，每处景点都有强烈的地域文化色彩；结合小城镇综合整治、村落景区打造、美丽公路建设，全区共创建了18个主题公园、50余个精品节点，形成了区、镇、村三级"文化地标"……"打造乡村全域美丽过程中，我们注重挖掘、提升产业、民俗、'非遗'等文化，打造有底蕴的节点、有内涵的院落、有记忆的街道和有故事的小镇，让小镇的特色韵味得到全新展示。"临安区整治办副主任朱明华介绍，重拾、整理沿途的历史文脉和文化记忆，并将其与优美的自然景观相映成趣，这是临安区"美丽经济"的"招牌项目"。

"电商＋全域景区化"释放生态红利，也是临安"美丽生财"的重要一招。优良的生态环境培育了优质的绿色山货与农产品，但如何让这些绿色产品走出大山，化为可观的经济效益，这是临安区一直在思考的课题。事实上，从2007年起，临安西部偏远的村庄就开始努力摆脱地域桎梏，依托电商平台，通过网络来销售优秀农产品。

白牛村地处临安西部的昌化镇。由于得天独厚的良好生态环境，白牛村凭借原产地优势，从2007年开始尝试通过淘宝销售山核桃，一举成功。此后，在10余年时间里山核桃的销量从100万元陡升到3.5亿元，白牛村也成了"中国坚果电商第一村"。如今，白牛村山核桃网上销售额已占临安全区农产品网上销售额的10%，村里有上千名村民开出了六七十家淘宝店，2018年人均年收入超过3.3万元。更让人钦佩的一个成果是，他们的业务已走出浙江，走向全国，山核桃甚至已远销欧洲、北美地区及日本等国家。白牛村正被打造成为互联网与实体经济相融合的电商小镇。

茶叶、笋干、山核桃、小香薯……依托良好的自然环境，打出绿色好牌子，美丽的临安已经成了优质农副产品的代名词。"2018年，我们临安区电子商务网络零售额已达59亿元。我们已经定下目标，到2020年底，电子商务网络零售额将达78亿元。"据临安区商务局有关负责人介绍，通过电商平台，各式各样、数量繁多的农产品成为"网红"，"今后，将以白牛电商小镇的电商产业为核心，以昌化镇为'凤头'，以湍口、河桥为'旅游翼'，以龙岗、清凉峰、岛石为'生产翼'，合力打造农商旅融合的电商小镇，从而带动整个区域乃至全区电商产业的发展。"

由于把全域作为一个大景区来打造，临安区绿水青山向金山银山转化的推进步伐更加迅速而稳健。随着环境资源不断优化整合，临安区的农家乐产业从最早的吸引上海老年团为主，逐渐转变为四面开花，喜迎八方来宾。与之相适应，一批环境佳、品质好、价格优的高端民宿相继涌现。值得一提的是，在放眼长三角大区域，高标准建设乡村游升级版的过程中，临安区有序引导面广量大的普通农家乐参与，延伸民宿产业链,通过美食、特色伴手礼等,提高民宿"丰满度"。

据临安区文化广电旅游局提供的数字,迄今,已有近100家民宿、1200多家农家乐"隐匿"在临安全区3000多平方千米的美丽山水中。这些农家乐一方面吸收高端民宿的元素,极具舒适感和体验感,另一方面又注入当地的资源禀赋和民风民俗内涵,吸引游客前来。清凉峰旅游度假区管委会主任姚珂介绍,随着清凉峰省级旅游度假区的授牌落户,旅游资源不断整合和优化,一举打破过去一段时间10多个景点小而散的业态格局。由于支持和鼓励农民就业创业,大量民宿与农家乐提档升级,多产业融合发展,全域景区化释放生态红利尽显。

同样,在湖州市安吉县,县内最著名的灵峰国家级旅游度假区,近年来全力助推乡村振兴。安吉县按照"三年打基础、五年见成效、十年建精品"的发展思路精心打造全域美丽,绿色经济、健康养生、文化创意等新兴业态蓬勃兴起,"美丽经济"的形势大好。

"把全域空间作为'艺术品'来进行打造,高标准管护生态环境,人性化设置空间功能,智慧化共享公共服务,走出一条特色的乡村振兴之路。"灵峰国家级旅游度假区相关负责人表示,度假区将重点建设"横山坞民宿情怀村""大竹田园欢乐村""剑山经典禅茶村",实施三村联创、差异发展,努力打造面向浙江的乡村振兴模式探索地和乡村产业振兴示范地、面向华东的乡村精神回归样板地。

横山坞自然村依凤凰山东麓而建,与目莲坞自然村相邻。住在这里,早晨可以听见声声鸡鸣,而在黄昏,满天晚霞尽染整座村庄,宛若一幅奇丽的山水画。作为安吉县美丽乡村建设起步较早的村庄,横山坞村已先后完成了村道、公园、壁画等基础建设,2019年又对整体环境进行了提升,基础设施日臻完善。"我们村庄最大的优势,就是整座村庄就坐落在景区里,景区包含村庄,村庄就是景区。"横山坞村党支部书记郑云法踌躇满志地说，"一方山水养一方人，要把美丽乡村转化为美丽经济，才是我们的长久之计。"

的确，通过乡村全域美丽打造，围绕"美丽经济"，横山坞村已经有了一整套完整而成熟的想法。他们将以"总公司＋村集体＋工商资本"的乡村经营模式，壮大集体经济，发展乡村旅游，用内容吸引、靠内涵留住，让"头回客"变成"回头客"，让"过路客"变成"过夜客"，以加速民宿经济的兴起和繁荣。

王玉中是横山坞村一家民宿的主人，他所开办的"十二间房"民宿有12种风格，每一种风格都能展示安吉灵峰之美，每一间房间都能尽情享有好山好水之风采。"2015年5月，被安吉灵峰这份独有的美所震慑，我关停了经营多年的竹凉席厂，成为村里第一个做民宿的人。通过村干部牵线，花了48万元请来上海的专业设计师精心设计，将我原先的厂房改造成民宿。2016年我的民宿'十二间房'正式开门迎客，整体设计以后工业风为主，很快就吸引了大量游客，生意十分红火。"王玉中认定，他这家民宿之所以成功，是因为借助了灵峰这份独特韵味，否则一切都不可能。

除了一家家民宿，郑云法介绍，这几年来横山坞村有大资本接连进驻：山水灵峰·田园嘉乐比乐园、中国美丽乡村展示馆、高式熊艺术馆等都在这里看好了场地，兴建了馆舍；横山坞雕塑园、横山坞艺术民宿村落、灵峰精品酒店等项目都已相继签约，建成后横山坞村将形成文化休闲、乡村度假等多元业态为一体的乡村旅游村。

正是因为"美丽经济"前景广阔，从2018年起，在绍兴市，很多闲置农房被"激活"，重新得以利用。由于村庄已完成乡村全域美丽工程，生活环境和各类基础设施愈趋完善，绍兴推出了一项"闲置农房激活计划"，旨在探索适度放活宅基地和农民房屋使用权，推动农村全面进步、农民全面发展。至2019年初，闲置资源的多种功能和价值得到发掘，农民增收渠道进一步拓宽，农村正日渐成为安居乐业的美丽家园。

"宅中有园，园中有屋，屋中有院，院中有树，树上见天，天上有月。"这是现代文学家林语堂所描述的最理想的诗意栖居。一个完备、安宁而美丽的居住处，是很多人毕生寻求，而现在，在乡村全域美丽工程得以逐渐实现之时，梦想已然成为现实。

新昌县儒岙镇南山村，一个常住人口正日益减少的小村庄，竟吸引络绎不绝的游人前来观光、住宿、写生、摄影，因为他们被这里独有的美丽风光吸引住了。村民们很快发现这是一个难得的商机，便把老房子略做整理，打造出一片亭台楼阁，还把废弃的小学校舍出租给摄影师，美丽景色由此开始"赚钱"。同样，在柯桥区平水镇岔路口村峭山自然村，一个三面环山、风景如画的小村子，因为地处江南名溪若耶溪的发源地，景色特别秀丽，而且村里众多建于清末民国初年的黄土房，与改革开放以后兴建的砖瓦建筑、小洋楼，交叉分布、错落有致，形成一种别样的风采。不消说，这些美丽的小村庄如今都有空置房出租，游客们可以成为这里的"新村民"。

"农民收入数据中，财产性收入只占3%，这意味着乡村有大量资源被闲置，价值被低估。我们曾做过一项调查，整个绍兴市现有闲置农居房476万平方米，包括农户个人房屋396万平方米，村集体房屋80万平方米，这是一个不小的数字。"绍兴市农办副主任吕永江介绍，由于如今乡村全域美丽已十分到位，城市中产阶层相对于家和办公室之外的"第三空间"需求与"沉睡的农房"之间已架起了桥梁，闲置农居房无疑将迎来一个新的春天。

为了更好地让这份美丽不断生财，如今，绍兴市柯桥区和上虞区分别建起了互联网农房租赁平台——"乡愁网"和"乡路网"，把辖下各个村闲置农房的照片和信息展示出来，"挂牌"出租，租赁期限短则1日，长则10年、20年，价格也从每天100多元到每年1万多元不等。"我试着把自家的闲置房挂上这网站，没想到咨询不断。一位在外地经商者看了我的闲置房展示，立刻签了合约，一租就是5年。"上虞区下管镇管梁村桑明华兴奋地说，闲置房租出后，还不时有人打来电话询问。

美丽正在重塑山水，美丽已经激活要素、市场、资本，推动实现"城市化"和"逆城市化"互动，最终指向乡村与人的全面发展。让每寸土地变得靓丽可人，让每个人生活在如诗如画的桃花源，处处家园如天堂，美丽中国之梦还会远吗?!

走集体化"美丽经济"之路

发挥集体力量，转变经营方式，用足美丽资源，把美丽经济发展与村集体经济壮大有机结合起来，融入乡村振兴大潮，一座座实力强劲、协调发展的镇街和乡村正在崛起。

2017年初，快要过年的那几天，婺城区汤溪镇白鹤殿口村的小店店主陈雪芳用上了智能手机，又与几位村民一起拉了个微信群，村民们要买东西，就在群里喊一下，由她去送个货、带个货。"到了年底，人越拉越多了，在外面打工、创业的都进来了。我们就在讨论，这快要过年了，该给村里做些什么。因为我们的村庄整治得越来越漂亮了，不好好晒一下好像不过瘾。"陈雪芳说，一开始村民们是在她的小店里讨论这件事的，后来她又把这一话题发到了网上。有村民们提议给溪边的枫杨树挂上红灯笼，好生打扮"母亲河"，线上线下的村民都同意了。

"村民们都自发地捐了款。群里好多人也通过发红包的形式，捐款买灯笼。后来几千个红灯笼挂满了溪岸边，引来了好多摄影师，其中一张让我们村一下子火了。"陈雪芳说。那就是当地摄影师龚胜军的作品，枫杨树下白雪映灯笼的那一张，顿时在金华人的朋友圈里刷屏了，后来又传到了更远更广的范围，白鹤殿口村就这样歪打正着地成了"网红"。

成了"网红"，光有知名度是不够的，还得让它"招财进宝"。村党支部书记陈定粮一直在盘算，自己也变得"机不离手"，还经常嘀咕该怎样好好利用手机，利用"网红"效应，惹得好几位村民笑他异想天开。"要不，办个美食节？"有人出了个金点子，让陈定粮双眼陡然一亮。是啊，白鹤殿口村自古就是个粮仓，传统美食可不少，比如土汤圆、油豆腐……甚至每户村民都有绝活。"就办美食节！不但能增加白鹤殿口村的名气，还能让农民增收。这是一举两得的好事！"说干就干。2017年5月11日23时27分，陈定粮在朋友圈发布了一则举办美食小吃活动的消息，配上了9张照片。通过村民们的不断转发，消息在四邻八乡传开了。

两天后，这场村办的美食节顺利开张。20多个摊位，竟然引来了3万多名游客，这是陈定粮和村民们完全没有预料到的。"真是卖疯了！因为生意太好了，不仅我们村的村民在卖小吃，隔壁乡镇的人也跑来卖。我隔壁摊一个卖麻糍的，一天的收入就有三四千元，噢，他高兴得嘴巴都合不拢了。"陈雪芳回忆，正是因为这第一次美食节特别"火"，2018年1月，白鹤殿口村又办了一次美食节，2019年1月又举办了年货节，同样的火爆。

然而在陈定粮心中，他有着另外更大的打算，那就是借助集体的力量，动用全村的美丽资源，把整个村都打造成"爆款"。

1995年起担任村干部的陈定粮，熟稔白鹤殿口村的历史、优势，甚至可以说熟知每个村民的长处和脾性。多年来他一直在琢磨富村强村的路子。这几年，随着"千万工程"的持续实施，村里修道路、建公园、搞"四边"绿化、实施旧村改造等，环境是变美了，集体经济也有了发展，但如何实现跨越式发展呢？陈定粮始终在寻找有效的门径。如今，村庄成了"网红"，村民们发展"美丽经济"的积极性异常高涨，他认为，应该因势利导，把全村人的心进一步凝聚起来，把力量集中起来，不让"网红"只红几天，而是让它全年红，实现全村持续增收。

2018年3月，受义乌农村建玻璃栈桥这条手机新闻启发，在陈定粮主持下，经村民大会商议，村里以村民参股的形式，投资60多万元建起索道、游船等项目，集体办"网红"旅游项目由此跨出了一大步，且很快让村民们尝到了甜头。由此，当村民在"美丽生财"过程中遇上难题，也都由集体的智慧和力量予以化解。如这几年的夏天，白鹤殿口村的厚大溪就挤满了前来游泳的城里孩子。"游泳要不要收费？"村民们各执一词，但经过集体讨论，最后确定光是游泳不收钱，但可以趁机增加其他游玩的项目，以增加收入。一旦集体作出决定，村民们都不折不扣地执行。

建村已有500多年，地处省级粮食功能区的白鹤殿口古村，如今已成为金华远近闻名、名副其实的"网红村"和休闲旅游佳丽地。在这里，挖番薯、割稻子、采甘蔗、摘西瓜……村里几乎所有农耕项目，都已被统一打造成"体验游"。因为一年四季村里的田地里都有耕作，所以全年都能提供"体验游"。"村不能移、田不能动，我们就把整个村打造成'爆款'，吸引城里人天天上门来。"陈定粮告诉我们，仅2018年，全村游客人数约10万人次，体验游、美食节等项目涉及家家户户，全村增收100多万元。

2019年新春伊始，嘉兴海宁市袁花镇，这座因是金庸故里而颇沾武侠气的江南小镇三喜临门：成功入选2018年度浙江省美丽乡村示范镇；夹山村成功入选2018年度浙江省美丽乡村特色精品村；双丰村成功入选嘉兴市美丽乡村特色精品村。

3份含金量极高的荣誉相继降临，袁花镇人却并未沾沾自喜、从此裹足不前，相反，如何让美丽经济与当地的特色经济有机融合，避免同质化竞争，在打造文旅融合的同时，如何将造景与富农结合起来，依然是他们打造美丽乡村升级版进程中深入思考、大胆探索的重要课题。

打造"果园飘香富农路"，是袁花镇"美丽经济"的一大经验，也因此收获多多。在这条美丽乡村精品线上，不仅有闻名遐迩的万亩梨园、树莓种植基地，还有海宁为数不多的自然山体和湖面，风光旖旎。在2018年嘉兴市美丽乡村精品线现场推介会上，"果园飘香富农路"精品线路在综合评议排名中位居嘉兴五县两区之首位，成了名副其实的景观路、精品路、致富路。而为了打造这条精品线路，袁花镇在3年时间里，累计投入资金超过5000万元。显然，没有集体的力量，这一切无从谈起。

2018年，嘉兴市首个产业农合联组织——海宁市南方梨产业农合联在袁花镇梨园村成立。这个农合联组织，不仅帮助当地梨农走访周边多个水果市场了解行情、积极拓展新客户，还帮助梨农们进行品质细分、打响"海昌"蜜梨品牌。当地的树莓基地已成规模，经镇、村两级精心培育，现已成为一年四季的采摘胜地。树莓营养价值高，又可制成果脯、果酱、果酒、面膜。镇村通过引进国外先进的树莓品种，打造国内技术领先的培育基地，如今正朝着全国最大的设施黑莓生产基地进发。

袁花镇双丰村有一处颇有历史韵味的油车堰，村集体已先后投入620万元，打造入口休闲体验区、休闲步道、农产品体验采摘区、特色休闲公园、油车堰记忆馆等景观节点，还融合古法榨油等传统农耕文化元素，把整个村庄建成了集旅游、观光、采摘、亲子活动等于一体的A级旅游景区村庄。

庄康岭矿区是袁花镇的一个老矿区。为保护有限的山地资源，近年来袁花镇以自然生态修复为主、人为修复为辅，采用蓄水修复的方式对矿区进行了生态治理。如今，一个总面积达1975亩、蓄水量相当于两个杭州西湖的"神仙湖"生态公园已显雏形。令人叫好的是，因了袁花镇特有的武侠文化渊源，该生态公园以古代中国山川地理为原型，以神仙湖为载体，还原诸多古代侠义小说场景，同步打造休闲广场、武侠文化展览馆、武侠体验馆、游憩小广场、沿湖小阁、渡口、樱花林、游步道、停车场等，硬件设施十分完善……

袁花镇发挥集体组织的力量和功能，促进美丽成果转化的项目，还有"侠客小镇"。它同样具有金庸故里色彩。在这座文旅特色小镇，武侠迷们可以全域、沉浸式体验侠客文化；它所拥有的歌舞巨作、千人剧院、国内首个侠客闯关真人互动游戏体验营、金庸影视作品道具和体验秀、侠文化体验馆、侠隐文化主题酒店、"食客江湖"特色美食街区、影视基地等设施和项目，既保留江南传统文化的婉约灵秀，又有强烈的武侠小说中的神秘气息。袁花镇曾有"花溪十二景"的盛名，可惜早已被时光湮没，但眼下优美、舒适的生态居住环境，极具文化个性的文旅产业，已让她重展美丽姿容，并超越以往，赋予新的勃勃生机。

在杭州，乃至浙江，说起草莓种植，建德市的草莓尤其是其辖下的杨村桥镇草莓特别有名，很多喜食草莓者都以吃到正宗的杨村桥草莓而欣喜，杨村桥镇前几年也因此荣获"中国草莓之乡"的称号。2018年8月，一个以杨村桥镇草莓种植基地为核心的"草莓小镇"在建德形成雏形，浙江省级田园综合体创建试点——新安江田园综合体的推出，为建德市的乡村振兴注入了新活力，而这正是建德市"美丽经济"的又一"重量级"举措。

顺着日夜流淌的新安江（建德市梅城镇以东称之为富春江），建德市的美丽山川如同画卷徐徐展开。区域独特的青山绿水资源和近年来生态环境治理的成果，使得这片土地成为适宜发展精品农业的重要区域。早在20世纪80年代，杨村桥镇就开始大面积种植草莓，至2018年，大棚草莓栽培面积5000多亩，从事草莓种植的农户有2000多户，建德草莓师傅的足迹更是遍及广东、湖北、北京等20多个省区市，甚至还走到了香港特别行政区，这无疑是发展田园综合体的先天优势。随着杭黄高铁、临金高速等一系列重大交通工程相继建成和开工，杨村桥镇融入长三角经济区2小时交通圈已指日可待。

"不能再小打小闹地各自为政，新安江田园综合体的运作机制之一，就是把莓农们组织起来，形成集体的力量，发挥集体的作用，做大做强草莓经济，并把草莓种植培育成田园综合体的'引爆点'，把'美丽经济'这块蛋糕做大，促进乡村振兴。"建德市草莓办副主任孔樟良介绍，在新安江田园综合体的核心区块，建德"草莓小镇"将投资4.3亿元，力争用3到5年的时间，打造一座集草莓种植、产品加工、田园观光、养生保健、休闲度假、新城开发于一体的草莓全产业链标杆小镇。

一头连着乡村的美丽和活力，通向都市人的世外桃源和田园梦想；一头连着乡村商业价值的提升，更好地带动新农村的发展。新安江田园综合体和"草莓小镇"之所以能在建德推出，得益于"千万工程"

深入而持续的实施。近几年来，建德市在全市乡村扎实推行了"五大机制"，开展了"八大工程"，基本上与"千万工程"的内容和要求相配套。"五大机制"是指培育产业支撑体系、完善公共服务供给机制、探索土地利用机制、建设多元投入机制、探索治理体系建设；"八大工程"则是农业公共服务、草莓产业链、美丽乡村、科技创新、生态循环农业、土地整理、美丽田园、农业创意精品园等。这些完全契合于建德实际的务实举措，有力地促进了乡村振兴，促进城乡一体化发展。

如今的建德草莓已基本实现以钢架大棚为主、连栋大棚和玻璃温室大棚为辅的生产模式。为加快科技创新，建德市积极引进高端人才，并通过技术创新和成果转化，为莓农提供标准化的草莓种植技术培训，提供草莓新品种、种植新技术和新装备，如在草莓品种上，通过与浙江省农科院、杭州市农科院合作，已引进"白雪公主""小白""越心"等18个新品种，实现了从低端品种向高端品种的逐步跨越。当地农村信用合作社还开发了"莓农贷"等金融产品，为莓农提供免信用担保贷款，缓解莓农资金难题。

请看建德市草莓种植的成绩单：2018年秋，建德市草莓种植面积8.3万亩，2017—2018年，建德草莓产值达到3419亿元，草莓种植规模约占浙江省的54%。数据显示，建德草莓产业链从业者1.19万余户，2.56万余人。

"美丽经济"引来凤凰落巢

回家创业，各路人才要素"上山下乡"，投身于乡村振兴，在美丽山水间成就事业，实现梦想，这已经成了最近几年一股不可小视的潮流，农村经济活力由此如泉水般涌流。

"80后"叶洪清的"茶＋物联网"模式，让爱茶者实现了从"茶杯到茶园"的无缝对接；陆俊敏、梅晓芬夫妇离开大学讲台回归故乡，丈夫种起了茶叶，妻子则在村里办起私塾煮茶讲经；村民孟雪芬为了"让茶不仅仅是茶"，一直在尝试茶产业创新路径；建立了云缬坊的叶科，提取了茶色素，将"茶＋扎染"文创产品推向了国外……

除了本地人士，还有更多的外地年轻人才，也陆续来到了这里。有在茶园中设计茶室、茶亭的著名建筑师徐甜甜，有把老街中的百年汀屋改造成书吧茶馆的资深媒体人夏雨清，还有"小茶姑娘"等民宿业主、餐饮业主，星星点点地在茶园周边建起了一家家茶宿、茶餐厅……他们发挥特长，搅得这里的茶产业界、茶文化界风生水起。

以上这些场景，发生在浙西南的丽水市松阳县。这里山清水秀、生态环境一流。近年来的"千万工程"和美丽乡村建设，让这里的天更蓝、山更绿、水更清，宜居宜业，且留住了田园乡愁。在好山好水中，松阳县的茶产业更加兴旺起来。

据典籍记载，松阳茶叶源于东汉，曾是松阳人民引以为傲的"三张叶子"之一。20世纪90年代之后，松阳的茶产业开始进入快速发展的轨道，在扩大茶叶种植面积的同时，众多茶农不断完善、改进原有茶叶加工技术，琢磨出一套独特而完整的"松阳香茶"种植加工生产技术，使松阳成为中国香茶发源地。如今，"松阳香茶"不但已成功注册了地理标志证明商标，还成长为浙江优质绿茶的典型代表，被评为2017最受消费者喜爱的百强中国农产品区域公用品牌、2018年浙江省最具成长性十强品牌。

与此同时，松阳涌出了一批优秀的茶叶加工技术人才，他们除了带动和引导本地茶农发展茶产业，还有不少人走出松阳，带动其他地方的农民从事茶产业。如在庆元县龙溪乡，由于"松阳茶师"孟文化的带动帮扶，从事茶产业的村民的生产生活条件得到很大改善。有人说，几乎全国的产茶区都能找到像孟文化这样的"松阳茶师"，他们带动当地农民种植、加工和销售茶叶，颇受欢迎。松阳县有关部门曾经联合开展"松阳茶师"培训工作，并建立了"松阳茶师"档案。据统计，本籍的"松阳茶师"已超过6000人，不少"松阳茶师"被各产茶区高薪聘请，有的月薪超过10万元。

随着松阳的山水环境愈发秀美，乡村全域美丽基本完成，生态农业成了松阳发展的重中之重，茶产业的扩大和升级成了一大亮点。如是，不仅有上千外地茶商慕名来到松阳，经销茶叶、创办茶企、从事茶延伸产业，更有大批松阳籍茶师、企业家、创业者回到故乡，投入蓬勃发展的茶产业，还有成批年轻人纷纷离开大城市返乡，成为松阳的新生代茶人。小小的松阳县因了各路人才的汇聚，变得热闹，变得忙碌，充满生机。

2018年3月28日，一个全国性的关于茶叶品质提升的研讨会在松阳召开，50余位知名专家学者共同为茶叶品质提升发展出谋划策。会议提出，要坚持绿色发展理念，通过搭建互联互通平台，促进"品牌强茶"走出去，进一步推动一二三产业有机融合，实现茶产业的可持续发展……这只是在松阳举办的其中一项茶产业高端活动。松阳已连续10多年举办"中国茶商大会·松阳银猴茶叶节"，将业界专家学者、知名企业老总、茶商、各茶叶产地市场负责人等请进松阳。也就是在2018年，联合国粮农组织（FAO）、中国农业科学院农业环境与可持续发展研究所又选择与松阳县雪峰云尖茶叶有限公司签订示范合作协议，实施"碳中和茶叶生产项目"，成为全国唯一合作示范点。在松阳街头遇见国内外一流的茶叶和茶产业专家，这绝不是什么稀罕事。

古市镇上河村的魏碧华成功研制出单口锅全自动智能扁形茶炒制

机等茶叶加工机械，还获得了3项国家专利，原来手工炒制一锅茶起码需要半个多小时，如今只需要短短8分钟；范正荣在松阳从事茶叶加工销售20余年，创办的浙江振通宏茶业有限公司是最早一批涉足茶资源综合开发利用领域的企业，目前已成长为超亿元企业；因为参加了松阳茶商大会，深圳市悠谷春茶业有限公司总经理孔晓澄将深圳的精制茶厂搬到了松阳，大量松阳茶叶经他之手从农产品转化成了商品……各路人才汇集松阳之后，找到了适宜自己的发展平台，发挥各自作用。毫无疑问，诱人的创业创新天地吸引着各路人才要素"上山下乡"投身乡村振兴，创新共创共富机制，农村经济活力由此泉水涌流。

松阳县有关部门因势利导，高度重视人才对产业发展的作用，从进一步提升茶产业从业人员技术水平入手，大力培养和造就茶产业各类人才。"从2005年开始，我县围绕着茶产业开展农民培训和专业人才培训，涵盖茶叶种植能手、加工技师、检验员、评茶员、茶艺师、茶叶营销员、茶乡导游等，通过培训推动就业创业，逐步形成了'松阳茶师'培训品牌。"松阳县分管农业副县长黄德慧欣喜地介绍，县里还专门出台了《关于打响"松阳茶师"品牌　培育松阳茶产业人才的实施意见》，稳妥实施"松阳茶师"百千万工程，计划到2020年，培养高级、中级和初级"松阳茶师"100名、1000名和10000名，形成"松阳茶师"农村实用人才的梯队结构。如今的"松阳茶师"中，持有初级、中级、高级相关证书的人员已达一半以上。

松阳县教育管理等部门致力于茶文化特色课程的开发，编写介绍本地茶知识的课外读本，让孩子们从小知茶识，习茶礼；县职业中专专门开设了茶叶生产与加工专业，重点培养本地新生代茶人。

随着大木山茶园创建成国家AAAA级景区，茶文化博物馆落成和茶旅游线路的推出，对孩子和各个层面居民的茶文化宣传，无疑又多了几条途径。茶园中的木山堂茶室、茶亭，成了八方游客来松阳体验茶旅必去的打卡点。在这里，游客、茶艺师们品尝新茶、体验制茶技艺、学习茶道，或畅游茶海，享受松阳的绿水青山之美。

音乐沙龙品茶会、绿色生态茶乡行主题茶旅活动、中国浙江自行车系列公开赛——松阳大木山茶园山地车越野绕圈赛等一系列丰富多彩的活动，都围绕着"茶"字展开。画家、摄影师来了，美院和艺校的学生来了，他们用手中的画笔或相机，描绘或拍摄清新自然、生态绿色的松阳茶园之美、茶农忙碌的身影以及徜徉在茶海的悠闲游客……这些陶醉在茶乡松阳中的人们，其实也是在以自己的方式宣传、提升、打造美丽松阳。

2018年，松阳茶叶全产业链产值达108.1亿元；全县40%的人口从事茶产业，农民收入50%来源茶产业，农业产值60%来自茶产业；松阳茶叶市场带动全国产茶地10余个省、150余万名茶农的1000余万亩茶园……

"逢仙之岭皆悬崖，下有溪水青于苔。丹枫吹过水西去，白鸟飞上崖边来。"（明·魏观《逢仙岭（处州松阳县山也）》）因为有了这份美丽，因为这份美丽还在不断转化、衍生，正开花结果，松阳的茶香还会更浓郁，松阳的茶农还会笑得更甜美。

回家创业，各路人才要素"上山下乡"，投身于乡村振兴，在美丽山水间成就事业，实现梦想，这已经成了最近几年一股不可小视的潮流。通过"千万工程"，穷山村变成了美丽乡村，回乡创业的人们找到了新的人生舞台；循着"绿水青山就是金山银山"理念，基本实现全域乡村美丽的浙江广袤农村，正迸发出惊人的活力，孕育起无法估量的巨大发展潜能。

没错，上述茶乡松阳本籍人士纷纷回归家乡只是其中一例，在全省各地，尤其是一些经济发达县市，在外的各类人才和众多年轻人选择回乡创业，已成蔚然之势。

改革开放以来，自中国第一代农民工进城务工，迄今已经40多年了。如今在城市打拼的人们，很多已经不是最初那样仅凭体力谋生，通过一两代人的努力，拥有了城市工作经历和生活积淀，很多城市务工人员已经掌握了一定的技能和资金，并具市场经营的视野和经验。另外，原籍农村的大学生，一方面较为系统地掌握了专业知识，同时又面临城市就业的压力，他们无疑是返乡创业的潜在人群。最新调查数据显示，2018年，有66.5%的在校大学生表示毕业后可能选择返乡创业，而在10年前，这一比例仅为43.9%。

"我是'千万工程'的受益者和参与者。"2018年赴联合国总部捧回"地球卫士奖"的浙江青年代表姜丽娟激动地说。姜丽娟的老家在杭州市淳安县枫树林镇下姜村，从前那是一个以穷出名的小村庄，通过"千万工程"的实施，村庄中间的大道被打通，大大改善了交通；危旧房屋和猪圈牛栏被拆除，村容村貌彻底改变；实行了封山育林，荒山种树，连河道上也建起风雨桥和防洪大堤。整治后的下姜村，白墙青瓦的诗画小村真正焕然一新，从来没有想过能吃上"旅游饭"的下姜村人也有点按捺不住，可谁能成为第一个吃螃蟹的人呢？

当时，从事室内装修设计的姜丽娟早已在杭州落户，但回到家乡，目睹美得让她震惊的村庄后，她做出了一个大胆的决定：回到家乡，投资100多万元做精品民宿！从此，姜丽娟全身心扑在了民宿上。通过网络，她把下姜村的美丽景致发到各个平台上，吸引来越来越多的游客。如今，她所开办的民宿年收入三四十万元。

有了姜丽娟这个成功的实例，下姜村的村民们纷纷拉上在外的亲戚，让他们回乡做起了旅游文章。在舟山远洋船舶当海员的淳安人邵君带着妻子回到下姜村，租下一栋居民楼，开起了国际海洋风情的精品酒店；村民姜德华不但自己开办了民宿，还让父亲制作根雕等旅游纪念品、母亲做民宿餐饮生意，妻子则在村里开了一家奶茶店。生意做得如此红火，还有必要挤进城市吗？

下姜村党支部书记姜浩强扳着手指兴奋地说，到2018年，下姜村共有31家民宿、480个床位。村里还成立旅游公司统一管理，以避免恶性竞争和价格战。2017年村集体经济规模117万元，农民人均收入超2.7万元，高于全省农民收入平均水平。

回乡创业，借助美丽山水，从事生态农业生产和经营往往是首选。这几年，通过土地流转，浙江农业适度规模经营的条件已相当成熟。无论是种植业还是养殖业，大户、家庭农场、各种合作社等经营主体，都是农民工、大学生返乡创业的最佳选择。

在嘉兴桐乡市，自2011年全面启动家庭农场培育工作以来，全市拥有经工商登记注册的各类家庭农场急遽增加，产品涵盖粮油战略产业及杭白菊、水产、水果、蔬菜、畜牧、食用菌、花卉苗木、蚕桑等八大主导产业，从事这些家庭农场的大多是从城市返回家乡的创业者。崇福镇芝村翠芳粮油农场通过创办"米食米客"电子商务有限公司，让优质大米畅销国内多个城市；濮院镇大圣果蔬农场每逢葡萄采摘季，总能吸引许多游客前来采摘，带活了周边乡村农家乐等餐饮业的发展，家庭农场成为带动农民增收致富的新载体。

"埋头种田只能当农民，但家庭农场能让我们从农户变为法人，通过自主经营成为真正的农场主。"桐乡市濮院镇油车桥村大学生农场主刘惠婷自信满满。

嘉兴市海盐县养猪大户的女儿陆林婷从杭州回到家乡后，立即加盟父亲的农庄，在各大电商平台推广特色产品或旅游项目，并且周末专门接待各个旅游团队，生活忙碌而充实。据专家统计和估测，浙江家庭农场主的收入大多比较丰厚，最低的一年也有10多万元，最高的则有上百万元。

令人欣喜的是，越来越多的年轻家庭农场主加盟，他们以现代理念，运用现代信息技术，把目光瞄准互联网、瞄准乡村旅游，拓展土地规模经营的种类和形式，提升土地产出的附加值，当在情理之中。

并非结束语

浙江的乡村变了，山清水秀、村美人和、创新创业。一大批濒临消亡的古村落重放光彩，一座座各具特色的村庄变身"网红"，田园风貌、乡土建筑与自然山水实现和谐相融。

时任浙江省农业农村厅厅长林健东认为，浙江把环境整治和农民增收结合起来，生态优势源源不断地转化为产业优势，为乡村发展注入动力，美丽经济风生水起。

农业农村部环保所专家郑向群表示，浙江"千万工程"重要的经验是政府引导、市场主导、百姓参与的机制，因村施策。

浙江省副省长彭佳学则表示，以"千万工程"为代表的中国发展道路与联合国的发展理念高度契合，与中国亿万农民对美好生活的向往完全对应。

2018年4月，浙江省发布乡村振兴战略行动计划，开启了新时代

"三农"发展新征程：到2020年，乡村振兴制度框架和政策体系基本形成，乡村振兴取得实质性进展，广大农村与全省同步高水平全面建成小康社会；到2022年，乡村振兴取得重大进展，以人为核心的现代化高水平推进；到2035年，乡村振兴目标基本实现，全体农民共同富裕走在全国前列，农业农村现代化率先实现；到2050年，乡村全面振兴，全体农民共同富裕高标准实现，农业农村现代化高水平实现。放眼未来，浙江干部群众正以时不我待的紧迫感、奋发有为的精气神，向着乡村振兴的目标冲刺。

正是草长莺飞时，浙江大地一派绿意盎然。

2020年5月7日，浙江率先通过国家生态省建设试点评估验收——建成全国首个生态省。

生态省评估报告显示，"浙江省的生态环境治理和保护处于国际先进水平，其中绿色发展综合得分、城乡均衡发展水平均为中国第一"。

生态省评估报告认为，浙江已在全国率先步入了生态文明建设的快车道，生态文明制度创新和改革深化引领全国，率先探索出一条经济转型升级、资源高效利用、环境持续改善、城乡均衡和谐的绿色高质量发展之路。

进入21世纪以来，生态环境治理愈发成为国家和政府治理的重要内容，考验着各级领导人的治理能力和治理智慧。生态省是社会经济和生态环境协调发展，各个领域基本符合可持续发展的省级行政区域。

浙江从2003年开始创建生态省至今，借鉴一以贯之走生态发展之路，对促进我国生态文明制度创新和建设美丽中国具有重要借鉴意义。

1983年，著名经济学家于光远提出"把青海省建设为生态省"。1997年底至1998年初，九三学社颜家安、颜敏撰文提出建设海南生态省，得到海南省委、省政府的重视。1999年初，海南省二届人大二次会议作出了《关于建设生态省的决定》，并得到国家环境保护总局的批准。发轫于海南特区的生态省建设，是对传统经济发展模式不可持续性的反省。

习近平同志在福建省和浙江省工作期间，高度重视生态环境治理，在国内较早提出了建设生态省的战略思想，并进行了积极的探索和实践。浙江省是继海南、吉林、黑龙江、福建之后，第五个开展生态省建设的省份。

生态省建设是习近平生态文明思想的省域先行先试。2002年底，浙江省提出生态省建设战略。2003年，创建生态省成为浙江省"八八战略"的重要组成部分。2005年，时任浙江省委书记习近平同志在安吉提出"绿水青山就是金山银山"的理念。浙江正是这一理念的发源地和实践地。

在"绿水青山就是金山银山"理念和"八八战略"的指引下，浙江省不断探索生态省建设推进路径——全国首个跨省流域生态补偿机制、"河长制""所长制"……一系列可复制可推广的全国首创，为我国探索绿色发展之路提供了"浙江经验"。

安吉是浙江绿色发展的美丽缩影。作为浙江绿色发展先行地，安吉于2008年在全国率先开展美丽乡村建设。2019年，安吉实现地区生产总值近470亿元，比2005年增长了5倍；全县农民年人均纯收入约3.4万元。2020年3月30日，习近平总书记再次来到安吉余村，感慨道：余村现在取得的成绩证明，绿色发展的路子是正确的，路子选对了就要坚持走下去。

如今，绿色正成为浙江发展最动人的色彩。生态省评估报告显示，这些年来，浙江绘出了两条获得感满满的发展曲线：

一条是金线，浙江地区生产总值从2002年的8003.67亿元增长到2018年的56197.2亿元，增长了7倍多；一条是绿线，同期，浙江万元地区生产总值能耗、水耗分别下降61.3%、88.1%。

在国家生态省建设的16项指标中，浙江的城镇居民人均可支配收入、农民年人均纯收入、环保产业比重等指标远超标准。

不过，建成生态省是浙江发展的新起点，目前浙江正在着手编制新时代美丽浙江建设规划纲要，这是生态省建设的"升级版"，也将是向世界展示中国生态文明建设的重要窗口。

大道溯源，潮起钱塘。习近平同志在浙江工作期间亲自调研、亲自制定方案、亲自推进的"千村示范、万村整治"工程，不但为浙江开辟了乡村振兴的阳光大道，更打造了中国甚至世界解决"三农"问题的成功典范！